谌容文集

减去十岁

5 短篇小说

作家出版社

# 作者简介

谌容，女，中国当代作家。祖籍重庆巫山小三峡，1935年10月25日出生于湖北汉口。1937年抗日战争爆发随父母入川，1945年抗战胜利至北京，毕业于东城私立明明小学，后考入北京女二中。1948年初随家人回重庆，就读于重庆女二中至初中二年级。

1951年参加工作，在重庆西南工人出版社门市部（书店）售书。1952年调入《西南工人日报》编辑部任干事。1954年考入北京俄文专修学校（现北京外国语大学），成为新中国第一批享有国家调干助学金的大学生。1957年毕业分配至中央广播事业局从事翻译工作。1961年病休。1962年调入北京市教育局待分配。病休中开始练习写作。

1975年第一部长篇小说《万年青》由人民文学出版社出版。1979年在《收获》发表第一部中篇小说《永远是春天》。1980年调入北京市作家协会为专业作家。改革开放四十年间，谌容在全国各地期刊发表多部中、短篇小说，作品深受广大读者喜爱，多次获得各种奖项。由作者改编的电影《人到中年》，获得当年"百花""金鸡""华表"三大奖，得到广泛赞誉。

■ 一九七九年八月，《收获》发表了我的小说之后，到上海第
一次见到了巴老和编辑部的同志们，很高兴，在上海照相馆
师傅的"审美"要求之下，照了这张相。

■ 新时期伊始，如果没有巴金同志拍板发表了我的小说，我的
文学之路将会走得更艰难。每次到上海都要去拜访巴老，却
很少一起照相。为了这次文集的需要，还是烦《收获》编辑
部的同志找了来。这是在巴老家中，大约是九十年代初期。

■ 在巴金家客厅。忘记是什么契机聚集在巴老家，中国作协党组书记张光年（左三）、上海女作家茹志鹃（左一）都在场。

■ 在老作家谢冰心家。谢先生听夏衍同志说，在我家吃过我做的葱油鸭，手艺不错，就让她的女公子吴青打来电话"讯问"。我忙换上下厨的衣服，为行动不便的老前辈做了鸭子，饭桌上大家都很高兴。这件趣事应该发生在九十年代。

■ 从一九九三年我就开始用电脑写作。在家里也企图教会范荣康，可惜最终也没能教会他。

文艺报中篇小说（1977~80）获奖作者及评委合影

■ 由于是颁奖照片，我也有一张。那次我的获奖作品是《人到
中年》。照片上的老前辈周扬、冯牧、陈荒煤、张光年、丁玲、
韦君宜等都已仙逝，我们这代也老了。

# 目录

# 减去十岁

　　一个小道消息，像一股春风在办公楼里吹拂开来：

　　"听说上边要发一个文件，把大家的年龄都减去十岁！"

　　"想得美！"听的人表示怀疑。

　　"信不信由你！"说的人愤愤然拿出根据，"中国年龄研究会经过两年的调查研究，又开了三个月专业会议，起草了一个文件，已经送上去了，马上就要批下来。"

　　怀疑者半信半疑了：

　　"真有这样的事？！那可就是特大新闻啦！"

　　说的人理由充足：

　　"年龄研究会一致认为：'文革'十年，耽误了大家十年的宝贵岁月。这生命中的十年，应该减去……！"

　　言之有理！半信半疑的人信了：

　　"减去十岁，那我就不是六十一，而是五十一了，太好了！"

　　"我也不是五十八，而是四十八了，哈哈！"

　　"特大喜讯，太好了！"

　　"英明，伟大！"

和煦的春风，变成了旋风，顿时把所有人都卷进去了：

"听说了吗？减去十岁！"

"千真万确，减去十岁！"

"减去十岁！"

人们奔走相告。

离下班还有一小时，整幢楼的人都跑光了。


六十四的季文耀回到家，一进门就冲厨房大喊：

"明华，你快来！"

"怎么啦？"听见丈夫的声音，方明华忙跑了出来，手上拿着择了半截的菠菜。

季文耀站立在屋子当中，双手叉腰，满面春风。听见妻子的脚步声，他腾地扭过头来，两眼放出炯炯的光芒，斩钉截铁地说：

"这间屋子该布置布置了，明天，去订一套罗马尼亚家具！"

方明华惊疑地走上前去，压低了声音问道：

"老季，你疯了，就那么几千块存款，全折腾了，赶明儿……"

"咳，你知道什么！"老季脸红脖子粗地叫道，"我们要重新生活！"

儿子、女儿不约而同从各自的房间跑了出来。爸爸高声的宣言他们都听见了：这怎么回事，老头子又发什么神经？

"去，去。没你们的事！"老季把探头探脑的儿子、女儿轰走了。

然后，他关上门，一反常态，跳上两步，抱住了老伴胖乎乎的肩膀。这几十年不曾有过的亲昵之举，比宣布买罗马尼亚家具更令老伴惊悸。她心想：这人准是出了毛病！这些日子为年龄过线、必须退下来的事，搞得他愁眉苦脸的。别说大白天没有这种表示热乎的举动，就是夜晚在床上也是自顾自唉声叹气，好像身边没这个人似的。今天这是怎么啦？六十岁的人了，学起电视剧里的镜头来，羞得她满面通红。老季呢，他可啥也没觉得，一双眼睛像着了火，一个劲儿地在燃烧。他把木呆呆的老伴半搂半抱地拖到藤椅边，双手按她坐了下去，脸挨着她的耳朵，喜声喜气地小声说：

"告诉你一个绝密消息，马上就要发一个文件，我们的年龄都要减去十岁！"

"减——十——岁？"方明华手里的菠菜掉了地，两个大眼珠几乎瞪了出来，"我的妈！真的呀？"

"就是真的呀！马上就要发文件了……"

"哎呀！我的妈呀，亲娘呀！"方明华噌地站起，自己也不知怎么回事，双手抱住老伴瘦骨嶙峋的肩膀，就在那长长的颊上亲了一个短促的吻。这一着把她自己也吓着了，简直回归到三十年前了。老季略一愣神，拉起妻子的双手，两人连连在房中央转了三圈儿。

"哎哟，头昏，头昏！"直到方明华挣脱手，直拍厚厚的胸脯，才停止了这可能持续下去的快乐的旋转。

"怎么样？小华，你说我们该不该买他一套罗马尼亚家具？"老季理直气壮地望着显得年轻了的老伴。

"该！"她那一双大眼睛里闪烁着熠熠的光辉。

"我们该不该重新开始生活？"

"该，该！"她颤悠悠地应声，眼角渗出了泪珠儿。

老季一屁股坐在了小沙发上，闭了一会儿眼，脑子里五光十色的想法如潮水般涌来。忽地，他睁开眼，毅然决然地说：

"当然，个人的生活安排还是小事，主要是又有十年工作的机会。这回要好好干他一场了。机关里松松垮垮，要狠狠抓一下。后勤工作也要抓，办公室主任的人选本来就不合适。那个司机班，简直是老爷班，要整顿……"

他挥舞着胳膊，狭长的眼里放着不可遏制的兴奋的光芒：

"班子问题需要重新考虑。现在是不得已，矮子里拔将军。张明明这个人，书呆子一个，根本没有领导经验。十年，给我十年，我要好好弄一个班子，年轻化就要彻底年轻化，从现在的大学生里挑。二十三四岁，手把手地教他十年，到时候……"

明华对班子的重新配备兴趣不大，她憧憬未来的美好生活。

"沙发，我想，也要换。"

"换嘛，换成套的，时髦的。"

"床，也要换一个软的。"她脸红了。

"完全正确！睡了一辈子木板床，也该换个软的开开洋荤了。"

"钱……"

"钱算什么！"季文耀高瞻远瞩，豪情满怀，"主要是多了十年时间哟，唉，这是花多少钱也买不来的呀！"

两人正说得情投意合、神采飞扬之际，女儿忽然推开了一条门缝，问道：

"妈，晚上吃什么呀？"

"啊，你随便做吧！"方明华心不在焉，早已把吃饭的事忘了个精光。

"不!"老季手一挥,宣布道,"今天出去吃烤鸭,爸爸请客。你和你哥先去占座,我和你妈随后就到。"

"啊!"女儿张开了小嘴,见父母喜气洋洋的样子,也就没多问,忙去叫哥哥。

兄妹俩忙着去烤鸭店,一路议论。哥哥说,可能是爸爸破格留任。妹妹猜,可能是爸爸提了级,拿到一笔什么钱。当然,他们谁也不可能猜到,减去十岁是比任何级别、任何官职都可贵千倍、万倍啊!

家里老两口的谈兴正浓。

"明华,你也该修饰修饰,减去十岁,你才四十九嘛。"

"我?四十九?"方明华做梦似的喃喃着。一种久已消失了的青春的活力,在她肥胖松弛的躯体里跳动,使她简直昏昏地不知所措了。

"明天去买件春秋大衣,米色的。"老季用批判的眼光打量着老伴紧绷在身上的灰制服,果断地、近乎抗议地说,"为什么我们就不能时髦时髦?看着吧,吃完饭我就去买件意大利式夹克衫,就像那个张明明穿的一样。他今年也四十九了嘛,他能穿,我就不能穿?"

"对!"方明华拢了拢满头失去光泽、干枯蓬散的花白头发说,"把头发也染染,花点钱去一趟高级美容店。哼,这些年轻人说我们保守,退回十年,我比他们还会生活呢……"

老季一跃站起来,高声应道:"对,要会生活。我们要去旅游。庐山、黄山、九寨沟,都要去,不会游泳也去望望大海。五十来岁,正当年。唉,我们哪,以前真不会生活。"

方明华顾不上感叹，自个儿盘算着说：

"这么说来，我减十岁，才四十九，还可以工作六年，我也得回机关去好好干。"

"你……"季文耀显得迟疑。

"六年，六年，我还可以工作六年。"方明华还在兴奋中。

"你嘛，你就不要工作了。"季文耀终于说，"你的身体不好……"

"我身体很好。"这一刻，方明华跃跃欲试，确实觉得自己身体很好。

"你又去上班，家里这一大堆事交给谁？"

"请个保姆嘛。"

"哎哟，现在这安徽帮，工作极端不负责任，把这个家交给她们怎么放心！"

方明华也有点犹豫了。

"再说，已经退下来就不要再给组织上添麻烦了嘛，如果退下来的老同志都要回去，那，那，那不就乱了吗？"季文耀想着不由得打了个寒噤。

"不行，我还有六年时间，我还能干。"方明华坚持说，"你要是不让我回局里，我可以调换工作。找个什么公司当个党委书记，或者副书记，怎么样？"

"这个……现在这些公司五花八门，太杂。"

"杂，才要加强领导嘛，做思想政治工作，还得靠我们这些老家伙。"

"那好吧。"

老季点头，就好像是组织部长同意了似的，方明华快乐地叫了起来：

"那太好了！这个研究会真是知人心啊！减去十岁，从头开始，连做梦都没有想到啊！"

"想到了，我想到了，连做梦都想到了！"季文耀又振奋起来，慷慨激昂地叫道，"'文化大革命'夺去了我十年青春。十年，十年哪，能干多少事情？白白浪费了，只留下一头白发，一身疾病。这个损失，谁来补偿？这个苦果，凭什么要我来吞咽？还我青春，还我十年，这个研究会干得好，早就该这么干了。"

方明华怕勾起丈夫对往日痛苦的回忆，忙笑着把话扯开：

"好了，走，吃烤鸭去！"

四十九岁的张明明心里不是滋味。是喜？是忧？是甜？是苦？连他自己也说不清楚。好像什么滋味都有，什么滋味都不是。

减去十岁，他高兴，作为一名搞科研的专业干部，他知道时间的珍贵。特别是对他这样一个年近半百的中年知识分子，能追回十年光阴，真是天赐良机。看看国外的资料：二十多岁取得科研成果，在国际会议上一纸论文倾倒全球，三十多岁在某个领域里遥遥领先，被公认是国际权威人士，这样的事例比比皆是。再看看自己，大学里的学习尖子，导师眼里的俊才，基础不比别人差。只可惜生不逢时，被打发去修理地球。待重新捡起泛黄的技术资料，早已觉得眼也生，脑也空，手也抖了，现在，突然补回十年时间，一切都可以重新开始了。倘若更加勤奋些，科研条件更好些，少为扯皮、跑腿耽误工夫，那么，他可以把十年时间变成二十年，可以在攀登世界科学技术高峰的征途上大显身手。

他高兴，同其他人一样高兴，甚至比其他人更高兴。

可是，他的同事拍拍他的肩膀说：

"老张，你高兴什么？"

"怎么啦？"他不知道，为什么他不该高兴。

"减去十岁，季文耀今年五十四，他不会退了，你的局长也吹了。"

是啊，是啊，减去十岁，季文耀不会退，他也不愿意退，正好留局长的位子上。自己呢？当然就当不上局长，还是个工程师，还搞自己的科研项目，还钻在实验室和图书馆里……可是，前天部里刚把自己找去，说是老季过线了，这回要退下来，局里的工作决定让我……这，这还算不算数呢？

他确实不想当官。在他的履历表上，最高的职务是小组长，最高的政治阅历是召集过小组会。他从来没有想到自己的名字会同任何官衔连在一起，更不用说同"局长"这么高的官衔连在一起。他从小就是个"书呆子"。"文化大革命"中是个"走白专道路的修正主义苗子"。粉碎"四人帮"以后，更是一头扎进实验室，整天不跟人说一句话。

可是，七搞八搞，不知怎么搞的，选拔第三梯队的时候，把他选上了。几次调整班子搞民意测验，他都名列前茅，就像他上学读书时总考前三名一样。这一次，部里找去谈话，似乎已经铁板钉钉了。就这样，他心里还是不明白：自己曾经在什么场合，在什么事情上，表现出领导才能，以至得到上级的垂青和群众的信赖。想来想去，他觉得十分惭愧。他从没有行政工作的才能，更何况领导才能？

他的妻子薛敏如是个貌不惊人、才不出众的贤妻良母，但对丈夫的事情，乃至丈夫机关里的是非纷争，却都能洞若观火。薛敏如说："正因为你缺乏领导才能，所以才把你选到领导岗位上。"

张明明始而愕然：这是什么怪话？继而一想：似乎也有点道理。或许正因为自己缺乏领导才能，没有主见，不参与高位的逐鹿，也容易使各方面放心，结果就得到了这样的机遇。

当然，"反对派"也是有的。据说有一次局党组开会，为了张明明的"问题"争了一下午。争的什么，他不清楚。自己有什么"问题"，他也不清楚。只觉得从此之后他就变成了一个"有争议的人"。而这个"争议"，只有到他出任局长那一天才算统一了，他的"问题"才算澄清了。

就在这种不断的民意测验和不断的争议中，张明明渐渐地习惯了自己的角色，习惯了被人们看作是即将"高升"的人，也习惯了被人们认为是"有争议的人"。甚至有时还朦朦胧胧地觉得，或许自己真的是可以当好这个局长的，尽管自己从没有当过。

"当就当吧，"敏如说，"反正也不是你自己争的。当上局长，起码上下班不用挤公共汽车了。"

可是，现在又当不成。遗憾吗？有一点，也不全是。还是那句话：不知是什么滋味。

带着这种茫然之感，张明明回到家里。

"回来了？正好，菜刚炒好。"薛敏如转身走进厨房，端出一荤一素一碗榨菜鸡蛋汤，荤的不腻，素的碧绿，十分诱人。

妻子是治家能手，温柔体贴，心灵手巧。三年困难时期，东邻西舍，不是肝炎，就是浮肿。薛敏如粗粮细做，肉骨头熬汤，西瓜皮做菜，保得了一家安康。如今农贸市场开放，鱼肉提价，谁家不说"吃不起"？敏如自有一套"花钱不多，吃得不错"的采购方法和烹调绝技。看到这可口的饭菜，张明明洗了手，坐到桌边，立刻拿起筷子来。

"芹菜很嫩。"张明明说，"价钱不贵吧？报上说，多吃芹菜降血压。"

薛敏如笑而不答。

"榨菜也是好东西，汤里搁上一点，鲜极了。"

薛敏如仍是笑而不答。

"笋干菜烧肉……"张明明还在赞美这顿家常晚饭，好像他是一名美食家。

薛敏如笑了笑，打断他的话问道：

"你今天是怎么啦？出了什么事？"

"没有啊，什么事也没有哇！"张明明做出很吃惊的样子，"我正在说你的菜做得好……"

"你天天吃，从来不说好坏，今天是怎么啦？"薛敏如还是笑着。

张明明有点招架不住了：

"从来不说，所以今天要说……"

"得了吧，你心里有事瞒着我。"聪明的妻子一语道破。

张明明叹了口气，把筷子放下了：

"不是有事瞒着你，是我自己也说不清楚，不知怎么告诉你才好。"

薛敏如得意地笑了，别瞧丈夫是个搞科研的专业干部，他的专业知识高深莫测，但在察言观色这一行中，在心理分析这一门里，他永远是自己手下的败将。

"不要紧，你说说看。"薛敏如像一个耐心的老师鼓励学生似的。

"今天有一个消息：马上要公布一个文件，人人减去十岁。"

"不可能。"

"真的。"

"真的？"

"真的。"

薛敏如想了想，水汪汪的大眼睛望着他，笑道：

"你的局长当不上了。"

"当不上了。"

"心里不好受？"

"不是不好受。我也说不清楚，反正不是滋味。"

张明明拿起筷子，扒拉着碗里的米粒儿，又说：

"本来，我就不是当官的料，我也不想当这个官。可是，这几年叫他们闹腾的，好像这个局长的位置就该我来坐了。可，现在忽然又变了，心里总有那么点……"

他找不到恰当的词儿。

薛敏如干干脆脆地说：

"不当就不当。不当才好呢。你以为局长是好当的？"

张明明抬起头来望着妻子。她决断之果敢，语气之坚决，使他吃惊。前些日子，当他告诉她，自己马上要当局长时，她也曾高兴过一阵，而且是由衷地高兴。她说过，"你看你，也没争，也没抢，局长的桂冠就加在你头上了"。现在，桂冠落地，她一不心疼二不气恼，好像从来没有这回事。

"局长，局长，一局之长，事无巨细，都找到你头上来，你受得了吗？"她又说，"分房子，评职称，发奖金，人事纠纷，财务账目，子女就业，孩子入托，都要你管，你管得了吗？"

是啊，谁管得了这么多！

"你还是搞你的专业吧！补给你十年时间，你在专业上的成就就大不一样了。"

张明明觉得气顺了，心里平静了。一种轻柔、温馨、美好的感情油然而生。

这一晚上床睡觉时，他觉得会睡得很好，可是，半夜时他还是醒了，心里仍然有一点遗憾，有一种失落的感觉。

三十九岁的郑镇海骑车一口气冲出大楼回到家，把那件旧灰褂子一脱摔在了椅子上。他觉得浑身有使不完的劲儿。这一减十岁，似乎有许多重要的事需要立即动手去干。

"喂！"

他喊了一声，屋子里竟没人答应。十岁的儿子照例在胡同里疯玩儿，老婆呢，也没像平日那么应一声，她哪儿去啦？串门去啦？哼！这还像个家吗？

自己制作的小沙发比例不对头。人坐上去背脊够不着椅背，扶手低，坐垫高，胳膊搁上去别说不舒服，还怪累得慌。都是她看人家有了沙发眼馋，没钱买死活要自个儿做。小家子气！其实，家家都摆这么一套沙发，像干部服似的，别提多闷气了。小市民！

是啊，当时怎么就找了她！瞧她那一家人吧，除了吃喝穿戴，工资外快，不谈别的，庸俗透顶。家教最重要。她简直跟她妈一个模子刻的，说起话来粗声粗气，生一个孩子就胖得像个桶，要长相没长相，要身材没身材，要性格没性格。唉，当初怎么就找了她！

嘻！都是那会儿瞎着急，眼瞅着已近而立之年，还是光棍一条，饥不择食。这回，这回减去十岁，才二十九！那可得认真考虑考虑这问题。昨天就为买了条好烟，她又喊又跳的，还威胁日子没法过了，要离婚。离婚？！离就离！二十九的男青年，找对象最合适的年龄，还怕找不着个水葱儿似的大姑娘，二十二三刚毕业的大学生，文文雅雅的，又现代派。大学生配大学生，她才是个中专的半瓶子！真是悔不当初！

是要重新安排一下生活。不能这么窝窝囊囊地将就下去了。这人，她上哪儿去了呢？

这人，下了班，冲出大楼，就直奔了妇女服装商店。

减去十岁，振奋得月娟心花怒放，想入非非。一个差一岁就四十岁的女人，忽然折回去成了二十九岁的年轻女郎，这对她，真是喜从天降，是用世上一切值钱的东西都无法衡量的宝物啊！

二十九岁，多年轻！多光明！她低头一看自己那一身毫无色彩、毫无魅力、死气沉沉的服装，禁不住一阵彻骨的伤心愤恨。她一口气跑进商店，噔、噔、噔直奔时装展销专柜，两眼扫描器似的在悬挂着的一件件耀眼的连衣裙上扫过。突然，一件大红镶白纱皱边的连衣裙击中了她。她请女售货员拿来试一试。青春年少的女售货员上下打量了她一眼，脸上没有一丝柔和的情状，整个脸儿像冰冷的石头雕出来的。这冰冷的后边就是无言的轻蔑。

怎么？难道我不配穿这个？月娟心里憋着一股气，就像她近几年去买衣服时常有的心情一样——好不容易相中了一件，镇海总规劝她："你穿这样的不合适，显得太年轻了。"太年轻了有什么不好？像个老太婆才好？常常是衣服没买成，生一肚子气，回家还得斗一宿嘴。遇上他这号的保守派算是倒一辈子霉！

别跟这售货员一般见识，买东西，我给钱，你拿货，关你屁事！小妞儿懂什么，她知道就要发文件了吗？二十九岁的人怎么不能穿这个？中国人就是保守，人家国外的老太太越老越俏，八十岁还穿红着绿的呢。衣服穿我自己身上，碍你的事啦？你死眉瞪眼，我也买！

给了钱，月娟当时就进试衣室穿上了。她照了照那窄条的镜子，发胖的身子紧箍在大红的连衣裙里，火红一片，显得面积大了些，但非常热烈够劲儿。唉，没办法，慢慢减肥吧。年龄可以减去十岁，上级一个文件就解决了。体重减去十斤，那可得自己下苦功夫。动物脂肪早已戒绝，淀粉食品也降到最低限度，连水果都不敢多吃，还怎么减肥呢？

她呼哧呼哧地回到家，推开门，像一团火似的蹿进了屋，吓得郑镇海倏地从沙发上跳起来：

"你这是怎么啦？"

"什么怎么啦？"

"哪儿，哪儿去弄这么身衣服？"

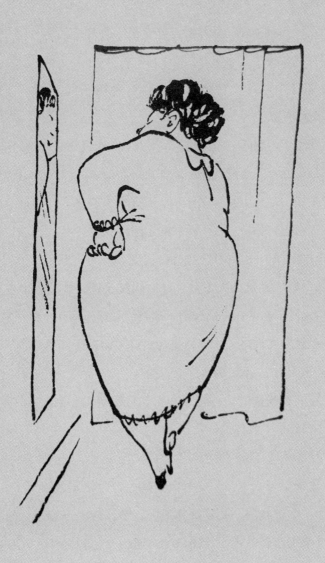

"买的。怎么样？"月娟拎起连衣裙的下摆，做了一个时装模特儿的转身动作，脸上露出不可抑制的媚笑。

郑镇海兜头一盆冰水泼来：

"别以为红的绿的就好看，分穿在什么人身上。"

"穿在我身上怎么啦？"

"穿这个，这，合适吗？是穿这种裙子的年纪吗？你想想自己多大岁数了？"

"我想了，想好了才买的。二十九！二十九正是打扮的年纪。"

"二十九？"郑镇海一时又蒙了。

"不错，二十九。减去十岁，二十九，还差一个月呢。我偏要穿红，我偏要穿绿！"月娟手舞足蹈，俨然一名流行歌星，在舞台上扭扭捏捏半痴半傻地跑来跑去。

她，她，她这么大岁数，这么粗腰，她，她减去十岁就这样儿。叫人目不忍睹。郑镇海闭了闭眼，又猛地睁开，瞪着她说：

"上级发文件减去十岁，是为更好地调动干部的青春活力，更好地干'四化'，不是为了穿衣打扮！"

"穿衣打扮碍着'四化'啦？"月娟跳了起来，"哪份文件说不准穿衣打扮了？你说！"

"我是说，打扮也得看看自己的实际情况，自己的身材……"

"我身材怎么了？"一语戳到痛处，月娟不依不饶了，"实话告诉你，你嫌我胖，我还嫌你瘦呢，瞧你瘦得小鸡子似的，头上的皱纹像电车道，走三步路就喘。咳，当初我图什么，不就图个知识分子吗！跟着你，啥政策也落实不到头上，就担了个知识分子的虚名儿。要穿没穿的，要住没住的。怎么着？如今我二十九，早着呢，到大街随便找个个体户，管他卖糖葫芦卖花生米，哪个不比你强？"

"你、你有本事找去！"

"简单得很，今儿离了明儿我就找人登记去！"

"离，离就离！"

这句话可捅大娄子了。平常日子，"离婚"二字，是月娟的专用名词，三天两头挂在嘴上，郑镇海从不敢借用。今天这死鬼吃了豹子胆，居然敢提离婚，这还了得？

全是这破研究会闹腾的！月娟气鼓鼓地一头朝郑镇海撞去，嘴里骂道：

"减了十岁，你骨头就轻了，就你那样儿想离婚，门儿也没有。"

"减了十岁，你以为世界就属于你了，妄想！"

"小林，明天文化宫有舞会，这儿有你一张票。"工会的李大姐冲林素芬招手。

林素芬理也没理，三步并作两步，冲出了机关大楼。

减去十岁，林素芬才十九。摘去了"大女"的帽子。一个含苞待放的少女，还用得着工会操心？还用得着婚姻介绍所帮忙？还用得着到组织的舞会上去找伴？统统一边去吧！

二十九岁的老姑娘，走到哪儿，哪儿都投来叫人难以忍受的目光：怜悯、讥讽、戒备、怀疑……怜她茕茕孑立，形影相吊；讥她眼界过高，自误终身；戒她神经过敏，触景伤情；疑她歇斯底里，性格变态。一天中午，她在开水炉前冲了一碗方便面，还卧了两个鸡子儿，就听得背后有人说话：

"还挺会自我保养呢！"

"心理变态。"

她的眼泪直往心里流。难道，二十九岁的姑娘中午不去食堂，自己卧两个鸡蛋就是心理变态？这是哪本心理学上的论点？

就连挚友的关怀，三句话也离不开"找个对象一块儿过吧"。好像二十九岁还没嫁人就犯了弥天大罪，就成了众矢之的，就该让人家当成谈话资料。茶余饭后，颠来倒去，在众人的舌头上滚来滚去，使你灵魂不得安宁。人生在世，难道除了快嫁人，快找男人一块儿过，就再也没有更重要、更迫切的事情了？可悲、可恨、可恼、可笑！

这一下，解放了。姑娘今年一十九，你们统统闭上嘴吧！仰头望着晴朗的蓝天，那朵朵白云仿佛变成了条条的小手绢，顷刻间堵上了一切好事者的嘴。多痛快呀！小林昂首挺胸，目不侧视，步履轻快，一阵风似的扑向存车棚，推着她那辆"飞鸽"。自己也像只自由自在的鸽子似的飞出了大门。

下班时间，行人如潮。国营商店、大集体、个体户小铺，一家挨着一家。流行歌曲，此起彼伏。"我爱你……""你不爱我……""我的生活不能没有你……""你心中根本没有我……"什么词儿？统统见鬼去吧！

爱情，不再是急待脱手的陈货。十九岁，有的是时间，有的是机会。当务之急是学习，充实自己，提高自己。有了真才实学，能够有益于社会，能够造福于人民，才会得到社会的尊重，才活得充实，过得有意义。到那时，爱情自己来到身边，她当然不会拒绝。但那该是一种悄悄的爱，朦胧的爱，深沉的爱。

考大学，一定要考上大学。十九岁，正是上大学的年纪，再

也不能荒废了。电大夜大，弄得好，可以混张文凭。可毕竟不是正规大学，哪能赶上北大清华？这一辈子，毁就毁在学业荒废上。严格说来，只是初小程度，小学四年级就赶上了那场"革命"，在胡同里跳了几年猴皮筋就高小毕业了。上了中学，坐在教室里如坐飞机，老师教的十之八九不明白，晕晕乎乎，糊里糊涂照样毕了业。插队落户，劳动锻炼，学的一点点知识也还给老师了。"革命"完毕，回城待业没着没落。好不容易进了局里的劳动服务公司，还是个大集体。这本账如此算来，好像生活中剩下的，就只有一件事了——找个对象成家，生孩子，洗尿片，油盐酱醋，买粮食，换煤气，吵架斗嘴，了此一生。

一生就这么交待了？林素芬不甘心，不服气。来到这世界，总得干一点什么，留下一点什么。然而，初小的程度，不种粮食不挖煤，工人农民算不上，知识分子没知识，在人群中如孤魂野鬼。

从A、B、C学起。她几乎把多余时间全用在五花八门的补习班里，把工资的一大半用在交学费买教材了。语文、数学、英语、绘画，样样补、样样习。补来补去，这样的补太慢了，太吃力了。她想速成。年龄威胁着他。再不速成，就算是千里马，牵到伯乐跟前也老了，还能被相中？

她专修英语，想来一个突破。《九百句》《新概念》、广播教材、电视课程、补习学校，齐头并进。过了一个月，她才发现这个突破口前拥挤着多少个爆破手啊！都是这样的大男大女，都想抄近路登龙门。而这并不是一条捷径。就算英文学得不错，中文水平太低，能派什么用场？英译中，中译英？外语学院毕业成才的多的是！人家不指望在你待业青年里发现苗子！

她又转向"文学创作函授大学"。走文学之路，写点小说，写点诗歌，把我们一代青年的苦闷彷徨，向往追求，倾泻纸上。让广大读者，让二十一世纪青年，知道在这世界上，在历史的一瞬间，曾经有过被历史愚弄的不公平的一代。他们是无辜的，他们失去了本该属于他们的一切，得到的却是不应由他们承受的沉重的负担。他们将背负着这沉重的包袱，走向人生的尽头。

然而，文学道路，谈何容易？看那些同龄人的作品，不能入目；自己拿起笔来，不知从何下手。稿纸撕去几大本，家里人惶恐不安，以为着了魔，看来，并不是人人都能当作家的。

或许，还是去学会计？现在，会计人才奇缺……

三心二意，举棋不定。彷徨、苦闷、自己不认识自己，不知道想干什么，不知道该干什么。有人说："别瞎想了，到了这个年纪，混吧。"有人说："结了婚，就踏实了。"

而这，都是她最不愿意的……

现在，地覆天翻，花香鸟语，世界突然之间变得无限美好，减去十岁，我才十九。什么彷徨，什么苦闷，什么伤心失意，见鬼去吧！生活没有抛弃我，世界重新属于我。我将珍惜未来的每一寸光阴，决不虚度。我将确定生活的每一个坐标，决不转向。我要读书，我要上学，要有真才实学。这是第一站的目标。

对，从今天开始，从现在开始，向着这目标前进。

她骑上车，满脸微笑，直奔新华书店教科书门市部。


次日清晨，机关里热气腾腾。楼上楼下，楼里楼外，熙熙攘攘，欢声笑语，不绝于耳。患心脏病的人说上楼就上楼，噌噌地一口气上了五楼，跟没病的人一样。六十多岁的人，平日言慢语迟，声低气衰的老同志，嗓门一下子变高了，说出话来当当的，走廊这头就听得见他在那头嚷嚷。各个办公室的门都大开着，人们赶集似的串来串去，亲切地倾吐着自己的激动、快慰、理想和无穷无尽的计划。

忽然有人倡议：

"走，上街，游行，庆祝又一次解放！"

一呼百应，人们立即行动起来。有制横幅标语的，有做红绿小旗的。文体委员从库房里抬出了圆桌面大的大鼓，抱出了扭秧歌的红绸子。一霎时，队伍在大楼前集合了。横幅标语上红底黄字："拥护年龄研究会的英明决策"，"焕发青春，献身四化"，"青春万岁"！

激动人心的大鼓敲起来了。季文耀觉得浑身的血都在沸腾。他高站在台阶上，正想说几句助威的话，亲自领导这次的盛大游行，忽然看见几十名已经办了离职手续的老同志冲了进来，直奔他跟前问道：

"减去十岁，为什么不通知我们？"

"你们……已经离了……"季文耀说。

"不行，那不行！"老人们齐声嚷起来。

季文耀双手高举，在台阶上大喊道：

"同志们，不要嚷，不……"

人们哪里肯听，人声如一股不可阻挡的洪流，响彻云霄：

"减去十岁，机会均等，人人有份，干吗把我们撇下不管？"

"我们要按文件办事了。不能随心所欲。"季文耀的声音提到高八度。

"文件在哪儿，为什么不传达？"

"拿文件给我们看！"

"为什么不给看文件？"

季文耀扭头问办公室主任：

"文件呢？"

办公室主任愣头愣脑地回答：

"我不知道哇！"

正僵持中，一批新招进来的十八九岁的青工嚷起来：

"减去十岁，我们不干。"

"十八年饭白吃了，有了工作，又把我们打发回去上小学三年级，没门儿！"

机关幼儿园的娃娃们，也像一群小鸭子似的扑到季文耀跟前，抱着腿，拽着手叽叽喳喳叫道：

"减十岁，我们回哪儿呀？"

"我妈好不容易生下我，还开了肚子呢！"

季文耀应接不暇，又大叫办公室主任：

"文件，文件，快把文件找来。"

办公室主任手足无措，季文耀训斥道：

"还不快到机要室去找！"

办公室主任赶忙跑到机要室，翻遍了文件夹，没有。

热心人马上提供线索：

"会不会存进档案室了？"

"会不会哪个处借去了？"

"糟糕！要是扔到废纸篓就完了！"

在一片纷乱中，季文耀反而冷静下来，马上布置任务：

"找，发动群众，大家动手一齐找，要细细地找，不要放过任何一个角落。"

"队伍要解散吗？"办公室主任请示。

"为什么要解散？先找文件！"

本篇插画作者：方成

**附：**

# 省得费事
## ——关于《减去十岁》

在西方，年龄是一个秘密。特别是对妇女，如果你打听她的芳龄，那将被认为是很不礼貌的。

在当今的中国，年龄是一个热门的话题。它被如实地填在出生卡、公民证、户口本和各式各样的登记表上，无任何秘密可言。而在强调各级领导班子年轻化时，他或她的年龄，被在党的会议上、组织部门的会议上、民意测验中，更不用说茶余饭后、客厅内外，广泛议论。一岁、两岁之别，半岁、百天之差，碰巧就能决定一个干部的升降浮沉：或平步青云，或削官为民；或继续飞黄腾达，或回家抱孙子去。

置身于这种对年龄问题的热潮中，我写了篇《减去十岁》似乎是很自然的事。

年龄是不能减去的，就如同光阴不能追回一样。对于流逝的光阴的叹息，朱自清的《匆匆》，叹得可谓到家了。"燕子去了，有再来的时候；杨柳枯了，有再青的时候；桃花谢了，有再开的时候。但是，聪明的，你告诉我，我们的日子为什么一去不复返呢？……洗手的时候，日子从水盆里过去；吃饭的时候，日子从饭碗里过去；默默时，便从凝然的双眼前过去。"这是他的名句，读了令人黯然神伤。

也有不以叹息的角度来劝告世人的。李大钊先生在六十年前写的《今》一文中，是这么说的："我以为世间最可宝贵的就是'今'，最易丧失的也是'今'。因为他最容易丧失，所以更觉得他可以宝贵……刚刚说他是'今'、是'现在'，他早已风驰电掣的一般，已成'过去'了。吾人若要糊糊涂涂地把他丢掉，岂不可惜？"这费尽心机的劝导，听了也让人沉甸甸的。

于是我，利用小说之便，干脆，一股脑儿给大家减去十岁，省得叹息，省得伤神，也省得费事。

一九八六年六月十六日

# 花开花落

## 一

她真年轻，真水灵，特别那白里透红的脸蛋儿，真像一个熟透了的水蜜桃，仿佛你轻轻一碰就会滴出来又香又甜的果汁似的。

病房里的人对这个美人儿议论颇多。大凡美人都拥有与名人类似的灾难与殊荣，经常在别人的舌头上滚来滚去的。其实，病房里谁也不知道她的身份，只看见她每天提着大包小包来伺候靠门边一床的那个小老板。每次都少不了自己炖的各种汤。

今天她又带鸡汤来了，而且照例是极其耐心地劝那病人多喝一口，她端着精致的小瓷碗，举着手里的小勺儿，微笑着连劝带哄，好像躺在那里的是一个婴儿：

"你再喝一口吧，这是活鸡，早上我刚买的，宰了就下锅，蛮新鲜的。"

小老板勉强喝了一口，就摇了摇头，表示不喝了。她又笑笑地劝：

"你再喝一口！我们南方就讲究喝鸡汤啦！……"

"我又不是坐月子！"小老板白了她一眼，根本不领情。

她对他不讲理的态度丝毫也不嗔怪，反倒咪咪地笑了起来。她紧挨在他的床头，低声地劝慰，不管病房里别人怎么看怎么想。她心里眼里只有床上的这个人，她对他活像一条忠实漂亮的小狗儿。见他真的拒绝再喝了，她只好站起身来，把那剩下的一小口汤自己喝了，动手准备把碗筷收好。

"你还带回去呀？给那边五床喝去。"他又白了她一眼，同时下着指示。

她扭头看了看五床的老头，犹豫了一下，站着没动。与她的细皮嫩肉绝不协调的两只大粗手拿着碗，有点不大愿意把自己的一片心意就这样拿出去孝敬别人，不过她什么话也没说。

"快去呀！"他不耐烦地重复了一句，这次看也没看她，有最后通牒的意味。

"哎，哎，这就去。"她听话地连声答应，同时快手快脚地从电饭锅里舀出了一小碗鸡汤。正舀着，他又发话了：

"那么一小碗儿，够人喝吗？连锅端过去不就得了！"

她再也没犹豫，赶快把已舀出来的小半碗鸡汤倒回锅里，然后端起锅笑模笑样地走到蒙头睡着的五床病人跟前，先弯腰甜甜地叫了一声大伯，才说道：

"大伯，您喝点鸡汤吧！"

五床的病人从被子里伸出满脸褶子的脸，见这姑娘笑吟吟地站在自己面前，整个不知该怎么处理这局面。他想坐起来，又怕身上的气味熏着人家，躺着又觉得过意不去，只好把脑袋伸出了被窝，又伸出一只锉刀似的大手，仿佛要来接姑娘手中的东西，

嘴里的感谢之词像小河流水似的哗啦啦的:

"哎哟,姑娘,您就别费心啦!瞧,从我住进这医院五六天了,您真没断了照顾我老头子啊!还是城里人仁义。姑娘,您心眼这么好,赶明儿准得好报……!"

姑娘扭头看了看小老板,抿着小嘴儿嫣然一笑,打断了老人的话说道:

"大伯,您可别这么说,是我们老板叫给您送过来的。他……"

"桃花,少废话!"小老板隔着中间的走道发出了低声的警告。

桃花不再说话,只解决实质性问题了。她把床头的空饭盒打开,把鸡汤倒了进去,还随着汤滚进去了一只鸡大腿。老人已经坐了起来,看到这么黄油油的鸡汤,已经是千恩万谢的了,又看见这么肥肥的一只鸡大腿,就连连地说:

"够了,够了,留着您自个儿吃吧!刚才六床的小伙子给我拿来好些点心,我这儿还没吃完呢!行了,这不,那小伙子还给了一罐水果,我这儿还没动呢……"

"老爷子,你想开罐头呀,我给您开!"

旁边的六床是全室最热闹的地方,几乎每天都有三四个小伙子来看他们那左臂打了石膏、夹着夹板、缠着绷带的"大哥",窗台儿上堆满了各种罐食品加上熏鸡什么的。这些年轻人来了就必然拉开架势以床当桌打扑克。这位长头发被叫作老三的小伙子是每天必来的,他刚搭了一句词儿就迫不及待地回头大叫:

"吊主。"

老爷子又感谢起长头发老三了:

"不用打开，不用了，留着吧，又坏不了。唉，不瞒大伙儿说，这辈子我还真没舍得掏钱买这呢。这回住院啊，倒叫我这老头子开了眼啦！姑娘，你别笑话，要不是我进城拉泔水倒在人家大机关的后院儿里了，说什么我也进不了这大医院啦。您说，要不住进来，能遇见这么些好人吗？也是我命大，偏偏不早不晚，就赶大中午人家正吃饭的工夫一头栽那儿了。好人哪，全是好人哪，好几个小伙子，看样子都是干部呢，一气儿就给抬医院来了，没承想，倒享了福了……"

六床那边的光头老二也伸过头来跟老人逗：

"老爷子，您这段儿我们全听熟了，你来段儿新的怎么样？您老伴儿呢，怎么也不来瞧您？您一人儿在这儿好几天，说不定人家早跟上相好的跑了呢！"

"唉，我哪儿来的那福气！小伙子，不怕你笑话，这辈子我是出门一把锁，进门儿上凉炕，连条狗我都没养。那年我养了条大黑狗，上头说是不让养，叫村里管事儿的一棒子打死吃了。打那以后我啥活物都不养了，伤心哪！我一想起我那黑子就心疼，如今可找不着那么好的狗啦！那会儿闹红卫兵粮食不够吃，我跟它商量，我说，黑子，你要跟着我呢，是吃糠咽菜，这罪可不知受到哪一天，你还是走吧，找个好主，比跟着我强！您猜怎么着，它就是不走，任你把它关门外边儿，任你把它领集上好几十里路，它呀，还是能找回来。唉，狗不嫌家贫呀！比人都强……"

"老大爷，农村现在不是让养狗吗？"老三长发一甩又回过头来，顺便盯了站在老头床那边的漂亮姑娘一眼，"您再养一条不就得了！"

"那可不成！"老大爷脑袋摇得拨浪鼓儿似的，叹息道，"我总觉着再找也找不着黑子那样儿的啦！在旁人眼里它是条狗，在我眼里它就是个人。唉，它跟我亲着呢……"

光头老二又眯着坏眼儿笑了，说：

"老爷子，看不出，您的思想还挺资产阶级的，人家外国人才把狗当人养活呢！听说，人家那狗病了还住医院呢！那医院呀，比这医院也差不了哪儿去……"

"得啦！比这儿强多了！"跟他打对家儿的小尖脸儿老四打断他的话说，"你别不信，我见过照片儿，那狗医院盖得跟咱们这儿五星级饭店差不离儿，不信咱们打什么赌！"

小伙子们就狗医院华丽与否的问题争论开去，老大爷没有这方面的见识，也不感兴趣，见姑娘又洗了一个小勺儿递过来，就感激不尽地爬了起来，端起碗一口就下去了半碗。

"您慢点儿，烫！"桃花真会体贴人。

"不碍事，不碍事！"

小老板嫌她管得太细，就唤了一声"桃花"，姑娘忙答应着过去了。

"没事儿你先回去，一会儿就该查房了。"小老板喑哑的声音带着命令的意味。

"哎！哎！"桃花连声答应着，就弯腰把一个大塑料包里的东西一一取出来，一边往外拿一边说明，"这是汪老板送来的青春宝，还有外国的饼干，这是二狗他们送的面包，说是在西餐馆儿买的，这是……"

小老板躺在那儿微闭着眼，似听非听的，这时咕哝了一句：

"谁吃这些呀，都给拿回去。"

可也是，他那小小的床头柜早就塞满了。幸亏他的床靠着进门儿的地方，有一小窄条谁也碍不着的通道，正好就成了个小小的储藏室。有好几次医生来查房就提出过批评。但是人家小老板住进这医院是上下都打通了的，连护士们的洗发香波、连裤袜都是他给弄来的。更何况他一帮个体哥们儿，卖什么的没有？那天二狗来了，还答应给医院的人弄进口口红来呢。关键问题是平常日子都吃腻了，何况正病着呢？

"甭什么都往这儿送！"小老板又下了令。

"大姐让送来的。"桃花不由得放低了声音。

小老板不言语了，只微微闭上了眼睛，过了一会儿才说道：

"你收拾好了就走，一会儿她就该来了！"

桃花往床前迈了两步，埋下了眼睛，两只手交叉在腹部上方，十个粗大的手指绞在一起，要开口说话，却又没说出来。

二

六床那边，战斗正未有穷期。小尖脸老四噼里啪啦洗了牌，又刷刷刷地发起牌来。

"不想玩儿了，没劲！"缠着绷带的大哥拿起牌又放下了。

"怎么了，大哥，伤口又疼了？"长头发老三放下了牌。

"没什么，心里憋得慌。"

"大哥，你可得想开点儿，身子骨要紧。"光头老二也挺会体贴人的。

大哥闭上了眼睛，小尖脸儿老四赶紧把牌收了。

六床一安静，整个病房顿时鸦雀无声，反倒显得异乎寻常。那边四床上的病人，伸出光秃秃的脑袋，朝这边瞥了一眼又转过去，耳朵还听着这边的动静。

这六床有点邪乎，年轻轻的比那几个大不了两岁，当上"大哥"，还真有那么股子大哥的劲儿。他那胳膊是怎么回事？打架打的，说不定让人拿刀子捅的？他那帮哥们儿，说是厂子里的，可没一个去上班，整天在医院泡着，哪有这号厂子？

大哥睁开眼，小声问道：

"老五哪天走的？"

"上星期四。"光头老二掐了掐日子答了一句。

"还是老地儿？"

"可不。"

"那昨儿就该回来了。"

"是啊！"

"不会出啥事儿吧？"

"大哥，你就甭惦着了，"长头发老三劝道，"老五人机灵，出不了事儿。"

大哥点点头，又闭上眼睛，不再言语了。

四床的病人侧耳听了半天，也没听出个子丑寅卯，自个儿倒打起呼噜来了。

桃花姑娘还挨在小老板床边磨蹭，正吭吭哧哧地想说什么。

"我……我……"

"甭说了，我都知道。"

桃花总算离开了床沿，蹲下身去，把那些滋补品与非滋补品，统统往小柜儿里塞。小老板看见只当没看见，没再发脾气。

六床那边，大哥又问话了：

"厂子里有事儿吗？"

"没事儿，全窝着呢！"长头发老三说，"昨儿我见六车间俩哥们儿，点了个卯就上河沿捞鱼去啦！"

"昨儿上午倒是开了个会，"小尖脸儿老四说，"厂长讲了俩半钟头，给工人出了道题，说是'工厂有困难，工人怎么办'。嘿，他问谁去？工厂有困难，问我们来了；工厂没困难的时候，你们出国的出国，宴会的宴会，怎么没想着问问咱们工人？"

"那马屁精还当个事儿呢！"光头老二说，"还组织车间讨论，都得发言。我就给说了两句。我说，咱们工人阶级，就知道做奉献。大的方面说呢，咱们听党的话，指到哪儿打到哪儿；小的方面说呢，咱们听车间的，上学雷锋下学赖宁，叫咱干啥咱干啥！"

"你小子！"大哥笑了笑。

"你没见马主任那一通拍呀！"长头发老三气愤愤地说，"他一张口就教训大伙儿，要体谅厂长的困难，又是赶上市场疲软啦，又是银行不给贷款啦，这困难、那困难说了一堆，合着厂子搞不好没厂长什么事儿！"

"我可没跟他客气！"小尖脸儿老四说，"你不是怕吗，我就揭。我说，市场软不软我不知道，银行给不给钱我没瞧见。反正我就知道厂长去了一趟日本，买回一堆破铜烂铁，都几年了，搁那儿安不上，这困难谁造成的？"

"那他怎么说？"大哥冷冷一笑。

"抹稀泥呗！他说，得啦，咱们别老算旧账，提点儿建设性意见。我说，好哇，我建议撤了厂长，换人！"

"提那干啥？"大哥拦住说，"你小子傻啦，好不容易刚喂饱了一群狼，再换上一拨儿饿狼，你就喂去吧，还有完吗？"

"没啥指望了。"光头老二说，"大哥，前年招标承包，你要听了我们哥儿几个的，挑头，能弄成现在这德性，死不死活不活的？"

"咱们没后台，没文凭，能把厂子包给咱们？"

哥儿几个都不言语了。

"算了，打牌，打牌！"大哥又靠着墙坐正了身子。

小尖脸儿老四又洗牌了。

"黑桃 K。"

"我使尖子压住你！"

"别动，小鬼毙了你！"

病房里又热闹起来。

四床的病人睡了一小觉，给吵醒了。他觉得耳朵里嗡嗡的，什么也没听清，就听得七嘴八舌的打牌声。这帮家伙真不自觉，还工人阶级呢！

五床的老头儿喝完了鸡汤。桃花姑娘跑过来，拿起他的饭盒说：

"大伯，我给您涮涮去。"

"别，别，这可使不得。"老大爷一把攥住饭盒说，"喝了您的汤，已然过意不去，哪能再叫您涮饭盒儿！"

"没关系。您刚开了刀，不能动。"

"这……这姑娘！"

那边，六床的小老板又来干预了：

"桃花，你还不快着点儿！"

# 三

正巧这时，年轻的护士小姐推着车送药来了。她一见六床前那么多人，就细声细气地说：

"哎，你们怎么又进来了，又是翻阳台进来的吧？"

几个年轻人"欺软怕硬"，根本不把这位年轻小姐放在眼里。他们时常跟她耍贫嘴逗乐儿。听她一说，老三立刻装出一副哭腔：

"护士小姐，您就可怜可怜我们大哥吧！他光棍儿一人，没人儿疼啊！您瞧，这回骨折了，住了院，孤苦伶仃的，找谁呀！哥们儿不来，您叫他靠谁？您就发发慈悲，权当做好事啦！"

那几个小伙子一边继续他们的战斗，一边也参加哀告行列，全都假惺惺做害怕状，倒把那位才参加工作不久的小李子逗笑了。她忙收住笑，一一发药，到了第六床，她只狠狠地威胁道：

"你们等着吧，一会儿护士长就来！"小李子明白得很，这帮子"刘、关、张"谁也不怕，可见了大嗓门儿的护士长就像耗子见了猫。

"得啦，您别吓唬人，护士长她也得通人情呀！"

"还没到探视时间呢，你们影响别的病人休息。自觉点儿，别老让人说！"

五尺高的汉子，哪能让这毛丫头说了去，于是七嘴八舌地跟她辩论开了：

"我们怎么干扰啦？你拿出事实来！"

"我们学雷锋，您怎么没看见啦？"

"谁知道你们在这儿干什么？"她用那双好看的丹凤眼斜睨着被子上的扑克牌。

老三成心问五床的老大爷：

"大爷，我们影响您休息了吗？"

老大爷从住进医院以来，粮票饭票都是病房的人凑的，这帮小伙子更是最大的赞助者，遇上他能替他们说话的时候，他能含糊吗？老人忙说：

"小伙子，你这是哪儿的话！同志，您可别错怪了好人哪！这几位可是好心肠的人啊！您是知道的，我进来一分钱没有，住这儿好几天了，饭票全是大家伙儿给的。这几位小伙子可没少给……"

"得，得，您别说那没用的！"老头子开口就是感恩的话，倒叫这帮小青年怪不好意思的。光头老二赶紧递过话去：

"老大爷，您只要证明，我们哥儿几个在这儿没影响您休息就得了！"

"不影响，不影响，不在这儿还闷得慌呢……"

老头子正儿八经地作证，把一屋子人都给逗乐了。连四床那位从不参与病房谈话的病人都跟着笑了笑。只有护士小姐竭力憋住笑，绷起脸。

小尖脸儿老四看见四床那个一言不发的秃头也乐了，就更来劲儿了。他斜眼瞧着四床，说道：

"好，您不相信工人农民，您问国家干部去呀！"

"反正我不管你们，有人管你们！"

小李子发完药，又从小车下边取出一条新床单，掖在空着的二床床垫下。这一下，引起了全室的震动。

"怎么，二床来人了？"首先发话的不是住院的病人，倒是来看病人的长头发老三。

"不来人怎么着，老叫它空着？告诉你，医院的床没闲着的时候。"小李子教训着说。

"打听打听，新来的主儿干什么的？"光头老二憋不住好奇之心。

"管他干什么的！"小尖脸儿老四说，"护士小姐，关键是您可别弄个缺胳膊断腿儿血赤糊拉的主儿来。那要成天吱哇乱叫的，谁也甭想安生了！"

四床的病人暗中一笑。你们这几位早叫人不得安生了，还怕别人闹腾？

小老板却觉得这担心是合理的，忙说：

"小李子，劳驾给说说，千万可别弄个重病号进来。我本来就睡不好觉，吃多少安眠药都没用。这要来一位成宿地哼哼唧唧，还不活要人的命吗？"

他这么一说，满屋都骚动起来。四床的国家干部也顾不得自己的身份，插进话来：

"护士同志，能不能请你了解一下，要来的是什么病人？"

一屋子人都围着自己说话，小李子可神气啦！她换好床单，又换好枕头套，斜眼把屋里的人，连躺着带坐着的，都扫了一眼，才有点幸灾乐祸似的，笑嘻嘻地说：

"真给你们说中了，就是个血赤糊拉吱哇乱叫的。他呀，是个小偷。警察抓他，他从四楼跳下来，摔断了脊梁骨。"

"哎哟！"

"妈呀！"

"怎么不送公安医院？"

"八成住满了呗，活该咱们倒霉！"

一屋子人都慌了。

这时候就显出国家干部的水平来了。就见四床的病人坐了起来，不慌不忙，非常严肃地说：

"护士同志，这件事，你是要考虑一下。我们这个病房，团结友爱，互相帮助，很有希望评上先进。这对你来说，不是没有实际意义的，是不是？要是真住进一个小偷，那还讲什么团结友爱呀？"

"您跟我说这没用，病人又不是我挑的。"

一直蒙着被子养神的三床病人，这时才露出胖胖的圆脸说：

"跟她说没用，得找他们领导。"

这才没人说话了。

小李子的情绪一直很好，她收拾好了二床，推着车出门，扭身一回头，冲着六床边的那伙人一笑，意思是很清楚的：你们还不走就等着吧！

"跟哥们儿玩儿阴的！"长头发老三嘴上不服软，可一想起护士长那厉害样儿，心里也发虚。他想了想建议道："好汉不吃眼前亏。咱们先躲躲，等会儿到时间再进来？"

光头老二不干。他斜睨着还在一床边儿上磨蹭的桃花说：

"这儿又不光是咱们仨。"

躺在床上的大哥说：

"你们可不能跟人家比。人家是有送饭牌儿的。"

老三一甩长头发，假装客气地跟小老板请教：

"嘿，哥们儿，教给教给咱们，咱也弄个饭牌儿去！"

"这年头儿没咱办不到的事！……"

还没等小老板说出要领，护士长一眨眼就进了病房。她的两眼虽说嵌在肿眼皮之中仿佛只剩下了一条缝，然而从这缝里放射出来的却是炯炯有神的火辣辣的两道亮光。她并不往里走到六床前，而是停在门口一床与三床之间的中间地带，好像是要堵住从里边六床想逃跑的违法者。她那并不苗条却十分精壮的身躯，她那并不美丽却十分威严的面孔，总是使这群小伙子产生一种莫名的恐惧。他们甚至为她作了歌，套用的是眼下北京"卡拉OK"歌厅最潮的歌曲《你知道我在等你吗？》。那原词是："莫名我就喜欢你，深深地爱上你，没有理由没有原因。你知道我在等你吗？……"经他们一窜改，歌词就成了："莫名我就害怕你，深深地怕上你，没有理由没有原因。你知道哥们儿怕你吗？……"

就在他们一边"怕呀怕的"哼哼着这歌儿，起劲地甩着扑克的时候，护士长站那儿了。一看见她的身影，正对着门的老三马上用身子挡住被子上的扑克，其他的人立刻把牌收得一张不剩。没等小哥们儿讨好的话出口，护士长站定了一秒钟之后，只威严地说出了五个字：

"请你们出去！"

没想到这声调不高的五个字，对这三个天不怕地不怕的小伙子真灵。他们立即从床边站起，一句多余的话都没敢说，悄悄地绕过护士长身边溜出了门，那神情活像幼儿园的孩子见了老师。其他病床上的人都露出了笑容，只有六床缠着绷带的大哥心里打鼓，跑了和尚跑不了庙。果然，护士长几步走到他的床前，指着他那给人当牌桌又当凳子被搞得乱七八糟的床，训开了，用词活像训她家的大小子：

"你看看你这床像个什么！这是医院不是俱乐部，你要敢再招一帮小痞子来，我就让你出院！你又不疼了是不是？我可告诉你，再疼起来你可别叫爹叫娘的！这是最后一次，你听见了没有？！"

大哥整个儿像个垂死的病人，有气无力地"唉"了一声，闭上眼躺在枕头上，仿佛晕了过去。护士长不理他了，回身往外走，正看见一床边的姑娘桃花，她沉着脸说：

"送完饭就可以走了。送饭不是陪床，他的病也不需要陪床！"

吓得桃花一句话也没敢说，像做了贼似的，一溜烟就出去了，跟她的主人连个招呼也没顾上打。

等把闲杂人等都轰走了，护士长才站在屋中间说了几句话：

"病房的秩序要靠大家维持。每个人都应该自觉一点。四床，您是病房的代表。您该说也说着点儿。"

四床的那位机关干部连连点着自己那秃头。

# 四

探视的时间到了。三点钟门口刚一放人，所有拿了牌子来探视的人立刻蜂拥而进。

这回，六床的三个年轻人自然是大摇大摆地走了进来，而且每个人手里都拿着探视牌。虽然每个病人只有两张牌子，只准两个人探视。不过，他们早已和五床的老大爷达成协议，反正也没人来看他，他的牌子就归他们了。

说实话，这病房，对他们还真有股子吸引力。大哥受伤，首先是哥们儿的情义，有难同当，岂能坐视不管。其次是病房还真是个很好玩儿的地方，各色人等，一律平等。谁也不认识谁，谁跟谁也没有过不去的事儿。谁也不领导谁，谁也甭看谁的脸。而他们几个混迹其中，递个尿盆，逗个乐儿，还挺受欢迎。尤其是五床老大爷那种发自肺腑的感激之情，常唤起他们心中少有的喜悦。在厂子里只有挨头儿训的份儿，从来没有落个"好"字儿的这帮小伙子，居然在这里发现了自己身上的闪光。可带劲儿啦，这不比花钱去歌厅好玩儿？

病房里可热闹了。几个小伙子早已发现，非探视时间来，他们在这里是中心人物，真到了探视时间，中心点可就转移到三床那儿了。今天也一样，三床床前已经有俩人了。而且已经把他们哥们儿床前的那张凳子也拖过去了。

"对不起，是你们的凳子吧！"一个嘴唇很丰满且涂得鲜红的女士转过来欠身说着，并没有归还凳子的意思。

"您坐吧，您坐吧！"长头发老三答了一句。顺水人情，不做不行。

"坐吧，坐吧！"三床脸冲着他们几个笑，嘴里却对那三十来岁的胖女士说。

"您这病房太挤了点儿，要不要我给托人挪个地儿？我早不知道您要住院，其实，我姑夫他们家跟医院有认得的人，这事儿好办。刘经理，叫我说，还是换个地儿吧！"

"不用了，后天就手术了，还换地儿干吗！等下回吧，下回再求您。"被人称为刘经理的三床话挺客气，可态度中总有那么一股说不出的劲头。

女士旁边坐着一位穿着皱皱巴巴西服的瘦猴儿，看样子是女人的丈夫，见女人似乎还要说那些没用的，就拦住她说道：

"你知道什么呀，刘经理跟这里外科主任熟识。他们家的房子还是刘经理帮忙找工程队装修的呢！"

"求到我这儿了，怎么办？其实我也就见过一面，都说他手术不错，要不是我那口子非要我住这儿，我住中日友谊医院也行，那儿倒有几个人认识……"

那红嘴唇的女士立即笑嘻嘻地说道：

"那是，满北京您刘经理要住哪个医院，还不是一句话吗！"

"这话咱们可不敢说！"三床含笑否认，语中带着自豪感，否定中又有肯定。

"得啦！您还不敢说谁敢！"那位女士奉承定了，不达目的誓不罢休，"我也不跟您客气了，我们家小猴儿的事儿可就指着您了……"

他们家小猴儿不耐烦地打断了她：

"我说，你这人怎么回事儿，刘经理正病着呢，你还给他添乱……"

"得啦，死要面子活受罪！几十号人要吃要喝，你没活儿干成吗？你不求刘经理求谁去？眼看俩月接不上活儿，你那包工队儿还能维持吗？还不让人说？你当你不说人家就不知道咋的！别瞧人家刘经理住着院，人家有这本事，拉你一把你这坎儿就过去了，不拉你呢，你就活受着去吧，我也不管了！"她气呼呼的真撒手不管了的样子。

刘经理劝架似的笑道：

"我说，弟妹，他的事你不管可不行啊！昨天倒是有个体育馆来找我，说是他们那儿有点活儿，我瞧着活儿太少，没跟你们提。要是你那儿等着活儿干呢，我写个条儿，你先去谈谈。谈成了好，谈不成也没什么。"

"那敢情好，刘经理您可真沉得住气，您怎么不早说呀？"

"您哪容工夫我说呀！"刘经理仍然开着玩笑。

几个人都哈哈地笑了起来，压根儿没觉着这儿是医院，就跟进了饭店的单间儿似的。

一床小老板那边来了个卖服装的个体。卖啥穿啥，只见他上下一身牛仔，胳膊腿儿上全带兜儿，说不准是哪国的新潮。他们两人扭头冲这边的笑声看了看，那浑身带兜儿的弯着腰小声儿问：

"那边是做什么买卖的？"

"什么也不是，就是路子野。"

"我瞧给上供的人不少。"

"用得着呗！"

"是个经理？"

"这年头，是人就能当经理。"

"也是个体的？"

"个体的有这么神气！承包的，说是什么建筑公司的，还是国家干部呢！"

"跟他拉合拉合，说不定咱们……"

"我就瞧不上这号儿，自个儿啥也没有，全靠块牌子净赚！"

"你小声点儿！"

"你放心，这会儿他没工夫听别的！"

这位经理是没工夫听别的。那红嘴唇儿从大提包里直往外掏。全是花花绿绿包装的中美合资、中法合资、中瑞合资、中日合资、中什么国合资的食品，甚至还有一大盒中国西班牙合资的泡泡糖。别的礼物刘经理已司空见惯，不以为奇，唯有这泡泡糖，还是住院三天来首次出现的供品。他不由得拿起来笑道：

"弟妹，您可真让大哥我开了眼啦！我净看我们家那浑球儿嚼这玩意儿。自个儿还从来没想起来吃过它呢！"

这话可让送礼的人太高兴了，她那肥硕的嘴嘻开来像一朵盛开的红喇叭花儿。肥胖手指小胡萝卜似的上下飞舞，顷刻间剥了一块泡泡糖递到病人手上，连声说道：

"那您就选尝一块儿试试！"

经理做出孩子般的天真，果然有滋有味儿地嚼了起来，一边还含混不清地称赞：

"嗯，真不错，真不错，你可让我开了洋荤了！"

"我们可该走啦！"那瘦猴儿小声提醒自己的外交夫人，"外边还有人等着咱们的牌子呢！"

"你急什么，刘经理还没给条儿呢！"还是女人比男人细心。

"条儿？那好办，你啥时候要，我啥时写。不过……"尽管病房里人声喧哗，刘经理还是把声音放低了一点，"我是怕，你们吃不了这个亏。这事儿也是人家转托的，那个朋友有几间房要装修，要是你们接这活儿呢，先得把那活儿干了才好说。"

"几间房？"女人总是抓得住主要矛盾。

"也就一百平方米吧。"

"那可不算少。"瘦猴儿皱了皱眉。

红嘴唇心里早算过账来，也就没再搭话。

"所以呢，我怕你们太吃亏，还是等等再说吧！"

"成！您大经理心里装着我们就成！"红嘴唇站了起来，又笑着说，"咱们快出去吧，别把嫂子搁外边儿进不来，大哥还不得找我拼命啊！"

"这你放心，她进来不用牌儿！"

三个人又乐了起来，只是两位客人的笑有点勉强。

两人背影儿刚看不见，六床边的光头老二就冲三床笑道：

"刘经理，您可真有路子啊！瞧才来的主儿，对您够意思的！"

"这年头儿，大伙儿都为混口饭吃不是！"

"说正经的，刘经理，您那公司叫什么名儿来着？"小尖脸儿老四也凑上来说，"赶明儿咱哥们儿也拉几个人搞个建筑队，到时候还得求您帮忙呢！"

"小伙子，你还是当工人阶级省心。你叫罗老板说，我这话对不？"他很聪明，干脆自己不回答，把球踢给了小老板。

小老板心里有事，没听见，浑身带兜儿的倒听见了。他说：

"没错儿！还是铁饭碗儿结实。都以为干个体的赚，可有谁知那俩钱儿怎么赚的！他娘的，恨不得叫你把祖宗八辈儿的脸都丢净，见人您就磕吧！上回，没伺候好街面儿上俩戴箍的，一家伙就罚五千……"

# 五

四床的干部不掺和病房的事，尽管护士长委任他为病人代表，他也只是笑笑，从不履行职责，甚至于很少和病房的人聊天，更不管别人的闲事。

四床的床头柜是最干净的。不但柜子里头光光的，柜子上面也光光的，只有一瓶橘子汁，那瓶子跟酱油瓶子似的。

四床的床边也是最清静的。平常没见有人来看他，只有探视时间，妻子来坐一阵。

这会儿，两人正用别人绝对听不见的低声在说话：

"倩倩功课准备得怎么样？"

"她还说要来呢！"

"别叫她来！叫她好好在家复习功课，时间不多了。"

"是啊，我也是这么说。可这也是她的孝心嘛！"

"唉，她考上大学就是孝顺我了。"

"你放心，她自个儿知道用功，天天看书看到半夜呢！"

"那可得给她加强营养，蜂皇精给她买了没有？"

"下月吧。"她格外放低了声音凑近他耳边说，"这月我扣了国库券，你又住院，花了点钱……"

"我跟你说了，我这又不是什么大病，什么也不用买，过两天我就出院。小倩的营养品可一定要保证。每天一个鸡蛋是绝对不能少的……"

"这你别担心。昨天我去自由市场用粮票刚换了两斤，够她吃一阵子的。"

"我什么也不担心，就担心倩倩考不上。将来跟我一样，没文凭，评不上职称……"

"别想那么多了，我给你冲杯橘汁吧？"

见他微微点了点头，她起身走近床头柜，冲好橘汁一回身，正看见一个穿夹克的五十多岁花白头发的男人在房门口探头探脑的，她忙推了推他说：

"老王，你看看，那是不是看你的？"

就在他睁开眼的同时，那花白头发也看见了他，叫了起来：

"啊，老王，我瞧了半天，还以为走错了呢！"说着，几步走到病人床前。

老王的妻子赶紧搬过了凳子，挺热情的。她希望有人来看看丈夫，她总觉得与病房的人相比，他们的床前太冷清了。

"这是我们副处长，这是我爱人。"老王也很有精神地坐了起来，忙着介绍。

老王的爱人手里正好端着一杯橘汁，就顺水人情地说：

"这儿不好坐车，机关来还得换车吧？喝口水吧！"

"不渴，不渴！我骑车来的，还不算远！"说着，他就把橘汁接了过去。

"其实您不用来，过两天我就可以出院了。处里挺忙的吧？"老王还是很高兴的。

"你呀，好好养病，别去想处里的事。你那摊子现在是小方在管着呢，你就放宽心吧！怎么样，这医院的条件还不错吧？"他环顾一下四周，在三床那热闹的地方多停了两秒钟，"病房条件也还可以吧？"

"挺好，挺好。"

"听说手术做得不错，我们也就放心了。"

"谢谢组织上的关心！"老王很感激的样子。

副处长微笑着，把喝光了的杯子放在了床头柜上，在那旧黑皮包里掏了半天，拿出一本薄薄的小册子，递给了病人，说道：

"老王，这是发的学习材料。你身体好的时候可以看看，如果可以，就写几句心得体会。当然，你要量力而行，主要任务是尽快养好身体。养好身体是第一哟！"

约有十分钟的样子，副处长起身告辞，走时还千叮咛万嘱咐要他好好注意休息，千万要养好身体。一直到老王的爱人把他送到走廊里，他嘴上还在说着"身体是革命的本钱，让老王好好休养"之类的话。

老王靠在床头，翻开了小册子，根本没注意六床的小伙子们冲他这边挤眉弄眼的。一会儿，长头发老三跟他搭话了：

"老王，才来的是您的头儿呀？"

"一个处的，我们副处长。"

"还副处长呢，瞧那穷酸相儿吧，光坐那儿说空话！"

"你……"老王显得不乐意了。

"您别不乐意，您瞧，有他这样儿的吗，来看病人，空着两只手，就会车轱辘话来回转：好好休养，好好休养。烦人不烦人……"

"光空手不算，还把人的橘汁儿喝了。"光头老二观察得更细致。

小尖脸儿老四也搭茬儿了：

"可气的倒不是拿不拿东西，可气的是给人添乱，人都病得七死八活的，还让人学习，学他妈个屁！"

五床的老大爷扭头伸着脖子拿碗喝水，瞧见四床正看书呢，感叹地说：

"瞧您，人都住了院了，还想着公事呢。我们村儿的干部有您一半儿，大伙儿就算享了福了。"

# 六

一床边上，浑身带兜儿的走了，来了一位过早发福的女人。看上去超不过三十五岁，眉眼儿长得不难看。就是身上的肉朝横向发展开去，上下一套紧身儿的"太太服"，非但遮不住丑，倒把她那胖劲儿展露无遗。

"你瞧你，床单都跑到哪儿去了，起来，起来，也不嫌硌得慌！叫你快起来！"她一进门，就冲着小老板嚷嚷起来。说她嚷嚷也冤枉了她，她也知道这是医院不是他们家，说话得轻点声儿，可天生的大嗓门儿没法子。这放低了的音量，还是满屋都听见了。

小老板不想动弹。瞧她那坚持劲儿，你不起来，她还得嚷。他只好皱着眉头，趿着拖鞋，离开床铺，站了起来。幸好一床靠着墙，他一手扶着墙，那软绵绵的两条腿才算站住了。

那位女士就大张旗鼓地忙活起来。先是把被子抱起来，搁二床空铺上，又左右两边来回跑，抻了这边又抻那边。把床单抻平之后又把枕头翻了个个儿，拍得震天价响。一切妥帖之后，才朝他胳膊上拍了一巴掌，说：

"躺下吧！"

小老板一声没言语，在光光的床上躺下。

她这才把被子从二床抱过来，给小老板盖上，问：

"是不是舒服了？"

小老板没答话。六床那边的光头老二倒叫起好来：

"嘀，瞧瞧，还是人家有福气，有夫人就是好哇！"

她这一场贤妻良母式的即兴表演，观众不多，她心里本就有几分扫兴，再看丈夫那死样怪气的样子，说出来的话也就气不顺了：

"大兄弟，你可不知道我这人，生来操心受累的命！可你累死累活，谁知道哇！"

这番话傻子也听明白了，小老板不能再装没听见，只好开口问一句话：

"店里没啥事儿吧？"

谁知这一问，恰似点燃了一挂小鞭炮，回答是噼噼啪啪的没完：

"没事儿？说得轻巧，没事儿！你可倒好，往医院一躲，百事不问，一个饭馆儿搁我一人儿身上，也不问问我天天是怎么熬的！开票收钱、端盘子刷碗不算，还得帮着打扫，见天天不亮就得蹬平板三轮儿去采购。你说说，我长八只手也忙不过来呀！"

"采购不是有小王吗？"

"小王？你信得过，你回来使他！这买东西的事儿，价高价低，生人熟人，一进一出的你赔得起吗？"

"让他蹬三轮儿，你跟着。"

"哼，就你有招儿！"老板娘这才露出一点狡黠的笑意，"自打你住了院，天天我就叫他蹬平板儿拉着我上农贸市场。我这人，吃亏吃在明处，人想算计我可不成！"

"你不算计人就成了。"小老板回了一句就闭上了眼。

你以为闭眼就躲过去了，门儿都没有，她还接着说：

"我算计？我会算计就落不了今天这下场！我呀，早让那些没良心的算计够了。就你招来的那帮狐狸精，供她们吃，供她们住，一个个倒是老实干活儿呀，可倒好，没有一天不给你添乱的！……"

"出啥事了？"小老板睁开了眼，显然是关切的。

"放心，不是你那个小妖精。前儿我把新来的那丫头轰走了，自个儿手脚慢还不让人说。还有上月你从建国门桥洞领回来的那俩，派出所找来啦，说是没报暂住户口，张口就是罚五百！"

"上两条'希尔顿'不就结了。"

"送去啦！人家说这回看你们态度不错，下回可真罚，新账老账一块儿算。"

四床的国家干部手上拿着学习材料，耳朵早入了一床的旁听席。他妻子坐旁边也不说话，陪着他听。听到送烟一节，她小声发表意见说：

"真不像话！"

国家干部没回答，只用眼神制止了她，继续旁听。这回，可听见热闹了。

"桃花我也不打算用了。"

"什么？"

"哼，半天不吭气儿，跟我这儿装哑巴玩儿。怎么一提她，你就不哑巴了？你说呀？"

"不行。"小老板咬着牙蹦出两个字。

"不行，为什么不行？"老板娘一声连一声地冷笑着质问道，"怎么就不行？人手多，我养不起，我爱辞谁辞谁，说不定赶明儿我他妈的全给辞了呢！不行，什么不行？你说个理由出来，怎么到她这儿就不行？"

"你小点声儿，这是医院……"

"医院怎么啦？医院也不能不叫人说话。告诉你！我要不是念在夫妻多年的分儿上，我就上法院，告她个第三者插足……"

"这事儿，咱们再，商量……"

"没什么商量的。我够能忍的了！这种不要脸的货，趁早离我远远的，算是便宜了她，要不，她就等着瞧……"

"你让她上哪儿去？……"

"那我管不着！她肚里的孩子是谁的找谁去。这种臭娘们儿，谁知道哪儿的野种！……"

"反正我不能干那缺德的事儿！"

"知道缺德你别干哪！"

女的嗓门儿越来越大，小老板有点吃不住劲儿了，不顾身子虚弱，翻身下床，推着老婆上楼道去了。

国家干部叹了口气，正节骨眼儿上不让听了。遗憾！

六床边的长头发老三也叹了口气，悠悠地说：

"整个儿一部琼瑶小说！"


# 七


病房里今天可出了新鲜事儿，有人来看五床的老大爷了。他没有牌儿，是由护士小姐直接带进来的。一进门，小李子就指着身后的汉子，指责起六床来：

"瞧瞧你们干的事儿！好不容易有人来瞧瞧老大爷，差点儿进不来。人家的牌子都叫你们拿了，你们像话吗！要不是正好我碰见了，肯定就进不来了。"

小伙子们自知理亏，停止了打牌，有的热情地招待外乡来客，有的就去推正蒙头大睡的五床：

"老大爷，快醒醒吧，有人瞧您来了！"

老大爷迷迷糊糊睁开眼，见床前站着自己的远房侄子，他噌地坐了起来，扯开铜锣样的大嗓门，叫道：

"狗剩儿！是你！信收到了？啥时候从家走的？长途车等了多半天吧？你小子够能耐的，能找到这儿！"

老大爷见自己的亲人来了，心里高兴，不知该怎么夸侄儿才好。忽然他才想起来问：

"哎！你还没吃饭吧？"

"您甭管，我带着干粮呢，就是想找口水喝。"

"有，有，有。"老大爷指着床头柜上的暖壶，又指指那俩粗碗，让佷子自己倒水喝。

"开水留着您喝吧，我找口凉水就成！……"

"瞧这傻小子！"住了几天院，老大爷对城里的生活有了一些感性的认识，佷子当众提出如此低标准的要求，他觉着面子上多少有点抹不开，于是左顾右盼地说，"你当这儿是咱们村儿里呢，八百年不兴烧锅开水，这儿是医院！人家那锅炉见天开水不断，你爱喝多少喝多少，自个儿打去，没人管你！喝吧，喝吧，喝了再去打。"

佷子也是真渴了，就倒了一大碗水，连连用嘴唇吹着热气，吸溜吸溜地直往喉咙里灌，老大爷一边看着心疼，直叫慢点慢点。又关心地问：

"你还吃点什么呀？"

"我带着呢！"说着就从地上拿起自己那粗布褡裢，把手伸进那口袋的深处，掏出两个硬邦邦的玉米面贴饼子来。一手端起那大碗，一手攥着俩贴饼子，就用那洁白坚实的牙齿狠狠地咬了一口。那饼子确实太硬了，一口咬下去，就像一铁锨砍在冻土上，光起白印儿不开口子。他"哎"了一声，又把饼子转了一个方向，想找个比较薄弱的环节下口。

"唉，饼太硬，得拿水泡泡！"老大爷建议。

汉子点点头，正要依法炮制，就见六床那边的光头老二早拿了两个大面包送到跟前，说：

"给，吃这个吧！"

"您留着自个儿吃吧！"汉子欠了欠身，大大方方地拒绝，又指着手里的饼子说，"我有这个就行了，拿水泡泡一样吃！"

倒弄得老二怪僵的。那边的小伙子都出来帮着说话了：

"你客气什么，一个面包，拿着吧！"

"在家靠父母，出门靠朋友，吃吧！"

"老大爷跟我们都不见外，大爷您说句话！"

"可不是，你就拿着吧！"

农村人老实，自个儿有吃的了干吗要人家的。尽管大伯说了话，他还是让面包在小柜儿上待着，只啃着泡软了的玉米面饼子嚼着，有滋有味儿的。

半晌，老大爷才问：

"钱带来了吗？"

狗剩儿头也没抬，眼也不抬，嘴里嚼着吃的，瓮声瓮气地答了一句：

"哪儿有钱？"

"嘿！你小子没带钱来呀？我不是打信回去说了吗？这住院的钱是人家机关给垫的。咱们得还人家呀！"

狗剩儿不言语。病房里的人都觉得这中间似乎出了问题，一时倒安静了下来。

"问你呢？"老人已经全坐了起来，几乎整个身子都斜向侄儿这边了，"你倒是给我说清楚呀，我那粮食卖了没有？"

"卖啦。"

"钱呢？"

狗剩儿直摇头。

"怎么，没给，又打的白条儿？"老大爷俩大眼瞪得跟灯笼似的。

"也没说不给。"狗剩儿倒是平心静气，司空见惯的样子。

"这不活要人命吗！"老大爷着急了，"去年就欠着我的。欠着就欠着吧，自个儿紧紧手，该花的不花，我也没说什么。今年我有急用呀，这不是坑人吗？得，我找他们去。老子也不是好欺负的！我不是跟你们要救济，我是汗珠子换来的。买人东西给人钱，自古的规矩。怎么着，买粮就兴不给钱？我找他们粮库去！……"

"人家说今年改章程了，下放了，叫，叫户卖村结。人家粮库只管收粮，给钱的事儿，都归村里掌握着呢！该给谁钱，先给谁后给谁，村里干部说了算。"

老大爷越听越急，爬起来就要下地。旁边六床的小伙子们赶紧上去拦住了。小尖脸儿老四劝道：

"老大爷，您着什么急呀，村里给不也一样是给吗？"

"唉，您是不知道，我们村儿那管事儿的，可不是个东西，贪着呢！见我老头子身上没啥油水，他能先给我？再说，再说上回叫我抡过他一扁担。你想，这回他还不公报私仇？"

病房全体的同情都在这位孤苦伶仃的老人身上，长头发老三拍胸脯说道：

"大爷，您甭犯愁，我们哥儿几个跟你侄子去一趟，先礼后兵，让你们村儿管事的知道知道，老爷子在城里不是没人……"

老大爷连连摇着手说：

"可别，可别惹事儿去！"

那可怎么办呢？全病房的人都替老大爷发愁。只见老人抬起青筋暴露的手，用手掌抹了抹眼角渗出的泪水，又弯腰从自己的床头柜里费力地拿出来两瓶罐头水果，这才冲侄子说道：

"狗剩儿，大爷也不留你了，你这就赶回去。这罐头是六床小伙子们送我的，我也没舍得吃。你带着，给人送去，捡那好听的话说，央告央告他。就说我这儿住着人家的医院呢，没钱可出不去。我一个孤老头子，不能死人家这儿。要死，我也死在自个儿家的炕头上！"

老大爷越说越伤心，一屋子人也跟着叹息。

六床的大哥说话了：

"光俩罐头管什么用，老三，把那俩点心盒子拿过去。"

一床的小老板送走老婆也回来了，正好赶上这一出。他一句话没说，从床头柜里拿出一条"万宝路"，走过去塞到老大爷怀里。

刘经理一看这阵势，也大发善心，指着柜子上两瓶刚收下的大曲，叫进门儿的太太给五床送过去。刘太太天生是肥水不流外人田的习性，无奈众人面前丈夫要这个面子，大伙儿也正拿着眼瞧自己呢，她只好挤出个笑容，把两瓶酒提了过来。

"嗨，烟、酒、点心盒子全齐了！"光头老二乐着宽老人的心，"老大爷，您就尽管把心放肚子里，听好儿吧！有机关枪手榴弹，没有攻不下的堡垒！"

老大爷感激涕零，一个劲儿冲四面八方作揖：

"我啥也不说了，我没的说了，我老汉至死也忘不了大伙的恩德！唉，还是那句话，亏得托生在眼下了，要搁资本家那会儿，谁搭理我一个臭种地的……"

"老大爷，今儿您可把话说低了，"长头发老三挤眉弄眼地笑道，"一方有难，八方支援，咱们今儿是奏响了一曲共产主义的凯歌！"

"对，对，对！"老大爷直点头，反正共产主义、凯歌都是好词儿。

四床的国家干部未尝不想做点好事，只是望着那小柜儿上的半瓶橘汁，实在拿不出手。他咳嗽了一声，说道：

"这件事，恐怕还要研究研究。"

"这不明摆着的事儿吗，研究啥？"六床的大哥觉得新鲜。

"听干部说，听干部说！"农村老大爷，毕竟还是最懂得尊重干部意见的。

"这件事，首先要调查一下：户卖村结，有没有文件？如果有，是政策规定，咱们就得执行。如果没有文件，那就是违法乱纪，土政策。再有，即便是上级有文件，村里执行走了样，不是秉公而行，那也是违法乱纪。咱们办事，都要有理有据，是不是？"

"是啊，是啊！"老大爷点着头，可掩不住那一脸的失望。

"好吧！"光头老二说，"就算我们查了，下边是违法乱纪，是给老大爷穿小鞋，那你说该怎么办？"

"怎么办？向上反映啊！"四床答道，"光反映不行，还可以告他。报上不是说了吗，公民要学会用法律的武器保卫自己的权益。"

"你得了吧！"光头老二火了，"告，上哪儿告去？就算告到中央，人家搁下国家大事不管，管你一个孤老头子卖粮的事？扯淡去吧！"

"再一说，"小尖脸儿老四也发言了，"就算准了你的状，派人来调查调查，研究研究，一拖他妈的三年五载，老爷子受得了吗！"

四床的见众口难敌，便说：

"反正我觉得用这种送礼的办法欠妥当。这不是行贿吗？"

半天憋着气的大哥叫了起来：

"有你这么说话的吗？这叫行贿？我们是套购钢材，还是想占地盖私房？告诉你，这叫救人一命，你懂不懂？"

四床的招架不住，喃喃言道：

"不叫行贿，反正请客、送礼，也是不正之风吧！"

小老板见双方争执不下，出来打圆场：

"得了，得了，都别争了，是行贿也好，不是行贿也好，管他呢。救人要紧。当年汪精卫闹曲线救国，如今咱们来个曲线救老大爷！"

# 八

一个浓眉大眼，挺精干、挺漂亮的棒小伙子刚跨进病房，六床的大哥就高兴地叫起来：

"老五，你可回来了！"

被叫作老五的提了一盒"起士林"的点心，顺手交给了长发老三，说道：

"在天津耽误了小半天儿，今儿上午到的。"

"没出什么事儿吧，大伙儿还替你捏着把汗呢！"光头老二说。

"跑长途又不是头一回，能出啥事儿？顺顺溜溜地就到了，一点没事儿。"

那边三床刘经理又送走了一批客人。刘太太正一边点着供品，一边小声问自己男人：

"六床那帮子是干什么的？"

"厂子里的小青工。"

"他们不上班呀？"

"准是没活儿干呗！你没听见说跑长途、跑长途的，自个儿捞外快呢！"

"啊！"

经理太太又不住眼地朝这边儿瞧。只见那浓眉大眼的小伙子正坐病人床上说呢：

"那丫的说，单位盯得紧，车弄不出来了。"

"什——么？"大哥的一双眼瞪得像牛眼似的，"说好仨月的，真他妈的不仗义！他那儿破车多的是，谁查他呀？八成儿又是嫌钱少了。他也不想想，受累担风险全是咱们，这回摔断胳膊住院，还得自个儿掏钱，他往那儿一躺就等着拿钱。五五分成他还嫌少，赶上资本家了。这小子真够黑的！"

"大哥，我还是那句话，"光头老二说，"自个儿买辆车，省得受丫的气！"

"说得轻巧，一辆车，少说几十万，抢去？尽说那没用的！"

刘经理今天心情特别好，倒不是进供的人多，主要是在医院不像在生意场上，同病房的人，天南海北的，真可谓为了一个共同的目标走到一起来了。彼此之间谁也不碍谁的事，谁也无求于谁，用不着斗心眼儿，这种精神上的休息，上别处还真找不着。听到六床那边犯愁呢，刘经理就拿出比小青年们好歹多吃了二十几年盐的兄长身份，给出主意了：

"我说，这位兄弟说得对。按说呢，会开车就是钱。可话说回来，你要是光会开车，自个儿没车，那也就是个热闹，赚不了几个子儿。不但挣不着钱，还受人治。谁有车谁牛气，就这么回事儿。所以我说呀，您几位有这技术，干吗不自个儿想法子买辆车。多的不用，跑北戴河拉一夏天螃蟹，就挣回来了。用不了一年，准发！"

"刘经理，您闹拧了，我们哥儿几个是国营厂子的，开车，那是玩儿。"大哥说道。

"是啊，国营厂子是有它优越性。可树是死的，人是活的，干吗非一棵树吊死！"刘经理笑模样地说。

"您那儿敢情树林子大，哪儿都能找着棵树拴绳儿。我们这儿就这么一棵树，不拴这儿拴哪儿！"

人家刘经理四五十岁的人，财大气大，不在乎你说啥，继续帮着出主意想办法：

"一屋里待了好几天，我看你们几位都挺能耐的。今儿我就管个闲事：你们真要自个儿有车跑运输，活儿我刘某包了。哪个小建筑队不用外边儿的车，拉料啥的正好是晚上，白天不让进城，对你们正合适。干脆说吧，我是白尽义务，一分钱不要，谁让咱们有缘分呢！"

"您刘经理的好意我们哥儿几个心领了。"大哥笑道，"自个儿买车那是猴年马月的事儿，不比您刘经理搞承包……"

一提承包，刘经理也诉起苦来：

"兄弟，你哪儿知道搞承包的苦处！冒多大风险不说，单说如今你想搞点事业，不请客送礼装孙子行吗？一听说你搞承包的，就拿你当大酱缸，谁都来舀一勺，你不让舀还不成……"

"得啦，您别装着明白充糊涂，"大哥冷笑一声说，"大伙儿谁不知道，如今也就你们搞承包的，躺社会主义床上，吃资本主义牛排……"

"哈，哈，哈……"刘经理先带头大笑，全病房的人都乐了。除了五床的老大爷没听清"牛排"是什么玩意儿没乐之外，连四床的老王都微笑了一下。

"要不说搞承包是一等公民呢！"长头发老三说。

刘经理赶忙摇着手说：

"你可真高抬我们了。你没听人说吗，'一等公民称公仆，全家老少都享福'！那哪儿是说的咱们这号儿的，咱可够不上那格儿。"

"您说得对，您是二等公民。'二等公民搞承包，吃喝嫖赌都报销。'……"

刘经理一点儿也不恼，反倒笑得有滋有味儿的。经理夫人可不乐意了，立即接口骂道：

"谁这么缺德，他看见人家吃喝嫖赌啦！"

一床的小老板也加入了这颇为有趣的谈话，他抢过话来说：

"也别说，这顺口溜编得挺有意思，分十好几等呢。什么'九等公民叫作家，胡编乱造有钱花'，'十等公民小干部，上班下班白辛苦'……"说到这儿，他瞅了四床一眼，忽然不说了。

长头发老三不知轻重，笑道：

"说呀，罗老板，你怕什么，人家老王又不往心里去。"

他可不知道，这回呀，人家还是真往心里去了，编得还真准。小干部除了上班下班，还剩下什么？小轿车没你坐的份儿，装电话你不够级别，吃宴会轮不上你，上电视下辈子见吧！他好像有许多感受堵在嗓子眼儿，想说可又不能说。瞧这一屋子人吧，五行六业的，爱说什么说什么，谁也不带含糊的，这儿可真是"言论自由"了。自己能往里掺和吗？不能。好歹咱还是个干部呢，跟这些人一块儿发牢骚？

"是啊，人家老王大中央机关的干部，也对不上这小号儿呀！"刘经理嘴上这么说，其实心里挺不待见这位干部。顶多一个老科员，撑死副科长吧，有什么架子可端的，凡人不理的劲儿，就跟自个儿海瑞似的。

老王拿定了主意还是不开口的好。他遵从"慎独"的古训，牢记独自一人在复杂环境中应有的警惕，甭管你们说什么，我管不了你们，反正我是出淤泥而不染。

见人家不表态，刘经理自己笑道：

"有意思，有意思，下边的呢……"

"我这人记性不好，没记住。"小老板不想说了。

"再有就剩下等外的啦！"光头老二斜着小眼儿说。

"还有等外的？"

"那可不，'等外公民老百姓，跟着雷锋干革命'呗！"

"够他妈的损的！"长发老三不爱听了，可他又说，"没法子，认倒霉吧，咱们哥们儿都他妈的等外的……"

# 九

"五床，您家属呢？"护士长站在五床跟前。

"哎……"老大爷一睁开眼，不知该说啥。

"刚才您家不是来人了吗？"

"回，回去了。"这一问不要紧，又勾起了老大爷的满腹心事，忙说，"他没把钱带来，这不，叫他赶紧回去拿去了。多亏了大家伙儿的帮忙……"

他恨不能就要把病房里大家做的好事重说上一遍。

"您别着急。"护士长可没有逼债的意思，弯着腰态度很和蔼地说，"您还得几天才能出院呢。钱过几天送来，没关系的，您别着急。"

护士长安慰了一番老大爷，一双小眼睛又扫视到六床那帮小青年身上了。现在是探视时间，明知进来的人超过了两位，也不大好轰人家。反正他们是拿了牌进来的。长头发老三见护士长这会儿态度挺好，忙笑着搭话，问道：

"护士长，怎么听说二床要来个小偷？"

"谁说的？"护士长的脸可是晴转阴了。

"小李子说的呀！"老三赶忙供出了护士小姐。

"没那事。"

"那，来个什么人哪？"

"你打听这干啥，关你什么事？"护士长转身就往外走。

四床的干部正坐床上，就欠着身子拦住她问了一句：

"护士长同志，二床倒是来个什么人啊？"

见是病人代表问，护士长就站住回过头来答了一句：

"是个记者，胆囊切除。"

等护士长刚一出门儿，长头发老三就叫了起来：

"好啊！送上门儿一个笔杆子，叫他给咱们写写。就我们厂子那点事儿，写出来一登报，就够他们坐办公室的喝一壶！"

刘经理一旁笑道：

"这年头，记者也不是吃素的。你不请他撮一顿，能给你写吗？"

## 十

乐呵呵的刘经理，转眼之间跟霜打了似的，一点笑容不见了。

进来一个人，个头比他高点，脸蛋比他小点，年岁比他大点。这人没像往常一样，进门儿就笑嘻嘻地跟屋里的人打招呼，而是径直走到经理的床前，脑袋凑脑袋地说起悄悄话来。病房的人全认得他，都知道他是刘经理的助手——于副经理。

尽管声音压得很低，还是有句把话漏了出来。

"调查组上午来的。"

"……"

"五个人呢……"

"是来舀两勺，还是舔两口的？"

"……"

"……"

"这回来头儿不善哪，进门就把账封了……"

声音越来越低，对面的六床都听不见什么了。光头老二低声问大哥：

"对门儿怎么啦？"

"要栽。"

"该！"小尖脸儿幸灾乐祸的，小声叫好。

大哥马上给他使了个眼色，叫他别言语。

这时，就见刚送走一拨客人的经理夫人又领着一位男士进来了。这人穿着倒是一般，双手提的礼品极为丰厚。看得见的是四瓶茅台和一个名牌酒家的大蛋糕，至于装在提兜里鼓鼓囊囊看不见的是些什么就不得而知了。到了床前，他先躬身问候了经理的健康，就从兜里拿出一个小盒儿递给旁边的经理夫人，口中笑道：

"嫂子，这是刚托人从美国买来的西洋参，给刘经理补补身子。"

"嘻，留着你自个儿吃吧，他呀，土包子，说是吃了这玩意儿上火。"

"刘经理，人都说人参上火，西洋参可是温性的，不信您试试。"

刘经理肌肉发僵，眉眼儿嘴角弯不过来，黑着脸一丝笑容都做不出来。他的副手也用背冲着这位来得不是时候的探视者。

"你拿回去，我不吃这个。"半天他才回了一句。

"您这是怎说的？刘经理，一点小意思，您都不肯赏脸。说真心话，我真不知怎么谢谢您呢。没您老的一句话，我们上哪儿去拉这么大的工程！知恩不报，那我不成这个了？"他伸出一只手，五个手指头朝下做乌龟状，接着，嘿嘿地笑了几声。

"行，我收下。今儿我累了，你请回吧！"刘经理无可奈何，只好下了逐客令，又抬了抬头对老婆说："你送送。"

"不用，不用！"他以为人家跟他客气呢，忙站了起来，又说，"您好好养着，过两天我再来瞧您。缺什么，您尽管吩咐一声儿。"

夫人看在这么多东西的分儿上，倒是有说有笑地把人送了出去。

人一走，于副经理赶紧又坐到床边，两人耳语了一番，似乎形势极为严峻，都不说话了。刘经理顺手从抽屉里摸出一盒"希尔顿"，点上一支，皱着眉头深深吸了一口。

"刘经理，病房可不让抽烟啊！"六床的大哥笑嘻嘻地甩过来一句话。

刘经理什么话也没搭，抬头瞧了一眼对床，狠狠地把刚点上的烟掐灭了。

夫人完成任务自个儿又回来了。一到床边二话没说开始清点供品，捆的捆，装的装，也免不了要商量商量：

"西洋参叫我说还是搁这儿，你没事儿嚼点儿试试。茅台酒我可拿回去了，反正你这会儿也不能喝。这蛋糕真新鲜，给你留一块儿，我看还是带回去……"

"去、去、去，都拿走！少跟这儿烦！"刘经理突然咆哮起来。

一嗓子，病房的人全冲这边看了一眼。五床的老大爷心里纳闷儿，这三床平常总是笑模样儿的，没见他冲谁发过脾气呀，今天这是怎么啦？只有六床的几个小伙子偷偷地坏笑。

经理夫人也给吓傻了，没敢再说什么，委委屈屈地提着大包小包出去了。

刘经理两眼盯着天花板，半天才打了个手势，把副手招到自己脑袋边上，轻声说：

"你也沉住气，查账又不是头一回了。你先打听打听，那些人都是从哪个单位抽的。过两天等我出去，咱们再找人。"

# 十一

四床的国家干部闭着眼眯了一会儿。病房的嘈杂使得他有些心烦，他不能制止任何人，他没有这个权利。但是他有权利躺在自己的床上，不声不响。他觉得已经过了很久了，但是知道妻子还坐在床边没有走，他担心着女儿快放学回来了，睁开眼说了一句：

"你回去吧，小倩快回家了。"

"好吧，下次我再来。"

他点了点头，正要闭上眼睛，忽然看见病房门口一个苗条的身影，接着看见了一张长圆的脸儿。他就像看见了什么不该看见的东西，高声地叫道：

"你怎么来了？"

这一嗓子，招得病房所有人的目光都射向了门口。大家都看清了是一个高个儿瘦瘦的中学生模样的女孩子。老王见所有人都盯着门口的女儿，意识到自己的声音太大了点儿，立刻不言语了。

倩倩这时也走到了爸爸的病床前，有些好奇地说：

"爸，您这床怎么在这旮旯儿里呀，我差点就走过去了，看了半天，都没看见您！"

老王放低了声音，但脸上没有一点笑意，问道：

"小倩，谁叫你来的！"

"我自己呀，爸，您好点儿了吗？"

"嗯。"他回答得干巴巴的，不知教训的话该从什么地方说起，"你的功课怎么样？你们现在不是增加了自习课吗？"

"是啊，今天我请了一会儿假。"

"现在是什么时候，你怎么能请假！"

"没事儿，老师都知道您住院了。"

"唉，你怎么这么不懂事！这不是老师的问题，是你自己的问题……"

妻子知道他心里着急，忙让女儿在床边的凳子上坐下，好听他说。自己站了起来：

"我去给你爸爸把毛巾搓搓，你陪你爸爸坐会儿。"

女儿很高兴地答应了。她觉得这么像个大人似的陪爸坐着非常新鲜，很乐意充当这角色，脸上也高高兴兴的。可是回头一看爸爸的脸，那上面眉头紧皱仿佛十分痛苦，她吓着了，连连问道：

"爸，您怎么啦？是不是不舒服了？"

"唉……"老王长叹了一声才慢慢地说，"小倩，你也应该懂事了！离高考的日子越来越近了，你怎么还一点也不知道着急！爸爸都替你着急，你知道每年高考竞争有多激烈吗？特别是你想上名牌大学，有时候差一分就完了。"

"我知道。"

"知道你还瞎跑！你知道现在每一分钟对你是多宝贵……"

"那，人家是来看看您呀……"

"我知道，我知道，小倩，你要是孝顺爸爸呀，就给爸争这口气，考上个名牌。当然，只要考上个不错的大学，将来有真学识，有文凭，不管到哪儿工作那就是不一样。你要听话，把自己的功课好好排排队，看哪些是自己较有把握的，哪些是自己的薄弱环节。这样你就可以找出主攻的重点，心中有数。你说呢？"

"哎呀，爸，您就别操心了，我们老师天天跟我们说的就是这些。"

"老师是泛泛地讲嘛。问题是你自己要明白，哪些是你的薄弱环节？"

"嗯，英语……还有，地理……"

"好吧，就先说这两门。我看你现在集中精力攻英语。这个只有靠你自己了，爸爸帮不了你的忙，如果，如果实在不行，我们找个人给你辅导……"

"找家教？那可贵着呢。我们班有个同学找了个家教，一小时就要十块钱呢！"

"小孩子不要管钱的事。这个以后再说，你现在先尽量自己复习吧！地理嘛，等我病好出院了，我可以帮你背背。那没什么，都是些死记硬背的东西。你又不笨，关键是自己要有信心。小倩，这是你一生中最大的一次拼搏。你一定要认清这一点，记住了吗？"

倩倩直点头。这时倩倩妈正好拿着洗好的毛巾进来，见父女俩都十分严肃的样子，以为又是孩子跟他顶了嘴，忙说：

"小倩，听你爸爸的啊，他住院整天担心的就是你的功课！别惹你爸爸生气！"

"谁惹他生气啦？"女儿觉得真委屈，好心好意来，一点儿没表扬，简直是送上门儿挨批，"你们老把人当小孩儿，要是我不考大学，毕了业就该工作了。"

"好了，好了，你们赶快回去吧！"看见娘儿俩站起来往外走时，老王又叫道，"别忘了，每天给小倩吃一个鸡蛋！"

# 十二

探视时间快结束了，探视的人也差不多都走了，只有六床的小哥儿几个还赖在那儿。他们非要等到人家来撵才肯走，趁这会儿没什么干扰，又聚精会神地打起牌来。几个床上的病人，都被这一下午的探视搞得筋疲力尽的，各有各的心事。整个病房，像快关门的商店、快收摊儿的集市，了无生气。

夕阳爬上了窗头。桃花却在这时悄悄地溜了进来。长头发老三眼尖，一眼就看见了，低声对小哥们儿说：

"喂，瞧，又来了！"

只见这姑娘走到小老板的床边，犹豫了一会儿，才怯怯地伸出手去推了推他。

小老板睁开红红的眼睛，有点吃惊似的咕哝了一句：

"你怎么又来了？"

那姑娘只是站在床前，把自己两只大手紧紧地抓在一起揉搓，低着头，不言声。

"怎么啦？坐下吧！"

她乖乖地侧身坐下了。还是低着头，不言声。

小老板朝病房的人看了看，见都静静的，似乎并没有人注意到这个角落，才放了点心似的，把上身抬起来，靠近了她，低声问了一句：

"她又找碴儿了？"

桃花一抬头，满脸都是泪珠子。

"大姐，她，她让我走人。"

小老板咬了咬牙，说：

"甭听她的，店里我说了算。"

"可，她整天找碴子，骂我……"

"行了，我都知道。你先回去。她说什么，你都别理她。听见啦？凡事忍着点儿，等我出去再说。"

天色暗下来，隔壁病房里已经传来"开饭了，开饭了"的吆喝声和锅勺碗筷的碰撞声。

"你快走吧！"

"我，我得告诉你，那事，那事是真的……昨天，我又去医院了……怎，怎么办哪……"泪水把还没说完的话堵住了。

"我不都跟你说了吗，等我回去再说。"

"你……你不骗我？……你……"

"我是那种人吗？"

# 十三

送饭的车推进了病房。

"一床，蒜苗炒肉丝、米饭二两。三床，清炖排骨，没订主食。四床，素炒土豆丝，馒头三两……"

一屋的病人，食欲都不佳。清炖排骨搁到刘经理床头，他看都没看。四床的老王已坐了起来。咬了一口馒头，夹了几根土豆丝，也觉得难以下咽。长头发老三打过菜来一看，蒜苗老得都泛黄了，米饭也是凉的，马上就说：

"大哥，这医院的饭没法儿吃。不如我去打壶开水，泡包方便面，开俩罐头，还有半只酱鸭呢，凑合了。"

大哥点点头。

长头发老三提着暖壶出去了。不一会儿，他提着满满一壶水跑回来，刚进门儿就冲大伙儿兴奋地嚷：

"二床来人了！"

满屋人都被这喊声叫精神了，立刻不约而同地伸头向外张望。

"你们猜是个干什么的？"老三一副神神秘秘的样子。

"干什么的？"

"是个大檐帽！"

"公安局的？"

这时，就见病房门左右大开，一张活动床被推了进来……

# 烦恼的星期日

一九七九年五月初的一个星期日上午，某大学的党委书记穆志坚坐在客厅的沙发上翻阅着报纸。他平日工作繁忙，每天拿到报只能浏览一下大标题。到了星期天，才得空把这一周报上登的重要文章找出来读一遍。这已是他多年养成的习惯了。

他三岁的孙子钢钢倚在沙发旁，用一双小胖手拽着他的胳膊，扭着身子撒娇：

"走不走啊？走不走啊？"

"走，走。"穆志坚口中答应着，身子没动，两眼仍盯着报纸。

"你许了愿，带他上公园去坐飞机，就快走吧！"他的老伴王蕾从里屋探出身来插话了。

"走，走，马上就走！"穆志坚这才放下报纸，趿着拖鞋，走向窗前。窗外天高日朗，春意融融。高大的杨树，披着翠绿的衣衫，成双成对的鸟儿跳跃在绿色的枝头，啾啾地叫个不住。穆志坚舒展着两臂，含笑地自言自语："这么好的天气，真该到公园去走走啊！"

"文化大革命"前，穆志坚就是这个大学的党委书记。那时候，他还不到五十，年富力强，干劲十足，被认为是高教战线上很有前途的领导干部。现在，十几年的时间过去了，两鬓不觉已经斑白，他又重新回来担任这个职务。好在他身体健康，精力充沛，对搞好学校工作很有信心。

"啊！爷爷带我上公园了！"钢钢欢呼起来。

穆志坚转身把钢钢抱起，举到自己眼前，望着他的笑脸儿，用自己的前额碰了碰孙子的额头，放下他，下命令说：

"去，把爷爷的布鞋拿来，咱们立即行动！会拿吗？"

"会！"钢钢回答着，同时摆动着那双结实的小腿，跑到爷爷的卧室里，勇敢地钻到床底下，把布鞋一只一只拖了出来。然后爬起来，两只小手提着两只大鞋，噔、噔、噔地跑回客厅。

正在这时，过道里传来了轻轻的叩门声。

穆志坚丢下钢钢，跑去开门。门外站着一位六十多岁的男客。他个子很高，长得很瘦，戴着一副近视眼镜。

一见穆志坚，客人拱手作揖，口中念道：

"久违了，穆公！"

"啊呀，是戴老！请进，请进，真是多年不见了！"穆志坚迎上前一步，同客人热情地握手，高高兴兴地把客人让进客厅。

钢钢一点也不欢迎这不速之客，他预感到去公园的美好愿望将成泡影，先是噘着小嘴，继而眼里就闪现出泪花儿了。

穆志坚不得不先丢下客人，抚慰小孙子：

"钢钢乖，先找奶奶玩去。"

"不，我不……"

"听话，爷爷跟客人说几句话，保证带你去公园。"

这戴老，名唤戴继尧，原来在这个大学教历史，对明史很有研究。"文化大革命"中被驱逐出校，目前被落实在历史研究所工作。或许是搞历史的人都有一种只重古籍史料、不重眼前人事的通病；或许是戴继尧心中有事，这位客人竟然忽视了小主人的存在和他的情绪变化，径自在沙发上坐了下来。

穆志坚把委委屈屈的钢钢交给了王蕾，亲自沏了龙井茶，递到客人手中，含笑问道：

"戴老，什么风把你吹了来？"

"不正之风。"戴继尧欠身接了茶杯，口里答着，脸上非但没有笑意，反而有一股愤懑之情。

穆志坚跟戴继尧有十多年没有来往了。在过去相处中，对这位历史学家有所了解：他是个一心只管做学问，两耳不闻窗外事的"学究"。当面人家叫他"老夫子"，背后有人叫他"书呆子"。在穆志坚的记忆中，戴继尧很少登门拜访。有一年夏天，他家房子漏雨，他宁可端个盆来接着，也不愿找校领导反映一下。为这事，穆志坚还作过自我批评，检查自己对高级知识分子的生活关心得不够。如今，究竟是什么不正之风把这位"书呆子"吹上门来？

"我是来走后门的。"戴继尧望着面有惊讶之色的党委书记，直言不讳地说，"我戴某毕生弄史学，历来是足不出户。如今，有什么办法呢？人家逼着你走后门，管你会走不会走，你也得跟着走。这简直是荒唐，荒唐之极啊！"

穆志坚不禁笑了起来。这位不会走后门的学者果然于此道不精。你看他那慷慨激昂、正气凛然的样子，哪有一点求人之意？穆志坚安慰客人说：

"不要紧，戴老，你说说看，是什么事？"

"你们学校有个应届毕业生，叫丁大志，是不是？"

穆志坚想了想，点了点头，嘴里答道：

"是有这么个学生。"

"此人原籍北京，后来插队外地。七六年推荐入学。"戴继尧拉长声说，"这次分配，听说要分回插队的那个省。他父亲急了，在北京已经给他联系好工作单位。那边也打通了，同意放。穆公，人家让我来说情，请学校方面照顾他一下，留在北京。"

戴继尧只管低头说自己的，并不注意听他讲话的人有什么反应。

穆志坚一边听着，一边回想着。不错，应届毕业生里是有个叫丁大志的，此人长得仪表堂堂，在学校里很活跃，在校外交游很广，学习成绩平平。在穆志坚的印象里，这是个很狂的学生。

一九七七年改革高等院校招生制度时，曾经有同学贴过一张大字报，批判"四人帮"搞的所谓"推荐"制度有利于"走后门"，不利于保证学生质量，顺便举了一个例子，说有个学生入学时把巴黎公社失败的原因答成是"没有学大寨"。尽管大字报没有说这个学生的姓名，但全校很快就知道闹这个笑话的叫丁大志。

过了两天，丁大志也贴出一张大字报，坚决否认他是走后门入学的。他说自己入学是经过贫下中农讨论推荐，县、社、队三级批准，各级证明俱全。不仅如此，他还指责那张大字报是矛头指向群众，转移清查运动的大方向。

又过了两天，原先贴大字报的同学贴出新的大字报，索性指名道姓地说，丁大志的推荐证明材料，是他父亲丁其良亲自到儿子插队的地方，并且花了若干元的"活动经费"才弄到手的。

这一下，丁大志更激怒了。穆志坚官复原职后处理的第一件事情就是平息这场风波。他足足用了一个星期的时间，开了一系列的会，动员了校党委和系总支的许多干部分头去做工作，双方才同意偃旗息鼓，把仇恨集中到"四人帮"身上。

现在，为了能分配在北京，这个丁大志和他的家长居然有如此的神通，不仅自己联系好北京的接受单位，而且还打通了外省的关系"同意放他"，甚至动员了戴继尧这样老老实实的人，找到自己门上来！这个丁大志，他家里究竟是干什么的，怎么这么有办法？

客厅里一时没有人声。戴继尧几句话说明了来意，就找不出别的话了。穆志坚则一口接一口地抽着烟，很费了一番思索才开口：

"戴老，你说的这个学生，在学校名声不大好。他入学，就是走后门进来的。"

"是吗？这我就不知道了。"戴继尧身子往后闪了闪，摸出手绢来使劲擦了擦鼻子，不知该说什么了。

"现在分配，他又来走后门，这样搞，好不好？"穆志坚盯着戴继尧，无形中提高了声音，"戴老，您在学校任教多年。'文化大革命'前，毕业生有几个不服从分配的？极少、极个别。现在呢，有人公开提出一个口号：非天南海北，本人一概不去。"

"什么天南海北？"戴继尧听不懂。

穆志坚一笑，眯起眼解释说：

"天者，天津；南者，南京；海者，上海；北者，北京。"

"想不到竟有这样的学生？"戴继尧摇头不迭。

"戴老，您是搞历史的。我们现在真是要学汉高祖，拨乱世反之正，方能安定天下啊！"穆志坚有些激动，他站了起来，自己倒了杯水喝了两口，又说，"我这回重新工作后，在党委会上讲过几次：整治校风要抓两头，一是招生，二是分配。这一进一出两个关口把好，才有希望。进的这头，不择优录取，教育质量有什么保证？出的这头，不服从国家分配，培养人才又有什么意义？"

"言之有理，有理。"戴继尧连连点头。

穆志坚叹了口气，又说：

"可惜的是，单凭学校的决心，还把不住这两道关口，社会上冲击的力量太大了。"

戴继尧十分歉意地说：

"我今天冒昧登门，也算是一股冲击波。不过，穆公不必介意。我也是受人之托，终人之事。成与不成，俱在两可之间。你绝不要为难！"

穆志坚听了这话，不禁好奇地问道：

"戴老和丁大志家有什么关系？"

"非亲非故，毫无关系。"戴继尧摇着头，又说，"丁大志其人身高几尺，相貌如何，为人怎样，我是一无所知。丁大志的父亲是何许人，我更是一无所闻了。"

"那你是受何人之托呢？"穆志坚更奇怪了。

"这都是我家里那位内政部长干的好事。其实，她也不认识丁大志这家人。她有个堂房表姐，跟丁大志的父亲认识。只听说他父亲在商业方面工作。穆公，你是知道的，我别无所好，就是有点庐陵欧阳公的癖好，每天离不了二两好酒。不知是丁的父亲打听到我爱这个呢，还是我夫人通过她表姐，再通过丁的父亲给我弄过酒。总而言之，这两年我是好酒没断过。咳！只怪自己贪杯惹祸，现在，人家找上门来了。她表姐前些日子到我家，动员了一番，说是我跟你关系不错，如今你又掌握着分配实权，要我非帮这个忙不可。穆公，这种事情，我真是说不出口，可是，又有什么办法呢？真是可恼，可恼至极呀！"说到激愤之时，他右手握成拳，在左手心上重重捶了几下。

"戴老，你也不必烦恼。"穆志坚苦笑道，"为这种事情找到我的人，已经不是十个八个了。我办公室右边抽屉里有一个名单，上边有三十八个毕业生姓名，都是有人来打过招呼，甚至正式出了公函，要求分配时给予照顾的。你此来，不过在名单上多添了一名。"

"那你准备怎么办呢？"戴继尧问了。

"怎么办？无非是两种办法。"穆志坚笑了笑，答道，"一种，不怕得罪人，不怕丢乌纱帽，坚持原则，除了按政策规定必须照顾的以外，一概不予通融。再一种嘛，睁一只眼，闭一只眼，高抬贵手，予人方便自己方便。今天下午我们正要开会研究这三十八名学生，不，现在是三十九名学生的分配问题。"

"真是抱歉得很，我使你为难了。"戴继尧真是从心底觉得自己干了一件很不应该的事。

"这没有什么，我们研究研究再说。"

"穆公，我告辞了。"戴继尧站起来，走到门边，又回过头来说，"穆公，再次向你表示歉意，打扰你和令孙出游的雅兴。"

送走了客人，穆志坚踱回客厅。春天的阳光还是那样明媚，枝头的鸟儿还是那么欢快。然而，穆志坚已经忘却了春光。那三十八，不，三十九个名字在他脑子里跳。每一个名字后面都有一大堆关系。这些关系像蜘蛛网一样把他网在中心，叫他动弹不得。

他又想起了两年前学生揭发丁大志走后门上大学的一件事。据说，原来大队推荐的是一名女知青。这个女孩子比丁大志表现好。可是丁大志的父亲用一辆永久牌自行车，硬把那个女知青顶下去了。

"可恶，太可恶了。"穆志坚在客厅里踱来踱去。他没有见过丁其良这个人，脑子里却出现了一个点头哈腰、满脸假笑的人物形象。他甚至怀疑自己一回学校工作，就被丁其良盯上了。为了两年后能把儿子留在北京，做父亲的可能早把他这位党委书记的社会关系都摸透了。然后选中了戴继尧做突破口，通过弄好酒，放长线拉关系，为今天走这个后门硬是下了两年功夫。

"这种人，绝不能让他得逞。"穆志坚站住了。下了决心，心里似乎也轻快了。这时，钢钢又噔噔地跑进客厅，大声喊道：

"走不走啊？爷爷！走呀！"

"走，走，立即行动。"

这回，没等爷爷下令，钢钢就把放在门边的鞋拿了过来，眼巴巴地看着爷爷穿鞋。穆志坚换好鞋，还没站起身来，就听得过道门口一个大嗓门的女人又说又笑地在嚷嚷：

"王姐，在屋吗？"

王蕾早已迎了出去，笑道：

"李姐，快进来坐！"

李姐是这条街上最老的住户之一。据说，在这条胡同还只有"亲王府"的时候，李家就在胡同口搭了个土棚子。直到李姐嫁过来，不知是几代李了。李姐是北京大杂院里长大的姑娘，泼辣能干，直言仗义，见理要评，有话要说。穆志坚受冲击，一家子倒霉透顶，门可罗雀的时候，李姐照样一步三摇地上他家串门。

用她的话说："凡人一杆秤，啥人啥斤两，人心里都有数，不能瞎添减！"穆志坚下放，儿子在外地，家里老的老，小的小，全仗热心肠的李姐照顾。穆家对李姐很尊敬，老一辈的叫她李姐，小一辈的叫她李大妈，再小一辈的叫她李奶奶。

听见过道里传来外人的声音，钢钢的笑脸儿上又显出了哭相。穆志坚拍拍他的小脑瓜说：

"是李奶奶找你奶奶有事，咱们不管！"

钢钢破涕为笑，穆志坚也站起身来，拉住钢钢的手儿，正要举步，恰在这时，王蕾把李姐引进客厅说：

"老穆，李姐有件事要跟你谈。"

"啊！"穆志坚一愣，心想，她有什么事要找我谈？

钢钢急得双脚乱跺，哇地哭了出来。

王蕾把哭着喊着的小孙子抱了出去。

"李姐，坐，坐。有什么事，慢慢说吧！"穆志坚给李姐沏了茶，照例递到客人手上。

李姐坐着，接过茶，先叹了一口气，才说话：

"老穆同志，咱们胡同东头有家姓宋的，老伴姓金，您见过吗？"

穆志坚摇了摇头，别看住了几十年，他搞不大清这条胡同的住户姓甚名谁。

"唉！这事儿啊，是金姐跟我念叨的。我一听，怪可怜的。管吧，不知管得对不对；不管吧，又不落忍。"

什么事呢？穆志坚迷惑不解。该不会是走后门吧？又一想，李姐为人正直，从来不是个钻营后门的人。

只听李姐又说道：

"金姐娘家有个外甥……"

穆志坚越听这话越远了。姓宋的街坊有个老伴姓金，姓金的娘家有个外甥，这扯的什么呀！只听李姐又唉声叹气地说：

"她这外甥小名叫棒槌，姓丁。"

一听这"丁"字，穆志坚不由得一惊！怎么又来个姓丁的，只听李姐不慌不忙地又说：

"这孩子学名叫丁大志，就在您管的那个学校念书。老穆同志，你兴许认得这孩子？"

穆志坚无话可说，点了点头。

"您可真好记性。"李姐笑道，"这么几千几百的学生，您还真能记得清！"

"别人不记得，丁大志可记得。"穆志坚皱了皱眉，微微苦笑。不过，李姐并未察觉，照直说自己的：

"为这孩子上大学，可把他老子、娘害苦了，真是破财又招灾。"

穆志坚心里一惊，这是怎么回事？

"老穆哇！您不知道这始末缘由。"李姐接着说，"这个丁其良是商业局下面一个小干部，挣钱不多。他老伴是个家庭妇女，又是个病身子，日子原本够困难的。俩孩子，大的是个姑娘，先天得的心脏病，留北京，分厂子里了，三天上不了两天班儿。二小子就是这丁大志，六九年去插队。去的时候，一个村同学好几十人，没过两年，有门的，有权的，当兵的当兵，招工的招工，回城的回城，上学的上学，都走了，就剩下几个没后门的孩子在山沟里熬着。您想，见人家都走了，离家老远的，孩子能安心吗？老两口也不放心，四处托人想把孩子弄回来。七六年招学生，听说队上有个名额。有名额也干瞧着没用呀，那会儿兴推荐，谁推你，谁荐你啊！"

李姐喘了口气，喝了口水，又接着说：

"老两口商量来，商量去，得给孩子奔奔，别错过这机会呀，就卖了老头子的手表，凑了路费，请了假，跑到他儿子插队的地方去托人情。旧社会的话：人情人情比天大，有钱有势你才买得来它！虽说如今世道不同，有人还就是认钱认势不认理呀！丁其良这样儿的干部，谁买他的情？老头子表也卖了，钱也花了，腿也跑细了，只差没跟人下跪磕头。钱花完了，啥事儿也没办成。唉！亏得走的时候，人家那村掌权的支书开了金口，漏出话儿来，说弄辆永久牌自行车来，就放你儿子走。没法子，老头子回来，把家里值点钱的东西全卖了，不够，又东挪西借的，好不容易买了一辆永久牌，亲自给人扛了去，才把儿子推进了大学的门儿。"

穆志坚坐在那里，一动都没动。他听得愣了。他万万没有想到，在这极其可恶的走后门的丑剧中，还有这样极其可怜的悲剧。

李姐抚着胸口，连连叹气地又说：

"儿子是弄回来了，家里背了一堆债。老婆儿一着急，趴炕上起不来了。老头子又上班，又伺候病人，还得牙缝里省下钱来还账，您说这日子怎么过？这二年，他们家寒冬腊月都不敢生炉子，一年四季没买过架上的菜。没人要的烂白菜帮子，捡了回去蒸菜团子吃，咸菜都接不上顿。那日子，真叫难熬。听金姐说，她这妹夫今年才五十出头，如今哇，头也秃了，牙也掉了，背也驼了，走起路来腿还哆嗦，比六七十的人还显老。为啥呀？不就为走后门弄儿子吗？您说，遭多大罪呀！"

穆志坚越听心里越沉重。他好像看见一个被走后门的负担压得抬不起头、直不起腰的老人，步履艰难地朝他走来。他好像听见这老人张开没牙的嘴在问："我有罪吗？我有罪吗？"

"如今，又遇上难关了。"李姐的话音好像从很远的地方传来，"这不，又要分配了。说是呀，还得把他分回原地去，这不是要人的命吗？一家子急得东托人西托人。这回，还算走运，北京有个厂子要他，那边也说好放他，就看你们学校准不准了。他们也不知怎么打听到，我能跟您说上话，就让金姐来央告我。我一听，就跟他们说，这事儿只要归老穆管，准没问题。老穆这人，官儿大没有官架子，跟谁说话都和和气气的，办起事来知情达理儿。只要我把情况跟他连根带底儿地一说，他准肯帮这个忙。老穆同志，您说是这话不？"

穆志坚被问得哑口无言。李姐把茶杯往桌上一搁，又发起议论来：

"我们家老头子直拦我，说这事儿属走后门，让我别往里掺和。我就问他：天底下还有个理没有？噢，大干部的儿子、姑娘就金贵，走起后门儿来嗖嗖的。挂个电话，写个纸片儿，就妥了。平民百姓的孩子办点事就这么难？就该给堵在门外边？老丁家为儿子走后门，一家子全都遭了殃，还不该拉一把？我说，这事儿我管定了，你少废话！"

穆志坚不知该说什么好。这是歪理，却也是真情。那三十八人的名单，不就有很多是某某首长一个电话，或者某某机关一个纸条记下来的吗？当然，截至目前，这三十八人的命运依然未定，尚待下午的会上研究。可是，挂上这个号，对那些"大干部"确实不费什么事，而对丁其良这样的人，就不知要耗费多少心血。按这样讲，真也是不公平的！

李姐不说了，她在等待着答复。穆志坚却感到嘴上悬有千斤重砣，张不开口来。最后，他用一种疲倦的、近乎失礼的声音说：

"李姐，你先回去吧！"

李姐抬眼看了看，感到老穆不像往日那么随和了。她慢慢地站了起来，穆志坚半天才补了一句话：

"你说的事，我们下午开会的时候再研究研究。"

李姐在和王蕾告别。穆志坚坐在沙发上，连站也没有站起来。他听见她们在过道小声说什么，后来就听不见了。丁大志和丁其良的形象交替出现在他眼前。这时，他忽然觉得丁大志不像他过去所想的那么狂。看来，狂有时候不过是弱的另一种表现形式。当弱者受到伤害，为了保卫自己的生存时，才不得不狂。

然而，他能为这父子俩做些什么呢？成全他们吗？这是违反原则的，也是违反自己重新工作时的誓言的。给予拒绝吗？这无疑对丁其良老两口是个沉重的打击。而且，要拒绝，三十九个要求"照顾"在"天南海北"的，应该统统予以拒绝。如果不能一视同仁，难道是公平的吗？

"爷爷，走不走啊……"钢钢已经站在沙发前了。

"走……"穆志坚的声音不那么响亮，他有些累，似乎都懒得从沙发上站起来了。

过道里又传来了叩门声，还有一个很耳熟的男客的声音：

"小穆，在家吧？"

听这称呼，穆志坚就知道是高副部长来了。高副部长名叫高承宗，是穆志坚参加革命后的第一个上级，也可以说是他的第一位启蒙老师。不但他的知识和工作经验，有很多直接来自高承宗；而且他的思想方法、工作作风，乃至他的某些言谈举止，也带有一些高承宗的影子。

穆志坚站起身来，正准备去开门，王蕾已经赶在前面打开了门。

"高部长，妮妮怎么没有来？"王蕾一边把客人引进来，一边问。

妮妮是高部长的独养女儿，往日到穆家来串门，都是同来的。这中间还有一个未便说明的原因，那就是高部长希望王蕾帮女儿介绍一个朋友。

"哈哈！妮妮有对象了，不跟我这老头做伴了。"高承宗朗声大笑，一边同穆志坚握手，一边回答王蕾的问话。

"噢？"穆志坚脸上掠过一丝疑云，随即笑道，"那太好了，值得贺喜。"

王蕾给沏茶的时候，钢钢扑到高承宗怀里告起状来：

"高爷爷！爷爷说带我上公园，又不走了。"

"啊，那可不对。咱们要批评他。"高承宗拍着钢钢的小脸蛋儿，对穆志坚说，"小穆，妮妮的事这么突然，有点奇怪，是不是？哈哈！连我都奇怪。你想，我这个女儿，今年二十七了，无非是长得不好看，她自己也说了，抱定独身主义。可是，事情真巧，上星期天我带她去游云水洞。在那儿遇见她中学的一个同学，两人一谈就非常投机。我们一块儿坐车回来。事态发展迅速，两个人都很满意。真该感谢月下老人啊，哈哈！"

"那太好了。"穆志坚口中应道，心里还不免有些疑问。妮妮岂止"长得不好看"，应该说是"长得很丑"，而且右眼失明。她本人要求又高，四处托人都没找到合适的，怎么一下子就结上姻缘了？

"王蕾啊！我心上这块石头算是落了地了。"高承宗高兴地说，"女大当嫁，偏又嫁不出去，真把做爹的愁死了。我算是受够了。"

"什么时候吃喜酒啊？"王蕾笑问道。

"快了。"高承宗大声笑道，"什么独身主义？我算看透了，不堪一击，一触即溃。"

穆志坚也跟着笑了。

"噢！对了，小穆，还有件事要托你办一下。"高承宗转向穆志坚说，"我这个未来的女婿，是你们学校的应届毕业生。"

"啊！"穆志坚吃了一惊，结结巴巴地问，"他，他叫什么名字？"

"姓丁，叫丁大志。"

又是丁大志！这名字像千钧棒一样打在穆志坚的头上。他仰身靠在沙发上，简直目瞪口呆了。

"听说丁大志分配在外地。小穆啊，根据这种情况，能不能照顾一下，把他留在北京……"

高承宗还说了些什么，穆志坚已经听不进去了。他不相信世界上会有这么高速的婚姻。这是阴谋，还是爱情？这是走后门，还是结婚？丁大志和丁其良的形象，在他脑子里又模糊了。他们究竟是什么人？是钻营后门的行家，还是被走后门的负担压得喘不过气来的可怜虫？难道这样的人是可怜虫？

"怎么？丁大志有什么问题吗？"高承宗见穆志坚默默不语，神色有些异样。

"不，不。"穆志坚连连摇着头。

"那么，你就给办一下吧！"高承宗回头逗着钢钢，他认为这场谈话已经该结束了。

穆志坚从迷惘中醒来。他很想把刚才戴继尧和李大姐来访的情况都告诉面前这位老首长。他觉得这是自己的责任。然而，这些相互矛盾的情况能给人一个确定的印象吗？它的后果又将是怎样的呢？如果丁大志是无辜的，他或许将拆散一对年轻人真诚的爱情，而对于妮妮来说，这是多么珍贵的，甚至是今生再也不会有的爱情了。如果这是一个骗局，而自己没有及时发出警报，这对于妮妮，对于老首长，又将是一个多么可怕的打击？

"老高，你……"穆志坚终于委婉地问道，"你认为丁大志对妮妮真有爱情吗？"

"我不知道什么叫爱情，我结婚是父母包办的。"高承宗突然显得很冷静。

"老穆！你这叫什么问题？"王蕾想拦住穆志坚。

穆志坚不顾王蕾的阻拦，又问：

"老高，你认为妮妮会幸福吗？"

高承宗沉吟片刻，答道：

"我想，在我去见马克思之前，她可能会幸福的。"

"老穆，你今天怎么回事？"王蕾不满地干涉说。

"小穆是对的。"高承宗扬了扬手，对着王蕾说，"他想到的，我都想过。不过，我想到的，有些他还没有想到。好了，就谈到这里吧！丁大志的事情就托给你了。我还得回去报信。两个年轻人还在家里等信儿呢，哈哈！"

高承宗又展开眉头，恢复了他那爽朗的笑声。

客人走了。

穆志坚一仰身靠坐在沙发上，感到心烦意乱。先是丁家父子的形象在他脑子里打架，时而是那么可恶，时而又是那么可怜，真是扑朔迷离，使人捉摸不定。接着，戴老的愤懑之态、李大姐的抱打不平之言和高承宗朗朗的笑声又相继来到眼前和耳朵里。走后门，真好像已经形成了一股不可抗拒的潮流，把这样多的同志，而且是很好的同志卷了进来。这潮流正向他冲击过来，他觉得自己已经很难顶住了……

"爷爷，走不走啊！"钢钢又冲了进来，大叫道。

这声音，传到穆志坚耳朵里，已经很微弱了，并且很快就被那喧嚣的、杂乱的走后门的声浪淹没了。不行，要顶住啊，不能垮下来，穆志坚在心里使劲。是啊！这不容易，正因为不容易，才要使出全身的力量来啊！他觉得，全校师生的眼睛都盯在自己身上，看自己能不能履行自己复职后的誓言。甚至，他觉得社会舆论也在注视着自己，看他这个党委书记能不能履行一个共产党员、一个党的高级干部必须履行的义务。

"爷爷，走不走啊！"钢钢已经近乎哀鸣了。

穆志坚腾地站起来，拍拍孙子的小脑瓜顶，痛痛快快地说：

"走！咱们坐飞机去！"

"来不及了吧，你下午不是要开会吗？"王蕾说。

穆志坚一边牵着小孙子往外走，一边回头说：

"来得及。到公园转转，呼吸点新鲜空气，精神精神，再去开会。"

# 心

兹定于一九七九年十一月十三日下午四时在八宝山革命公墓大礼堂，举行宋保均同志追悼会。请届时参加。

宋保均同志治丧委员会

一沓素帖堆放在桌面上。宋保均的独子宋小庆，正坐在桌前按母亲开列的"生前友好"名单，用工整的小楷，一笔一画地填写着信封。

深秋的夜晚，萧萧秋风和着片片落叶，发出哀哀的呼叫。宋家的会客室，笼罩在惨白的荧光灯下。沙发、写字台、折叠椅，连同那玻璃书柜，都泛出一种又青又白的颜色，好似披上了缟素，哀悼着逝去的主人。墙上挂着黑纱的镜框里，宋保均的遗像，也在这青光下变得冷冷的。

宋小庆今年二十四岁，是汽车修配厂的工人。他穿着一套劳动布的工作服，剃了一个小平头，在这已经时兴蓄长发、穿喇叭裤的七十年代末，显得有点老气。他不时停住笔，抬头望一眼父亲的遗像。有时嘴角抽动一下，好像在忍住心里的悲痛。有时又无所谓地把视线挪开，凝视着黑洞洞的窗子，尽管窗外夜色朦胧，什么也看不见。

"朱家声伯伯的名字写上了吗？"从背后传来了妈妈的声音。

"写了。"

宋小庆答了一声，重又把目光落在素帖上，开始写另一个名字。他有点奇怪，妈妈坐在身后的沙发上，只能望见自己的背影，却好像坐在对面，自己的每一愣神都没有逃过她的目光。她总是用诸如此类的话，提醒他回到失去父亲的悲哀中来。

宋小庆的母亲陈惠林正斜倚在沙发上，清理丈夫留下的一大堆书信手稿。在她身边的茶几上放着一个从写字台上取下来的抽屉，在她脚边放着一个废纸篓。她面色青黄，眼圈又红又肿。整个的人蜷缩在沙发的一角，好像已经埋葬在这巨大的哀痛之中。每打开一封信，或翻出一页纸，她都要看很久，默默地回忆着，呆呆地滴下泪珠，然后才决定是把它扔了，还是保留起来。

陈惠林确实没有去留心儿子。但她又时时刻刻在想着儿子，想象着他脸上的那一种冷漠的心不在焉的神情。他似乎在想什么，又似乎什么也没有想，只是在倾听着窗外如泣如诉的风声。自从父亲病危，直至心脏停止跳动，出现在宋小庆脸上的，就是这样一种令母亲不安的神情。

父子俩的相貌是那样的相似，同是长方脸形，同是两道剑眉，同是一双大眼。甚至，儿子那光滑的未脱稚气的紧闭的嘴唇，也同相片上那张略现胡楂的紧闭的嘴唇一样，都隐隐有一种显得很严肃的线条，却又带着一股聪慧、清秀之气。两人连背影都那么酷似，儿子俯身写字的姿势，多像他的爸爸！

然而，这些年来，父子俩竟是如此格格不入。想起来就叫做母亲的伤心。同在一个屋檐下却好似相隔千里，朝夕相处却难得说上几句话。这一切是怎样发生的呢？她说不清楚。也许是两个人过于相似，都很严肃，都很冷静，也都很固执。现在，老的去了。父亲的死，儿子该是伤心的吧！可是，不，儿子还是那样冷冷的，毫不动情。这冰冷，死者是不知道了，而活着的人却受不了。

"冯云伯伯的名字写上了吗？"陈惠林又问了一句。

"写上了。"宋小庆的声音有点不耐烦了，他低着头说，"我是照您开的单子，一个个写的，落不下。"

"这几天脑子里乱得很，总怕开追悼会的时候忘了谁。"陈惠林把一封打开的信搁在膝上，似乎在为自己的啰嗦向儿子解释，"朱伯伯和冯伯伯，是你爸爸'一二·九'时候的老同学。后来，一个被划成右派，一个被戴上了'右倾机会主义'的帽子，就很少来往了。现在，他们改正平反了。追悼会不通知他们，他们会有意见的。你爸爸九泉之下也会不……不高兴……"

说到这里，陈惠林忍不住哭了起来。她用手绢擦着泪捂住嘴，说不下去了。

妈妈的呜咽，震动着宋小庆。他忙拣出写有朱家声和冯云两个名字的素色信封，转身递到妈妈眼前说：

"妈，您看，都写了。您就放心吧！"

陈惠林点点头，伸手接过信封，低声地说起来：

"'一二·九'的时候，他们三个都是清华的学生，一起搞宣传，常跑到鼓楼去演讲。那时鼓楼是'民众教育馆'。里边挂着一张中国地图，上面标着日本鬼子侵占了我们多少国土。地图两旁还有一副对联。上联是'蚕食鲸吞，举目不胜今昔感'，下联是'鹰临虎视，惊心莫作画图看'。……我第一次见到你爸爸，就是在鼓楼，听他演讲。那时我还是中学生。他也只有二十岁。他讲得真好，讲得人热血沸腾，他简直是一盆火。……"

妈妈的声音轻得听不见了，泪水顺着她的脸颊流下来。

爸爸是一盆火？是那些从珍贵的历史照片上常常看到的、振臂向群众宣传的"热血青年"？宋小庆觉得，这一切怎么也同他所熟悉的爸爸联系不起来。爸爸总是拿着黑色的考究的公文皮包，身穿笔挺的灰色凡尔丁制服，弯腰钻进那辆天天来接他上班的乌亮的小卧车里去。他跨进车去的时候，动作笨拙，体态龙钟。儿子记得的是父亲那发胖的弯着的背影……

宋小庆知道爸爸是"一二·九"时候的干部。小时候，他就为自己的爸爸是个"老革命"而感到自豪。他觉得爸爸是世界上最了不起的爸爸。可是这个了不起的爸爸总是离自己很远。爸爸在家的时候不多，也很少说话，甚至很少有笑容。他总有很多工作带回家来，常常是吃了晚饭，就端起茶杯，关到书房里去，再也不出来了。甚至连星期日，爸爸都没有带自己到公园玩过，或是看一场电影。上小学以后，宋小庆仍然对爸爸充满了尊敬。他甚至把爸爸的严峻和寡言，也看成是"老革命"特有的气质和风度。可是，不管宋小庆怎样从内心里对爸爸满怀着热烈的感情，爸爸对他始终是冷淡的。除了偶尔询问他的作业，要求他每天练字，要求他艰苦朴素，不准说谎之外，很少同他说话，更不曾告诉过他任何一点关于"一二·九"或者其他"老革命"的战斗故事，这使他非常失望。

只是在他十岁生日的那天，难得爸爸有空，脸色也还和蔼。儿子大胆要求他讲革命故事。开始，他一口就回绝了。后来还是妈妈在一旁劝，他才说了几句。这几句到现在宋小庆还记得：

"我是'一二·九'参加工作的。不过，那时候我还没有入党。后来，我在北平待不下去了，组织上通知我转移。一九三八年，我到了延安，在抗大参加了党。"

任何生动活泼，充满激情的事，到了爸爸嘴里就是这么干巴巴的几句话。这是宋小庆随着年龄的增长，印象越来越深刻的。妈妈讲的那个火热的青年，怎么也跟刻板、严肃的爸爸连不到一块儿。宋小庆只得回过身子，伏在桌上继续填写信封。

在家里，妈妈是个调和派。每当父子发生矛盾的时候，她总是出来和稀泥。她把消除父子隔阂、增强父子团结，作为这个家庭的一件大事，时时放在心上。可是，妈妈是个倾向性很明显的调和派。她总是倾向爸爸，好像父子不和，关键在于宋小庆对爸爸的态度有问题。为此，宋小庆又时常和妈妈展开辩论。现在，妈妈大概是又来灌输她的"尊父教育"了。可，此时此刻，爸爸病故了，妈妈正在伤痛中，辩论是不合时宜的，他只能沉默。

宋小庆看着桌上的名单，这名单真长啊！看来，妈妈开列这份名单时，脑子里是有一条"线"的。从"一二·九"到延安抗大，到晋绥土改，到进城。这近百人的大名单，记载着爸爸四十多年的革命历程。可是，使宋小庆感到困惑不解的是：爸爸认识这么多党内外知名人士，而且不是泛泛之交，很多都是在一起工作过的老战友，却很少听他谈起他们。他们也很少来看望他，偶尔有老同志来看爸爸，除了管爸爸叫"小宋"使他觉得新鲜之外，他们也并不在一起抒发当年投身革命的豪情，多半都是说些令人乏味的工作上的琐事。

"朱伯伯同你爸爸最要好。他们一块儿去的延安。一九四七年在晋绥土改的时候，还在一个区呢！"陈惠林擦着泪，手里拿着信封不动，自言自语似的又拾起了刚才的话题，慢慢地说，"他和你爸爸还联名写过一个报告，晋绥分局非常重视他们提出的问题，后来还发了指示……"

这件事，宋小庆当然从未听说过。他不由得停住笔，回过头问道："什么报告？"

"当时，强调反右倾，强调贫雇农路线，不注意团结中农，有的地方还斗争中农。你爸爸和你朱伯伯的报告，提出要保护中农，警惕'左'的倾向。"

宋小庆盯着妈妈的脸，大眼睛里闪出少有的光彩。说出来的却是这样一句话：

"这么说，爸爸一九四七年就持不同意见啰！"

"什么？"陈惠林吃了一惊，抬起头来盯着儿子。

宋小庆又把自己的话重复了一遍。

"小庆！你怎么这么说话？"陈惠林忍不住了，她厉声地说，"你爸爸从来跟党就是一条心。他一辈子听党的话。这在悼词里都写上的，你怎么能说他持不同意见？"

宋小庆慌了。妈妈还从来没有这么激动过。想不到，"持不同意见"这个词，竟使她觉得使死者受到莫大的侮辱。他解释道："我也许用词不当。我的意思是，想不到爸爸以前还是很有见解、很有胆量的。"

陈惠林泪眼圆睁，胸脯不均匀地起伏着，她很想把儿子训斥一顿。"不要以为你最革命"，"不要以为只有你才敢为真理而奋斗"，"不要以为别人都是老顽固、老保守"，等等的句子都已冲到她嘴边。但她终于埋下眼睛，半天才抽抽噎噎地说了一句：

"你爸爸从来就是有见解、有胆量的。"

或许，妈妈说的是对的。在国民党的反动统治下宣传抗日救国，在强调贫雇农路线时书写保护中农利益的报告，都不失为有胆有识的行为。可这一切，只不过是历史上曾经有过的事情。后来呢？后来这种胆识跑到哪里去了？

宋小庆记得，就在这间屋子里，丙辰清明前后，父子间发生了一场多么叫自己伤心的争吵。那时，爸爸恢复工作不到一年，宋小庆已经是个自食其力的工人了。对于当时盛行的各种政治口号，宋小庆都有自己的看法。"反击右倾翻案风"一开始，爸爸的沉默，倒使儿子高兴。他完全理解爸爸对"反击右倾翻案风"是很不以为然的，尽管他一句话也没有说。

不幸，使他不能理解的事情发生了。丙辰清明，首都几十万人到天安门广场悼念周总理，讨伐"四人帮"，爸爸却不去。不但自己不去，而且阻止宋小庆去。当宋小庆执意要去，而且说他去过不止一次，并且决定明天还要和同志们去送铁铸的花圈时，爸爸严声厉色地说：

"你们这是帮倒忙！"

"怎么会是帮倒忙？"宋小庆睁着大眼睛，真的觉得奇怪了。

"现在正在批邓。他们正愁没材料。你们这么搞，小平同志的处境就更困难了。"

宋小庆愣住了。这难道是一条理由吗？

"听你爸爸的吧！他入党这么多年，不比你懂得多！"妈妈在一旁拉着儿子，一个劲儿地劝说。

当然，宋小庆没有听爸爸的话，他还是去了天安门广场。

如果说，那时"四人帮"还在台上，爸爸不能不有许多考虑。那么，粉碎"四人帮"以后，爸爸不会再有许多顾忌了吧！可是，没有料到，粉碎"四人帮"以后的第一个春天里，在一系列重大的政治问题上，爸爸的态度仍然暧昧，令人很难理解。

那时，宋小庆和厂里的一些青年工人在天安门广场贴了两条大标语，要求为天安门事件平反，呼吁邓小平同志早日出来工作。爸爸知道了，晚上把宋小庆叫进书房进行了一次很不愉快的谈话。

"你们这是胡闹！"爸爸生气地说。

"爸爸，我真不明白，你怕什么？现在不是'四人帮'横行的时候了，现在是以华主席为首的党中央……"

"正因为是以华主席为首的党中央，这种大标语有什么必要？"爸爸厉声截断儿子的话，又说道，"该平反的，中央会平反。该出来工作的，中央会安排出来工作。你们瞎闹，会被坏人利用！"

这当然不能说服宋小庆。

从此，父子俩的隔阂似乎越来越深了。宋小庆还没有把爸爸划入"凡是派"。但用三中全会的公报来对照，他觉得爸爸无疑属于那种"思想还处在僵化、半僵化状态"的领导干部，至少也是新长征路上的落伍者。

宋小庆给爸爸"定了性"之后，冷眼旁观，觉得事实就是如此。爸爸老了，思想僵化了，而且这种僵化不是一天两天形成的。可以说，自他记事以来，从未见爸爸闪过什么思想的火花。爸爸的一生是平庸的。他的逝世，对宋小庆来说，也不像是难以忍受的沉重打击，或者是无法挽回的巨大损失。

承认这一点，对宋小庆来说，也是很痛苦的。人非草木，岂能无情？他本来以为，失去了父亲，自己会很悲痛，会通宵失眠。结果呢，他掉了几滴眼泪，但却很平静。当他坐在桌前写这些信封时，就像平常站在车床前干活一样，似乎只是在完成领导交下来的一项很平常的任务。

宋小庆又伏在案上写信封了。他手里写着，脑子里忽然闪过从一本什么外国小说里看到的两句话："对死者应该宽恕。""愿他的灵魂安息吧！"爸爸尽管平庸、僵化，毕竟是个好人。他廉洁奉公，循规蹈矩，没有非分之想，没有越轨之举，就要算是个很不错的老干部了。何必苛求呢！

夜深了，风停了，会客室里更加寂静了。只有荧光灯上的整流器发出呜呜的响声，间或有从远处传来的北京站的清脆的钟声。宋小庆加快了书写速度，他想赶紧完成这项工程，明天一早好送到爸爸机关去，分发给爸爸的生前友好。

忽然，他又听见妈妈在身后的哭泣声。他以为妈妈又想起了什么新的材料，要来对他继续进行"尊父教育"。他准备听着。可是妈妈没说什么，只哭得更伤心了。

发生了什么事情呢？

宋小庆回过头去，只见母亲手上拿着一沓稿纸，头仰靠在沙发背上，呆呆的脸上满布泪痕。

"妈，您怎么了？"宋小庆站起来，走上前去。

陈惠林抖了抖手上的那些稿纸，又似乎要把它藏在身后，什么话也没有说。

"妈，您拿的是什么？"

陈惠林泪眼望着儿子，这么停了好一阵，终于把手上的稿纸递给他，呜咽着说：

"小庆，你好好看看吧！这是你爸爸生前写的一份意见书。"说完，她用双手捂住脸，倒在沙发上失声痛哭起来。

宋小庆惶惑不解地捧起了那沓稿纸，开头一段文字很快映入他的眼帘：

### 对党内生活的一点意见

反复学习了毛泽东同志在七千人大会上的讲话，我的心情久久不能平静。我入党二十多年了，自问还不是一个庸庸碌碌的人，还能思考问题，分析问题，对许多问题有自己的看法。但多少年来，我却习惯于把这一切都埋藏在心底。我感到自己是在犯罪，这使我长久以来感到极端的痛苦……

这是爸爸的亲笔，这是爸爸的声音！宋小庆抬起头来，眼睛碰到了墙上那张遗像。镜框里那双永远平静的、冷峻的目光突然变了样，看啊，在那双大大的黑眼睛里流露出了怎样的痛苦，一种深深的痛苦！宋小庆望着望着，自己的两眼模糊了……他含着眼泪接着往下看：

> 很长时期以来，我感到党内缺乏民主，很多党员不敢
> 讲真话，包括我自己。我想，这同一九五七年的反右派斗
> 争，不能说没有关系。我总觉得这场严肃的斗争后来被人
> 为地扩大了。一些同志的正确意见，也被当作向党进攻，
> 给戴上了右派帽子，开除了党籍，甚至开除公职。我认识
> 的一个"一二·九"时期的干部就这样被判处了政治上的
> 死刑。在这以后，在我们党的生活中，"右派言论"就像
> 一个幽灵一样，到处游荡，任何一点不同意见，都可以被
> 扣上"右派言论"的帽子，弄得人人自危。

宋小庆惊呆了。他急忙翻到末页一看："一九六二年十二月九
日"！这是爸爸在十七年前写的吗？多么惊人的雷同啊！宋小庆
这些日子来，正把全部业余时间用来研究党内民主问题。他准备
写一篇有关民主问题的论文。爸爸在这里阐述的观点，不正是自
己在未来的论文中准备阐述的观点吗！

顷刻间，他觉得墙上那一双眼睛好像在呼唤自己。宋小庆看
到了什么？是痛苦还是忧虑？他望着望着，从那一双好像永不动
情的眼睛中确实流露出一种深深的忧虑。

宋小庆闭了闭眼睛，又急切地往下读。爸爸对党内缺乏民主
的现象作了历史的分析之后，又论述了党内缺乏民主的危害。他
写道：

我们党内是有很多人才的。他们善于独立思考，善于从群众中汲取丰富的养料，能够提出问题、解答问题。我们党的无穷无尽的活力，来源于千千万万同群众有着紧密联系的党员的智慧。可是，这些年来，很多有思想的同志不敢谈自己的想法了，很多善于绘声绘色转述群众情绪的同志也不敢反映真实情况了。长此以往，不仅会扼杀党内人才，还将窒息党的生命。

宋小庆觉得爸爸对党内民主问题的研究，远远超过了自己。他急急朝下看。爸爸又从理论上对民主和集中的关系作了很有力的证明，随即提出健全党内民主生活的五点建议。最后，爸爸写道：

也许，我的这些意见是错误的（尽管现在我并不这样看）。因为多少年来，我也习惯了这样一种思想斗争：每当自己的想法同中央某个领导同志的讲法不相一致的时候，总是首先怀疑自己，检查自己是不是右了。我的这些意见之所以长期没有勇气讲，也是因为我怀疑自己是不是正确。现在有了三不主义，我打消了顾虑。我应该向党讲真话。如果我的意见错了，我愿意接受组织上的批评帮助。抛弃这些错误，总比死抱着错误要好。

爸爸！宋小庆在心底喊了一声，第一次哭出声来。他能到哪里去找回爸爸呢？他再一次抬起头来，凝望着墙上那张亲切的脸，久久地凝望着那双眼睛。忽然，他觉得墙上那双眼睛也在含笑凝望着自己。那是怎样的目光啊！热情、深邃，奔放着智慧的光。谁说爸爸平庸？他像一盆火！他的心灵的火从来就未曾熄灭过啊！

宋小庆不由自主地摇晃了一下身子，真想跪倒在父亲面前，请他原谅，原谅……

母子的哭声塞满着这间小小的会客室。不知过了多少时候，宋小庆转过泪水浸湿的脸，哽咽着问妈妈：

"爸爸这份意见书交上去没有？"

妈妈不语地摇了摇头。

"为什么不交？"

"是我不同意。"

"您为什么不同意？爸爸的意见是正确的啊！"

陈惠林望着激动不已的儿子，擦干泪水，冷静地说：

"有前车之鉴啊！一九五九年庐山会议之前，有一段也强调实事求是，纠正一平二调共产风。你冯云伯伯在一次党委会上讲了一点真话，结果，成了'右倾机会主义'的典型。我跟你爸爸说，'三不主义'好是好，谁知道以后会不会变呢？万一风向变了，就凭你的意见书，你就是右派。小庆就是右派子弟。那时候，你才七岁，刚上小学。"

难道，这份具有真知灼见的意见书就这样埋没到现在？宋小庆望着妈妈伤痛欲绝的样子，不敢问下去。

"可是，你爸爸一直是想把它交上去的。"停了停，陈惠林用手捂着胸口，又说下去，"就在'文化大革命'刚开始，报上天天讲'文化大革命'是触及人们灵魂的大革命。有一天晚上，你爸爸把它翻出来，举在手上对我说：'好吧！触及灵魂吧！这就是我的灵魂，把它交出去让大家触吧！'"

宋小庆几乎要跳了起来。他简直不能想象，这话是那么理智的爸爸说出来的。那怎么能交！交上去，不是送死吗？

"后来，是我从他手上把这意见书夺了下来。"陈惠林抽了一口气，接着说，"我怕这份材料被抄走，主张把它烧了，你爸爸不同意。他说：'不能烧，要留着它。经过这些年，我越来越相信自己的看法是对的。'后来，是我把它藏着，才没有被抄走。"

"粉碎'四人帮'以后，为什么不交出来呢？"儿子又问道。

"你爸爸说没有必要了，民主风气已经回到党内，问题已经解决。再交出去，无非说明自己早就这样想过。既然早就想，当初不敢讲，现在何必充英雄呢？"

宋小庆流着泪，又激动起来，他说：

"不，这一点，爸爸的看法不对。党内民主问题并没有完全解决。爸爸这份意见书至今仍有很大的现实意义。这是爸爸对党的贡献。我主张现在就把这份材料交上去，它是属于党的。"

"你没有权利处理这份材料！"陈惠林站起来，从儿子手中拿过那一沓稿纸，望着墙上的遗像说，"你爸爸生前说过，这份意见书是历史的陈迹。还是把它……"说着，她又恋恋不舍地看了看那发黄的稿纸，双手捏紧，准备撕碎丢进废纸篓里……

宋小庆跨上一步，慌忙从妈妈手中夺回了意见书，恳求说：

"不！妈妈！把它放在爸爸的骨灰盒里吧！"

十一月十三日下午，天色灰暗阴沉，宋保均同志的追悼会在八宝山公墓举行。灵堂上悬挂着这位"一二·九"时代的热血青年的遗像。灵台上的骨灰盒里安放着他的骨灰和他生前写下的意见书。宋小庆和妈妈一起，肃立在灵堂的一侧。主持追悼会的是宋保均同志机关里的一位领导同志，致悼词的是另一位领导同志。哀乐过后，他用一种沉重的、缺乏节奏感的语调，把死者哪年参加工作、哪年入党、哪年在哪里担任什么职务，从头到尾念了一遍。接着就是一些通常悼词中都有的盖棺论定的好评。

最初看到这份悼词时，宋小庆曾经觉得对爸爸的评价言过其实。现在，他站在灵堂上，听着这一篇公文一般沉闷的履历表，觉得爸爸受到不公平的待遇。

我的爸爸不是这样的！宋小庆心里反感着。爸爸是有思想、有才华、有胆有识的。爸爸是一盆火啊！可是，这个活生生的爸爸丝毫也没能从这份毫无光彩的平平庸庸的悼词中反映出来。

悼词致完了，主持人宣布追悼会结束。

哀乐奏响了。爸爸机关里的同志，分别抬起一只大花圈和爸爸的遗像，缓步走出灵堂。啊！结束了，爸爸的一生就此结束了。宋小庆呆了一般站在那里，不知道动了，直到妈妈扶着他登上灵台，他才双手捧起爸爸的骨灰盒，泪水刷刷地流下来。他跟在花圈和遗像的后面，一步一步穿过灵堂往外走，他没有看见满屋的人，他只看见白色的花圈，层层的花圈，白色的，白色的，这白色突然变成了血红，那是火啊！他感到手心发烫，他的手里捧着一团火啊！

在催人落泪的哀乐声中，宋小庆一步一步朝前走去。他感到自己骤然之间长大了，懂事了，同老一辈的距离缩短了。他心中默念着：但愿像爸爸所说的那样，这一切都只不过是历史的陈迹，永远一去不复返了。

# 周　末

"来，来，来，老李！上我那儿打升级去。大礼拜六的，还念
什么书啊！"

县委书记顾长顺伸出又黑又胖的大手，拍了拍副书记李为民
的肩膀，不容分说，就把他从一张破藤椅上拽了起来。

李为民正捧着一本厚厚的土壤学在聚精会神地读着。他那戴
着眼镜的长脸几乎伏在了书页上。这时，他望了望刚才看到的页
码，站了起来，手上的书没有合拢，侧身望着比他高出半头的顾
长顺说：

"你下去转了十多天，刚回来，还不回家去看看老婆？"

"老夫老妻的了，有什么好看的！"顾长顺索性夺过他手上的
土壤学，往写字台上一扔，说，"走，走，劳逸结合，攀登科学高
峰也不在这半天儿！"

李为民只好跟着顾长顺往外走。到了院里，顾长顺又四处找
通信员。他扯着嗓子叫了一声：

"小金！"

院子里鸦没雀静的，没人应声。

县委机关，天天晚上加班，夜夜灯火通明。有事没事，都要泡到九、十点钟才能散去。县委书记顾长顺是个土改时的农民干部，文化不高，经验丰富，作风泼辣，干劲十足。每天下班前，只要他在机关，总会安排下这样那样的会议。不是跟组织部长说："吃了晚饭，咱们开个小会，把提干问题研究研究。"就是跟办公室主任说："今天晚上没事儿，找几个人凑凑备耕情况。"机关里的干部背后议论："顾书记晚上不开会，就跟丢了魂儿似的。"

副书记李为民原先是个小学教师，合作化时调到县里帮助整理材料，后来就脱产当了干部。如今在县委领导班子里算是文化最高、读书最多的成员了。他老婆孩子都在农村，自己孤身一人住机关。虽说喜欢晚上抽点时间看看书，不愿有事没事都加班，倒也不怕加班。两位书记晚上都在机关待着，别的干部也就不便早早回家了。只有到了星期六，除了几个值班的，大家都是一到下班时间就理直气壮地匆匆而去。

此刻，春日的余晖已跳过了院里尽东头一棵杨树的树梢，县委大院里显出一种异乎寻常的寂寥和冷落。顾长顺心里挺不是味儿。

"小金！"他又大喊了一声。

一阵噼噼啪啪的脚步声响来，小金喘着气站在书记面前了。他看上去顶多十六七岁，圆脸上稚气未脱，一双溜圆的眼睛忽闪忽闪的，挺机灵的小鬼。

"顾书记！啥事？"他不停地撩起小褂扇风，用胳膊袖子擦汗，好像是刚扛了面口袋似的。

"去，把施主任找来！"

县委办公室主任施连文是顾长顺打升级的老搭档。尽管平常都忙，很难凑在一起玩儿，可偶尔玩一次，顾书记就离不了办公室主任。

施连文很快就来了。

"来，连文，今晚上咱们好好玩一回。我招待，八角一两的茉莉花茶。"顾长顺摇着手里的茶叶缸子说。

施连文摸着兜里一张八点的电影票，心甘情愿地做出牺牲。他像是早就盼着好好玩一场似的叫道：

"行啊！今晚上咱们真干！"

李为民已经坐在一张靠背椅上，跷着腿，手里拿了张报纸在看。这时，他眼望着报纸说：

"三缺一呀，同志们！"

其实，屋里还有第四位——小金。他打升级，牌技精湛，在县委大院是有名的。他正忙着给书记们沏茶，心里很想在书记们面前露一手。可是，顾书记好像没有看见他，抄起桌上的电话就接到了武装部。

"郭部长，过我这儿来串门儿呀！对了，打一盘。啥？我是你手下的败将？谣言，纯粹是谣言！我挂过免战牌？嘻，那是去年，那个时候，你还不知道，政策下不去，生产上不来，就是耗子钻风箱，还顾得上'升级'！"

顾长顺说的还真是实情。去年县委思想还不解放，三中全会精神没有雷厉风行地贯彻，农业的两个文件也没敢大着胆子去执行。上上下下，左邻右舍，意见挺多。他和李为民都差点累趴下。

"现在？哈，哈，不是吹，小日子还过得去。囤里有粮，手上有钱，我还怕啥？对了，我们当县太爷的，也该娱乐娱乐了。来吧，就看你敢不敢应战啦！英雄狗熊，是骡子是马拉出来遛遛！实践是标准嘛！"

武装部的小院紧挨着县委。部长郭大有放下电话就到了。他是个四十开外的胖子，一进屋就腆着肚子嚷嚷：

"伙计们，咱们约法三章，讲点牌德：一不准偷牌，二不准打电话，三不准映电视。"

"哪来那么多清规戒律？"顾长顺打开一个抽屉，东翻西找，扑克牌不知搁哪儿了，"这不准，那不准，还不准擦鼻子、挖耳朵？"

"对啦！什么表情动作都不准！"郭大有一屁股坐在椅子上笑道，"别当是什么密码，我早破译了。擦鼻子是我有大鬼，挖耳朵是你帮我吊主。"

"诬蔑！彻头彻尾的诬蔑！"顾长顺又抽出一个抽屉，乱翻了起来，说，"难怪人家反映，你们武装部的清查走过场。你呀，脑子里的极左路线都缠成死疙瘩了。"

"老李，你说，你们老顾是不是偷牌？"郭大有拉了拉李为民的袖子问道。

李为民又被报上一篇介绍玉米高产新品种的文章吸引住了，听郭部长问，他从报纸里露出脸来笑道：

"我建议，咱们成立牌纪检查委员会。双方各派一名代表，实行监督检查，怎么样？"

"好，我赞成！"顾长顺嘴上应着，又关上抽屉。弯腰翻着桌上的一大沓报纸，找他那不知去向的扑克牌。

"顾书记，我来找！"施连文忙过去帮着收拾桌上那一大堆烂摊子。

“怪事！牌弄哪儿去了？小金……”他正要喊，一回头，见小金正蹲在一张长茶几旁边帮他找牌呢。那茶几的横板上蹭着好些田野上带回来的黄泥，也堆着一大沓报纸。

“老顾，你是不看报的吧？”郭大有斜睨了一眼茶几，又找到挑衅的话头，“瞧你这一沓沓的，还原封没动呢！”

“这话你算说对了。”顾长顺眼皮都没抬，毫不在乎地说，“当县委书记的，谁有工夫看报！我每天早上坚持半个钟头听联播，啥都知道了。”

这一点，李为民可不敢同意。报上登的理论文章和经验介绍，那是很重要的，怎么忙也得抽空看一看。就连对顾长顺十分敬重的施连文，对顾书记不看报纸，许多新词儿说不上口，作起报告来时不时地把他当作“问讯处”，也有点莫奈何。比如说，“实践是检验真理的唯一标准的讨论”这句话，顾长顺总说不准确。不是说成“实践是检验的标准”，就是说成“真理唯一的讨论”。后来提出“实践是检验真理的唯一标准的讨论补课”，顾长顺更觉得如同绕口令一般，怎么学也学不会。他索性来个简化，只用“补课”俩字就对付过去了。顾长顺的理论是：“咱们大老粗，不会咬文嚼字，说出来人懂个差不离，也就成了。”

牌，终于在报纸堆下被发现了。

“他娘的！玩一次牌，费这么大劲！”顾长顺拿着牌，在一张做成双人沙发形的木头椅子上坐下，冲小金下令说：“上院门口守着去，谁也别放进来！”

“看两盘还不行？”小金噘着嘴，有点不高兴了。

"去，去，有什么好看的！"顾长顺头也不回地挥着胳膊，朝外撵。

小金有些委屈地走了。屋里四个人围着那张长茶几坐下，摸起牌来。小屋里一时安静下来。

"唉！最难熬的就是这星期六。"顾长顺一边探身摸牌，一边发起感慨来，"你也不能把人留下开会。回家吧，婆婆妈妈的事儿，烦死人。看电影吧，就那么一家，片子看过八百遍了。逛大街吧，一条马路，石头子儿都认熟了，真他娘的，没劲！"

"嚯！"郭大有笑道，"真新鲜，顾书记也犯起小资产来了。行，有那么点味儿。"

"城乡差别，在文化生活上反映得更加突出。"李为民摸到一张红桃二，抢先亮了牌，又接着说他的，"你看北京的报纸，电影广告、戏剧广告、电视广告，一串串的，还有体育表演，这个展览，那个展览，想看什么看什么。我们呢，躲在山沟沟里，只有看广告的份儿。"

"所以呀，我就不看报，越看越有气。来张红桃！"顾长顺使劲摸了一张，果然是红桃，而且是红桃十。他眉开眼笑："说来就来，咱今年就是要转运！"

"所以，都想走后门往大城市调哇！"施连文的牌糟透了，一张红桃也没有，"咱们这会儿要在北京，就不打升级了。"

"干啥去？"顾长顺摸到大鬼，赶紧朝施连文摸了摸鼻子。

"别映电影，老实点儿！"郭大有马上发出警告。

"鼻子痒痒也不能摸啊！"顾长顺又摸了摸鼻子。

施连文的牌毫无起色，他泄劲了，接着又说：

"干啥？学点现代化，跳舞也行嘛！"

"跳五，还跳六呢！"顾长顺鼓着腮帮子，"男的女的，搂一块儿扭来扭去，咱们大老粗，干不了，没那腰劲儿！"

"看个参考片，也来劲儿呀！"施连文听在县里工作的知青探家回来说过，北京放参考片都放疯了。

"那玩意儿，我上北京开会看过，还是美国的呢，没啥意思！"顾长顺摸了最后一张牌，把往前倾着的身子收回来，一仰身靠在硬邦邦的木头沙发背上。

李为民一翻剩下的六张牌，只有一张红桃四。这可犯了难。手上的牌是"三三制"，没法儿打！偏偏副牌也是七零八落，不成阵势。

"顾书记，你看的美国电影叫啥名字？"施连文的心思似乎不在牌上，他特别喜欢看电影。

"啥名字？开头是外国字儿，蛤蟆蚪似的，谁闹得清！"顾长顺把牌收起，想着又说，"反正是一开头，出来个小媳妇儿，站在桥边上，直眉瞪眼的，像是要跳河，可又没往下跳。嗯，后来就……对，后来就过来个民警。"

"民警？"郭大有听着不对劲儿，笑问道，"美国还有人民警察？"

"不叫民警，反正也是搞公安的。"

"看着啊，扣牌了。"李为民凡事认真，这把不争气的牌愁得他眉头都起了疙瘩，脸拉得更长了。他啪地扣上了牌。

顾长顺又伸手把底牌翻过来溜了一眼，撇了撇两片厚嘴唇，黑黑的脸上露出嘲讽的笑容。

李为民不敢吊主，没声没气地出了一张方块三。施连文瞧了一眼顾长顺，使劲打出一张方块十。郭大有也瞧了瞧下家，更使劲压上一张方块 K，把牌推到顾长顺跟前说：

"给你，二十分！有尖子吗？"

哪来的尖子！顾长顺扬了一张方块四下来，冲施连文抱怨说：

"伙计，你冒进了！"

郭大有为对家机动了两张副牌，吊起主来。顾长顺手心儿里攥着大鬼，不免洋洋得意。几张牌过去，他一会儿冲着对家做怪相，一会儿哼着秧歌小调，一会儿拍着大腿，以为稳能抠底了。不料，李为民后发制人，甩了三张黑桃，顾长顺的大鬼泡汤了。

"完了，完了！"他连声叹息，就好像眼看到手的庄稼被一场冰雹砸了似的。

这一把，李为民得胜，该郭大有打三。郭大有打成了三，李为民又打成了四，直到他们打到六，顾长顺才抠了他们一个底，开始打三。谁知牌运不佳，上手失利，反倒让对手打七了。

施连文又抽烟又喝茶，已经泄气了，顾长顺还是那样意气风发，干劲十足，而且不断鼓舞士气：

"伙计，打起精神来！胜败乃兵家常事。咱们先让他们几把，提高提高他们战斗情绪，一会儿咱们就后来居上。"

顾长顺嘴里不停地说着，手上不停地摸着，心里头使劲。这回可是老天爷有眼，大鬼小鬼都进了门。他高兴得一纵身，两脚踩在那张木头沙发上，稳稳地蹲在上面了。

正在得意之时，县妇联主任粟玉秀吵吵嚷嚷地跨进门来：

"好啊，你们倒会躲清静。关起门来吊主！还有把门的。这是什么作风？凭这作风，还领导'四化'？"

顾长顺睁大眼睛盯着手上这副难得的好牌，生怕被粟玉秀扰了。他瞟了一眼这位全县有名的高射炮筒子，也不示弱，还击道：

"我说，'四人帮'都粉碎三年了，你怎么还搞无限上纲呀？到北京开会，中央领导还心疼咱们，生怕书记们脑筋用坏了，三天两头，不是电影就是戏，让大伙儿调剂调剂生活。怎么，回到县里，星期六打回升级，就是作风问题？还影响'四化'啦？好家伙！"

"来，来，粟主任，我让你！"李为民举着牌，伸着胳膊，就站起来了。

"别，别，"郭大有忙一把拉住李为民，"她一上场，我准输！"

粟玉秀站在两位书记当中，嘴角露出嘲讽的微笑，哼了一声，说道：

"我才不打呢！有这工夫，回家给孙子洗尿布去！"

顾长顺嘿嘿笑了两声，说道：

"哎——这话对了，老娘儿们有老娘儿们的事。您没事早点回家……"

"谁说我没事儿？"粟玉秀走上一步，打断他的话说，"下星期一开计划生育动员大会，你得去讲讲呀，书记！"

"计划生育叫我去讲？我不去！"顾长顺坚决地摇头，把手上的牌合拢了。

"那不行。控制人口，关系'四化'大计，书记不去讲话，下边工作能推得动吗？"粟玉秀振振有词。

"这不是成心要我的好看吗？"顾长顺冲在座的人发起牢骚来，"全县谁不知道，我老婆生了五个！偏让我去动员，动员人家生一胎。咳！我在台上讲，人家不在台下骂娘才怪呢！我不去！"

"我说，你去讲正合适！"郭大有严肃地说，自己憋不住又笑了，"你去当个反面教员。连讲稿都不用宣传部写，你往台上一站，实打实地说，同志们，孩子多了有啥好？你们瞧我，混到现在，他娘的，连件涤卡都没混上。照这么生下去，别说'四化'，连裤子都穿不上了。"

众人大笑。顾长顺骂了声"他娘的"，也笑了。

正笑着，县委常委、宣传部长王震学推门进来了。

"嚯！真热闹啊！施主任，我给你当参谋！"王震学拉过一张凳子，在施连文身边坐下，拿了桌上的烟点上。

升级继续进行。顾长顺凭着一副好牌，剃了对家一个光头，跳了一级，士气大振。

"老顾，就这么讲了，星期一我来接你，大礼堂！"粟玉秀起身告辞了。

"行，行。"顾长顺一边洗牌，一边点头，早忘了要他去讲什么了。

这倒提醒了王震学，他忙说：

"顾书记，下星期三农业科技讲座开始。头一课请您去讲。"

"什么，什么讲座？"顾长顺皱着眉头叫道。

"农业科技讲座呀！"王震学说，"上个月常委会上定下来的。县直机关干部都要武装点科学知识。"

"算了吧！这不是打鸭子上架吗？我这脑瓜里可没有科学！"顾长顺忧郁地望着自己的牌，双眉不展地说，"人说我土老杆，我承认。要说发动群众、斗争地主、团结中农、闹土改，我还真能讲他个三天三夜。让我去讲科学，唉！那玩意儿咱没学过，不摸门，你叫我讲啥？"

王震学笑道：

"顾书记，您别害怕，不让您讲技术，分给您的题目是：为什么要学点农业科学知识？也就是我们开办这个讲座的宗旨，动员的意思。"

"让李书记讲吧，他比我学问大。"顾长顺松了口气似的，摸起牌来。

"分给我的题目是第三讲，开场锣还得你来。"李为民笑道，"现在抓农业，一靠政策，二靠科学。政策，咱们上了轨道。将来就指科学吃饭，你不讲怎么行？"

顾长顺一听这话，黝黑的脸沉着，单眼皮儿耷拉着，不言语了。每当这一刻也不闲着的县委书记沉默时，熟悉他的人都知道，他犯了难。

四个人悄悄地摸牌，"参谋"装着只顾看牌，不时抬眼瞟瞟对面的书记。摸完了牌，顾长顺长出了口气，叹道：

"讲讲还不容易！讲完了，自己能做到吗？不行啰！年纪大了，底子太差，填也填不进去了。讲也是白讲。"

他理了理手上的牌，看了看李为民说：

"老李还行，大小是个知识分子，又爱啃书本，肚里墨水也不少。"

"我也不行。不懂科学啊！"李为民放好牌，也叹了口气说，"一本'土壤'，啃了两礼拜，还没摸着个门儿呢！"

顾长顺甩出一张牌，抬眼看着施连文说：

"连文，你甭瞪眼瞧着我，你也不行！整天东跑西颠的，不读书，不看报，不懂科学，跟我一样！"

施连文小尖脸上两个眼睛睁得更大了，显出十分惊讶的神情。他在顾书记手下工作多年，从心里佩服这位工作有魄力、有办法，说一不二的老上级。他觉得像这样得力的县委书记，过个一两年就会往地区调。跟着顾书记，给他当个下手，准没错。没想到顾书记心里是这么想的。

"我看，不、不至于吧！"施连文说话不利落了，"让那些大学生、技术员来当县委书记，那行吗？总还要党、党的领导嘛！"

郭大有冲施连文嚷道：

"吊主了！你没主啦？"

"有，有，有，出错牌了。"施连文自知失态，忙换了一张牌扔出去。

顾长顺吸着烟，眯着眼，若有所思地说：

"反正你不懂科学，很难领导！"

"不懂科学，这不是哪一个人的问题。在咱们县，是个相当普遍的现象。"李为民说，"我真是这么想，老顾，咱们县委领导带头学点科学知识，很有必要啊！这回宣传部花了不少力气，收罗了不少人才。别小看我们这个县嘞，农林牧，各方面的秀才都有。把他们请来当老师，咱们这讲座水平还不低呢！"

"是呀！"王震学忙说，"研究小麦的，玉米的，造林的，畜牧的，咱们县都有，都是科班出身，讲起来一套一套的。他们还挺愿意来讲。"

顾长顺心不在焉，也出错了牌，又输了一把。他笑了笑说：

"老了，脑瓜子木头疙瘩似的，凿子都凿不进去了。真是，花开还有花落时哟！"

郭大有活动了一下他的大肚子，撇着嘴笑道：

"老顾，你还真有点小资产调调儿呢！谁不知你顾长顺是一员虎将，地委的红人。打倒了好几年，刚出来工作，正在兴旺的时候，怎么泄了气啦？"

"这就叫自知之明。别瞧今天还能拳打脚踢来两下子，往后，咱也起个带头作用——让贤！"顾长顺马马虎虎洗了洗牌。

"得了吧！你是找我来打牌，还是找我来听你唉声叹气的！"郭大有推了他一把说。

"打牌，打牌。他娘的！"顾长顺撸撸袖子，又抖擞精神摸起牌来。

施连文心中可一时放不下，他摸了两张牌又问道：

"我就不相信，咱们这号土老杆，以后就没用处了？"

"有用处！"顾长顺使劲打出一张梅花老 K，说，"老弟，你放心吧，一时半会儿还离不了咱们！"

大家又笑了一阵。牌场气氛稍有好转。这时，一个脑袋瓜儿剃成秃瓢的小男孩闯进来了。他直愣愣地站在顾长顺侧边，毫不客气地说：

"妈叫你家去！"

顾长顺顿时脸一黑，不由得叹了一口长气。郭大有却乐了，说道：

"小秃子，回去跟你妈说，你爹开会呢，今晚上回不去啦！"

小秃子眨巴着贼溜溜的小眼儿，望望郭大有，又瞧瞧爹，傻不愣登的，流出两道清鼻涕，看样子是有点感冒。顾长顺皱了皱眉毛，从兜里掏出揉皱了的大手绢，给小秃子擤了擤鼻涕，擦了一把脸蛋儿，才说：

"回去说，我有点事，一会儿就回去！"

"你可快回，噢？"小秃子走到门边，又回头斜着眼说，"妈说了，你再不家去，她自个儿来接你！"

小秃子吧嗒着脚丫儿走了，郭大有开怀大笑起来。

"他娘的，打会儿牌都不叫你安宁。"顾长顺狠狠甩了四张方块，打赢了这一把。

双方比分交替上升，只杀得难解难分。顾长顺把袖子撸到胳膊肘上头，髁膝盖儿都在使劲儿。郭大有使胖肚子顶着茶几，准备决一死战。连李为民也连连吸烟，感到比赛进入关键时刻了。

正在这时，桌上的电话铃响了。

"怎么搞的，大礼拜六的，还不歇着？"顾长顺厌烦地瞪了一眼那响着的电话机。王震学早已过去拿起话筒：

"城关公社呀？什么……"王震学拿着话筒，脸上变了色，话也说不出来了。

"怎么回事？"顾长顺预感到出了什么事。

"百货公司东仓库，失、失火了……"王震学拿着话筒愣住了。

话音没落，顾长顺已从椅子上跳起来，两步就跨到桌边，抢过话筒喊道：

"你们怎么搞的！灭了没有？什么？他娘的！灭火器呢？打不开？都他娘的笨蛋！快，组织人，都叫去，社员居民，一定要立即扑灭！"

顾长顺气得眼珠子都快蹦出来了，手里还拿着话筒，却回头对屋里人说：

"连文，咱们马上去现场。老李，你赶紧通知公安局。郭部长，你给多少人？一个连，行，马上出发。"这时，电话筒里传出了"喂，喂"的声音，他才想起自己没挂话筒，冲着电话大喝一声："喂他娘的！"啪地把话筒挂上了。

顾长顺第一个冲出门去。其余的，有去找人的，有去找车的。屋里人走光了，灯还亮着。四家的牌都乱扬在茶几上。亮在最上面的，是一张红桃 A。

# 玫瑰色的晚餐

酒打开了，汽水打开了！酒是殷红的，汽水是橙黄的。孩子们欢呼了！蝴蝶结在飞舞，小酒窝儿夹在褶皱的面孔中，乌黑的小脑袋和庄严的白发交映在一起。两张桌子拼起来，围坐着一大家子人。这久已失散，而今又重新聚在一起的亲骨肉。幸福之神啊，你真在人间遨游吗？请降临这星期六的晚餐，来参加这家庭的华宴吧！

"玫瑰、玫瑰、红玫瑰，我心中的玫瑰……"新买的收录机放在崭新的酒柜上。女歌唱家仿佛含着微笑在为这家人高歌。玫瑰的歌声，为这团聚的晚餐增添了欢乐的色彩。啊，音乐，永远是人生旅途中不可缺少的伴侣。无论是在远古，还是在现代；无论是在苦中，还是在乐时。

看来，今天还是应该来！苏宏正襟坐在桌前。左边是自己五岁的小女儿，右边是自己的妻子。女儿跪在椅子上喊："奶奶，我一人喝一瓶汽水！"孩子毕竟是孩子，一下子就熟了。谁能相信，她结识自己的奶奶还不到一小时。妈妈笑了，妈妈是慈祥的，高兴的，好像早在梦中就等待着这一声叫喊。妻子也在叫："妈！您手艺真好！这猪肝是怎么卤的？"她的声音够多甜，多腻！她笑得多难看！她怎么叫得出口！多少年了，她没有叫过；连提也没提过他们，好像她根本没有婆婆，没有公公。

噩梦过去了，醒来又是清晨。你们总算回来了。从荒野的山中回到繁华的城市，从中世纪的野蛮回到现代的文明中来。北京，是个人人羡慕的好地方啊！颐和园、参考电影、昆明湖上的轻舟、回音壁前的神秘、中央精神、北京烤鸭、四川榨菜、开不完的专业会议、看不尽的传统节目……多少人托了关系，得不到调令，报不上户口，挤不进来。而你们，不管怎么说，回来了。在这新生的首都，大楼愈来愈高。住在十三层上算什么？有电梯。在高高的弯弯曲曲的空中走廊上散步，俯视街上的行人车辆像玩具模型，多有意思，多有情趣！人生恰似流水，逝去的再也无法找回来。向前看，这是最明智的。准备晚年吧！儿女都大了，不要你们的钱。十二英寸的黑白电视可以换成十九英寸的彩色电视。电冰箱、洗衣机到处都有，连山货铺都出售，不用走后门。收录机买得好，四个喇叭、立体声的。闭目静坐，听一晚上莫扎特、施特劳斯。美妙的旋律会带走你心中的郁闷，连同那过去的噩梦。

"来，来，都喝一杯！"妈妈的声音从什么时候起变得沙哑了，好像是从鼻子里发出来的。她是在笑？还是在哭？只见一个灰白的头一闪，她变得多么苍老了啊！他记得，她的头发是乌黑的、浓密的，她的声音是清脆的、圆润的。

一只只杯子朝她面前伸了过去，一张张笑脸都仰了起来。红红的、浓浓的汁液，流向透明的杯中。这是醉人的酒，还是医治创伤的药？"玫瑰、玫瑰、红玫瑰……"

父亲坐在首席。他老了，雪白的头低垂着，好像已经在这轻快的歌声中睡去。不，他醒着。他冷着脸，埋在浓眉下的一双眼睛谁也不看。

妈妈斜睨了父亲一眼，那目光是在责备他的冷漠。这顿晚饭是她精心筹划的，是她通知的。她要儿子、女儿、孙子、孙女儿、外孙子都来，吃一顿团圆饭。不是年，不是节，可比过年过节还值得庆贺啊！那二十个春节，二十个中秋，他们是在怎样的凄风苦雨中度过！

妹妹和妹夫，带着他们的小淘气，单眼皮儿，小眼睛，在椅子上滚来滚去像个小猴儿。弟弟满面春风，笔挺的制服，雪白的衬衣，高昂起头，一脸的笑，低声向他的未婚妻献着殷勤。姑娘真漂亮，水灵灵的眼睛，深不可测，仿佛是两把小小的火苗在燃烧。这一对眼睛真亮，有点像……真像！像她，那永远埋藏在他心底的她。她那最后的一瞥，可怜的一瞥啊！"玫瑰、玫瑰、红玫瑰，我心中的玫瑰……"

"关上吧！"暗哑的声音，父亲终于说话了，眼皮仍然没抬起来。好像他不是这新居的主人；好像这丰富的晚餐不是为了庆祝他、庆祝他二十年的错案得到纠正；好像他不知道他已重返画坛；好像他并不高兴"苏半舍画展"、《苏半舍画册》将重见天日。他像一匹疲惫不堪的老马，跑完了长长的路程。他像一个孤寂惯了的老人，厌恶这热闹场中的噪声。啊！不，他谁也不厌恶，只厌恶我。妈妈在笑着，沙哑地笑着。她装作没听见那命令，她不去关收录机，竭力想让大家都高兴。她要造成和谐的空气。啊，妈妈，妈妈呀，泼出去的水收不回来，破镜不能重圆，破碎的心怎能捏到一起？

厌恶我吧！咒骂我吧！恨我吧！我是这家庭的叛徒。我在这里是不受欢迎的人。我为什么要来？我根本不该来！女儿听说要到爷爷、奶奶家，瞪大了眼问："我有爷爷吗？我有奶奶吗？"她是从来没有听说过呀！妻子听说妈妈打了电话来，表现出异乎寻常的积极。穿什么衣服去呀，带什么礼物去呀，忙忙叨叨，典型的小市民！看她那烫成小卷的头，乱糟糟的；看她那咧着的嘴，笑的那个样子，好像她早就惦记着来给婆婆请安，好像她跨进了这个重新兴旺的家族，就进入了一个新的世界。怨她，都怨她，她为什么一定要来？不来，就不会有这种尴尬和烦恼了。

难道能全怪她？不，这也不公平。我也是想来的。毕竟是自己的爸爸，六十多岁了，活不了几年了，怎么说我也是他的大儿子，曾经是他最宠爱的大儿子啊！啊！童年，无忧无虑的童年，梦幻一般的童年，金子一样的童年。江流在峡谷中奔泻；小舟在逆浪中挣扎；纤夫在河滩上匍行；夕阳把川江粼粼的波光和船夫汗涔涔的脸照得通红。趴在那宽大的案头，看着爸爸的笔移来动去，一切都出现在宣纸上了，多美妙啊！

"宏宏，你的杯子呢！"妈妈还在张罗着。宏宏！这一声喊，他想哭。一个什么东西从他流血的心上爬过。

"你吃你的吧！"喑哑的声音、冷冷的声音从上方传来，好像打在他的手腕上。苏宏举起的杯子放下了。立刻，他伸出另一只手："来，妈，我自己来，我自己来！"他抬起身，伸出臂，嘴角努力翘上去，笑着。很好，只是自己的声音在发抖似的。他惶惑，瞥了一眼左边的弟弟，感到一股冷飕飕的光射向自己。是啊，弟

127

弟应是这家的宠儿。在他们困难的时候，没吃的时候，挨斗的时候，只有他在身边。他还小，他是狗崽子，跟他们去了山里。他从几百里地外给他们背过南瓜，救过他们的命。

所有的酒杯都举起来了，碰在一起，叮叮当当地响着。"祝爸爸妈妈身体健康！"弟弟的声音多么悦耳，他未婚妻那银铃样的声音也在喊着"爸爸、妈妈""健康"。妹妹尖声在喊，妹夫在笑。小淘气站在椅子上，"祝爷爷奶奶身体健康！"妹夫教他喊的。孩子们都跟着嚷。女儿也笑着，叫着，露出缺了门牙的珍珠般的白牙齿。"玫瑰、玫瑰、红玫瑰……"

苏宏也举起杯来，举起这沉重的酒杯。他的嘴唇碰到了杯沿，冰凉的。这感觉，多么熟悉，那是在什么时候？什么时候？

一沓沓的宣纸，一方方的砚台，一支支的毛笔。朱砂、石绿、大红、大块的墨。好大的砚台。两只小手儿捧住墨，使劲儿地磨。爸爸要画了！"小书童，好儿子！"满墙的画啊，满屋的人，都听爸爸讲。"骨法用笔"，"意到笔不到"。多有趣，白白的一张纸上，突然飞来了鸽子，游来了大虾。梅花开了。菊花香了。爸爸有一支神奇的笔。他简直是魔术师。"宏宏，给爸爸倒杯酒来！"快，给爸爸倒酒去，他要酒，才画得好。宏宏端来酒，小手儿捧得紧紧的，怕洒了。爸爸总是弯下腰来，先把酒杯搁到宏宏的唇边。"来，好儿子，喝一口，甜的。"是甜的啊，甜蜜的童年。这甜，是爸爸的爱，不是酒。酒是辣的，苦的，呛人的。当他皱着眉，闭着唇，挤着眼，脸上做出怪相时，爸爸总是开怀大笑，用那扎人的胡楂子蹭着他的小脸蛋儿，用那双巨大的手把他高高举起。举得真高呀，伸手能摸到房顶了……啊，再也不会来了。再也不会来了。从那个可怕的时候起，一切都逝去了，像无情的流水，像飘忽的行云，父亲的柔情一去不复返了！一切都变得那么冰冷，父子俩仿佛是陌生人。他哆嗦了一下，跟着吵吵闹闹嘻嘻哈哈的一桌子人，举起了杯，呷了一口。酒，是苦的，一直苦到心底。

眼前是道道金光，金光里只见千万花朵在旋转。那时候，他的生活铺满阳光和鲜花。幽静的清华园，红色工程师的摇篮，流体力学，未来的专家，登上科学高峰的学者，后补党员，又红又专。令人欣喜的朦朦胧胧的爱情，水灵灵的眼睛，一汪清水样纯洁的心，玫瑰色的脸颊，林中小河边的漫步……忽然，天旋地转，希望之厦倾倒了，生活的灵光熄灭了。"你爸爸是右派！""你要站稳立场，划清界限！""是跟党站在一起，还是跟右派站在一起，两条道路由你选！"天哪，怎么会有这样的事情？怎么办？

"你为什么当右派？"

在笑语欢声中，一个声音顽固地来到耳边。多么可笑，说这样的话！这样问自己的父亲！父亲没有回答，无法回答的啊！他不敢抬头去望那张冰冷的脸，他却看见一双手在膝盖上怎样地颤抖！妈妈的沙哑的笑声从上方传来，她哪是在笑，她明明是在哭，在说："宏宏，不要这样问你爸爸，他受不了！"她用身子挡住那坐着的人，哭泣着……

他感到一个什么东西堵在喉头，是泪水，就要涌出来的泪水。此时此刻，千万不能……他悄悄地不动声色地拿起酒瓶，又为自己倒满一杯。他笑着，把嘴角翘上去，苦着脸喝下去。"玫瑰、玫瑰、红玫瑰……"红的，玫瑰的红真好看，不是刺眼的大红，不是俗气的粉红，是那么一种雅致的、深沉的、泛着淡淡哀伤的红色，温柔的红色，和这整个的屋子一样的颜色。这间房好新啊！墙是白的，玻璃是亮的，门是新漆的，电镀的家具那么亮。一抹夕阳斜射，红光扑来，一切都染成了喜洋洋的玫瑰的颜色。一切全是新的，没有污垢，没有疵瑕，新起的炉灶新安的家。旧的好似被大水冲去了。大水啊，你为什么不能把人的心灵冲刷？让过去死掉，让今朝重生。一切都重新开始，世界该是多么美好！

冲刷不掉了。白纸黑字地印在那里。他第一次在报纸的铅字里找到了答案。"右派画家苏半舍一贯思想反动，他对党对社会主义有着刻骨的仇恨。在他的画里，祖国的天空阴沉，大地灰暗，社会主义如同一只破船，人民或在水中挣扎，奄奄一息；或在舟中跌倒，惊惶失措。这是多么险恶的用心啊！"这是结论，这是最后的审判！

当然要划清界限，家，再也不能回去了。没有必要回去了。是人民的乳汁哺养了我，是党培养了我。党就是家。丢掉那些小资产阶级情调吧，做一个心如铁、志如钢的革命者。

白色的油鸡，深色的松花，绛色的猪肝，红色的香肠，绿色的泡菜。家乡的泡菜，妈妈回来才泡的。一双双筷子，一张张笑脸。殷勤的劝酒，莫名其妙的笑声，令人作呕的献媚。她笑什么呢？虚伪，做作，小市民，怎么能同这样的人生活在一起？竟和她同床共枕二十年？这是命运的安排，还是历史的作弄？啊，当初怎么会走到这一步？

"玫瑰、玫瑰、红玫瑰，我心中的玫瑰……"我心中的玫瑰在哪儿？她到哪儿去了？她那纯真的脸，姣好的身姿，像爸爸画室里那散花的天女。那幅画，抄家时被烧毁了。

她应该永远享有幸福。尘土玷污她的肌肤简直就是犯罪，世俗纷扰她的宁静也是对艺术的亵渎。他怎么能，怎么能用自已有罪之身去损害这无辜的人儿！看她的双眸已经蒙上了忧郁的羽纱，看她的步履已经不似往日那样轻盈。斩断那恼人的情思，该做出决断了，放她到自由的天空中去！她应像一只自由的鸽子，飞到她该去的地方。让她享有幸福，这就是我的爱情！

爱情，爱情，什么是爱情？他把"爱情"献给了图书管理员。在那古老的藏书楼上，在浩如烟海的书卷中，她像一只色彩斑斓的玩具鸭，呱呱地叫着，花枝招展地打扮着，扰乱着那些孜孜不倦的求知者。他像老鹰似的扑向她，使她受宠若惊。他挽着她招摇过市，到处显示他的爱情，在他的鸽子面前显示。死了心吧，我的心已经死了！

她惊讶，她惶恐，她忧伤。那一封封烫人的长信啊！她的眼睛低低地垂下去，睫毛盖住了就要溢出的一池秋水。真傻啊！自以为扮演得很成功。然而，他演得是多么笨拙！毕业典礼完了，掌声过去了，该告别清华园了。不，该告别青春的梦了。小河，河边那棵垂柳，她应该站在那里的，在月光下，多少次，她站着。她真的来了，走吧，赶快逃开去，可是，他不能。这是最后的一面了。最后的，最后的，让一切都结束吧！难道可以这样地忍心离去？他走过去，迎着她，他们相视而行，愈走愈近了，像是什么？像莎士比亚悲剧里的角色。悲剧，怎么不是悲剧？她的眼里有多少忧伤？多少愁苦？真想用一个热吻替她抹去！

"你，不该这样。你在欺骗自己，你在欺骗我，你也在欺骗她……"

他震动了！向她忏悔吧，把心中的苦水向她倾吐吧，只有她能了解。啊！不，我一个已经够了，划清界限并没有把自己从厄运中拯救出来。专业被调换了，不再属于尖端保密项目了。后补期延长了，"对右派父亲还存在着温情主义"，连留校当一名助教的资格都没有了。天涯海角，何处是归宿？我带着优异的成绩，将要在人生的茫茫大海中去闯荡。等待着我的不是静静的小溪，而是惊涛，而是骇浪。我的小船还不知划向哪里，怎么能带着这应属于天国的女神，在尘世的硝烟中彷徨？

"我跟她，已经有了……"

话未完，她已转身走去。急急的脚步，又一步一步地放慢了，停住了，她回过头来，朝他看，睁着梦幻般的大眼睛，凄凉的眼神，可怜的眼神，她在等着……

错，错，错，无可挽回的错啊！

又是弟弟在笑，他的美人也在笑。舒心的笑，刺耳的笑！孔雀喜欢展示自己的羽毛。姑娘们爱俏。情人们爱笑。啊！他们是在偷偷地碰杯，悄声祝福他们的未来。祝福吧，牛车到火车，风筝到火箭，粗布衣到的确良，钻木取火到宇宙飞船。幸福，人类追寻了多少代？从盘古开天地到永无休止的未来。

爱情，幸中之幸，福中之福，这幸福之王啊！爱情，自私的东西，不愿被别人窥见。他和他们的目光相遇，恰恰是不该相遇的时候。弟弟的笑容立刻消失了，脸像冰结成的。那一张漂亮的脸，为什么也露出轻蔑？她凭什么看不起我？难道只有你们才配得到爱情？弟弟把什么都告诉她了，一定的。

你们笑吧，你们得意吧，你们享受生活的美酒去吧！你们没有权利轻视我，你们懂得什么叫爱情？你们懂得什么叫牺牲？爱情是和牺牲连接在一起的，这才是真正的爱情！啊，想这些干什么，不要嫉妒他们，吞下自己这黄连般的爱情的苦酒吧！她现在在哪里？东北的松花江畔？西北的黄土高原？十年生死两茫茫，不，她该还活在这微笑的大地上！

他又伸手去拿酒瓶。

"你少喝点！"

一张宽宽的白脸。熟悉得很，却又像个生人似的脸。脸上射出不满的、关切的目光。他装作醉了。醉了的人都是醉眼蒙眬，看起人来模模糊糊。你是我的妻子吗？我怎么好像不认识你！

真是同床异梦啊！怪不得她经常抱怨，唠唠叨叨。习惯，真是个可怕的东西。习惯了，天天下班回家，把自行车支在屋檐下，女儿跑来叫爸爸，现成的饭菜，衣服洗好了，裤子烫平了。妻子是无辜的。为什么她该是替罪羊？一天天的日子磨炼着，他变了些，她才尝到一点幸福。只是，他的心是冷的，他的自我谴责是有限的，他的施舍也是吝啬的。在一起过日子罢了，人都要结婚，都要生孩子，这是天经地义，这就是生活。

"玫瑰、玫瑰……"怎么总是放这个曲子呢？大概是收录机设有自动回转重播电路。弟弟为了取悦未婚妻，让它反复反复。她是玫瑰，当然，是他心中的玫瑰。他面前的路是用爱的鲜花铺成的，爸爸的爱，妈妈的爱，未婚妻的……这歌声简直叫人要发疯！

"关上！"爸爸又叫了一声，他终于忍不住了，自己站起来把女歌唱家赶出屋子了。歌声戛然而止，屋子突然一静，屋里这么多人，为什么显得空空的？啊，妈妈走了，她又去厨房端菜去了。她做了多少菜，大概排了两天队……

"鸭子,鸭子,大鸭子!"孩子们拍手叫起来了。

久违了,八宝鸭:黄灿灿,油浸浸,香喷喷,透亮透亮的。"吃吧,都来,多少年没做了,都忘了!"妈妈挽起袖子,把筷子和刀子一起戳向那只可怜的鸭子。

"宏宏,你吃吧,你顶爱吃的!"她夹了一箸鸭腿上的肉,用匙子接着滴滴答答的油汁,伸着双臂递了过来。赶快用碟子接住,妈妈怎么变得这么客气?他记得妈妈用筷子敲自己的头,那是哪一年?过春节,他抢鸭子吃,她不准他吃多了。他是顶爱吃,他还顶爱看妈妈做鸭子。他总是挤在厨房里,案桌旁,看她灵巧地把鸭子翻过来,把骨头剔掉,再装上火腿、香菇、糯米、百合,又变成了一只肥胖的鸭子。对,还有薏仁米。他也用小手抓了往里塞,妈妈用胳膊肘推他,搡也搡不走,等着吃鸭子。妈妈骂他:"馋相!"

眼望着碟子里的鸭子,还是做得那么好,那么地道,她从哪里弄来的薏仁米?一定是在药房买的。他只望着,提不起筷子,他怎么吃得下呢?"资产阶级右派分子的家庭生活,潜移默化地腐蚀过我。我要同这罪恶的家庭划清界限。"为表明自己的坚贞,他控诉过鸭子。真的,这不是笑话!"那不是八宝鸭,那是八毒鸭。"唉!多亏了这只八毒鸭,荒唐!当了四年预备党员之后,居然转了正。他怎么咽得下,又重新端来的鸭子?

爸爸也吃不下。他的脸黑沉沉的,嘴唇慢慢地嚅动着,他还剩有几颗好牙?他曾有一副结实的白牙齿,像弟弟现在的一样漂亮。"中国人的吃也是艺术,搞艺术的人而不懂得吃,他就搞不好艺术!"为这话,他挨过批。苏半舍的画值钱,可到月底妈妈就嚷没钱买米。爸爸能花钱,妈妈会做菜。稿费到手,画友酒友,叔叔阿姨，"奇珍阁""萃华楼"，文人聚集的"康乐"，餐馆里的匾上是郭老的题字。加上大小家宴，三天五天，花个精光。"金钱乃身外之物，生不带来，死不带去"，是他的格言。爸爸大方得很，吃过他的人，揭发他时材料真多啊！

如今，他老了，酒量没有了，食量也没有了。他坐在这丰盛的餐桌旁，那神情好像在开会，简直像是让他交代问题，他已失去了享用的乐趣，他已厌倦了。他用漠然的眼光审视着八宝鸭，审视着围在他身边的大大小小的人。冷冷的空洞的目光掠过苏宏的脸，这目光里没有爱，甚至没有恨，只有一股沁人的冷淡，令人不寒而栗的冷淡！

苏宏低下了头，痴痴地凝望着空了的酒杯。酒杯空空的，心也空空的。啊！你为什么要把这样的目光投向我？我心里好受吗？如果我曾经伤害了你，做了一个儿子不该做的，也绝不是我的本意。哪怕你骂我一顿，也比这好。不，你不会骂我了！你心中那个"好儿子"早已不存在了，就当没有生他！不，不，我不愿意这样，我从心里是……爱你的。当然，我不会说出口了，我什么也不愿对你说了。一切都搅乱了，理也理不清，说也说不明。我心里的苦，有谁知道？干吗想这些，我应该笑，是在庆祝啊！难得的……

"玫瑰、玫瑰、红玫瑰……"收录机明明关了，怎么这声音仍像蚊子似的，在耳边叫着，赶也赶不走。我知道，你怪我，唉，这辈子是不会原谅了。你发配去劳改时，妈妈通知了我。九点四十五的火车，我现在还记得清清楚楚。那时我坐在办公室，看着秒针走到那个时刻，我没有请假去送你，我不愿去吗？应该说，我不敢去。去请假，要说那么多话，作那么多解释，我……

　　那三封信，但愿你烧了才好。你给我的那唯一的一封信，我早已烧了，当时就烧了。但那三句话我记得："苏宏，你工作忙吧？我已摘了帽子。我和你妈妈都好。父字"。用钢笔写的，不是毛笔。你以前给人写信总是用毛笔。我回了信，从报上抄的话，别人看见也不要紧。我不能不谨慎。为了信，多少人挨了整啊！过了一年，我又给你写过一封，又过了一年，"文化大革命"以后，我连信也不敢给你写了。我知道，你会怪我。不，你不会怪我了！无所谓了！

　　命运为什么总是捉弄人？那一次我不去四川出差就好了。四川街上什么吃的也没有，真惨！你说我们家乡是"天府之国"，你说那地方"山清水秀出雅人"。你自命风雅，为这挨过批。你也是太天真了，太傻了，怪不得人家说你书呆子！没有想到去参观什么"大好形势展览会"，头头要去，我当然跟着。更没有想到你在那里帮忙。在走廊里，我只看见一个驼着背的老工人，背着梯子，提着黄色的颜料桶迎面过来，浑身是五颜六色的颜料，光着脚。我躲那梯子，一扭头才发现是你。我想张嘴，头头叫我快走。我走了，我打算另外找时间去看看你，可是，我没有去。我知道，你恨我。不，不，不，你也许忘了。忘了就好了。忘不了啊！

　　"宏宏，你怎么不吃呀！"妈妈沙哑的声音，笑着的声音，她是个聪明人，是体察入微的。为什么只叫我？我在这家里特殊！需要特殊的照顾。

　　"他醉了！"妻子笑嘻嘻地咧着嘴。有什么可笑的！醉了倒好，什么也不想，连意识也没有。

　　醉就醉吧！他面前的酒瓶已经空了。他伸手拿过妹妹那边的一瓶，公然地拿过来，大大方方地给自己倒上。喝吧，吃吧，什么也别想，什么也别说。他举起筷子，夹了一点菜放在嘴里。是鱼？是虾？是鸡？是鸭？"食而不知其味"，大概就是这个味道？这是鱼，新买的青花长瓷盘子装着。浓味的鱼上放着三朵花，胡萝卜刻的，青菜叶儿扎的，以示吉祥，为了好看。爸爸讲究"美食美器"，这是艺术！"君子不吃翻身鱼！"过年的时候，都撑饱了，妈妈捧上鱼，谁也吃不下了，爸爸总说这句话。一家子都是君子。君子？知识分子，多少年才绕到劳动者的队伍里。鱼活了，在宣纸上跳。现在这屋子怎么没有画？那间屋里有多少画啊！活的鱼，活的虾，过去了啊，一切！怎么老是胡思乱想，大概是喝多了点儿。

"我头疼，你们吃吧！"父亲终于耐不住，他抬身要走了。装作醉了，其实他没有醉，他根本没怎么喝。蜗牛躲进自己的躯壳里，带着箭伤的老鹿藏进丛林的深处。他驼着背走了，又回头瞥了一眼。啊，黑沉的脸，阴冷的目光，他恨我，他恨我！我不该来的！

"你们一家又团聚了！"机关的同志这么说，我只好笑着点头。可，他们永远不会知道，这是怎样的团聚啊！亲人不亲，不如不要。朋友可以选择，路人可以不理，亲人就是亲人。生活，不是一页稿纸。写错了，撕掉一页，再写一页。生活，是冷峻的，血和肉写成的历史。写在上面的一切，改不了，撕不掉，多可怕！

他们在笑些什么？他们在说些什么？跳舞？还跳五十年代的舞吗？太慢了，还是《魂断蓝桥》的调调。八十年代了，"迪斯科"，会吗？跳给你看。又是他们俩，弟弟和她。"迪斯科"为什么不能跳？也挺文明，手都不挨。自己扭自己的，爱怎么扭怎么扭。一星期坐在办公室，跳一场也不错！不行了，跳不动了。学校的晚会总是通宵，她是舞会上的皇后。她大概也跳不动了。

红红的脸儿，喘吁吁地坐回到位子上。妈妈递过去手巾，擦擦头上的汗。妹妹从哪里学会的这一套，奉承话似乎准备好了，一套又一套的。她心里羡慕他们。她的婚姻是幸福的，还是不幸的？妹夫比她大得多，眼镜后面藏着一颗谁也看不见的心。那么瘦，那么贪吃。也许这是他吃到的最好的菜了。他又吃鱼了，他肯定不会跳舞。他只是叫小淘气儿吃，真是个好爸爸。他对她好像很体贴。妹妹和弟弟说得多热闹，哪儿来那么多话！他们不理我，装作在讨论跳舞。跳舞有什么可讨论的？谁爱跳就跳。天又不会塌下来。他们也恨我，我在这里是多余的。

妹妹什么都知道，她也跟着他们的，因为小，离不开。可她早早结婚了，还是离开他们了。她好像跟他们联系密切，给妈妈买了布去，给弟弟寄了鞋去。她做出一副宽容的样子，叫大哥了。不，我用不着你的宽容。我犯了什么罪？我有什么错？也许，我害怕了，我懦弱。对！我只承认我懦弱。不过，开始时，我是真信啊！怎么能反党？

一点也没有醉，这酒根本不醉人。我有酒量，这大概是遗传，我很清醒。妈妈坐下了，父亲离了桌，她好像精神松弛了，一下子垮了似的。她还在笑，叫别停筷子，又叫把收录机打开。"玫瑰、玫瑰……"怎么没有别的曲子？屋里又显得热闹了，她怕冷场。"宏宏，吃呀！"沙哑的声音，妈妈在装假，她明明恨我。她装出笑脸，她装的。那天晚上她说过："苏宏，你忘掉我们吧，我们也不连累你！"她说过，她忘不了，她恨我！

今天我根本就不该来！

"玫瑰、玫瑰、红玫瑰，我心中的玫瑰……"

玫瑰的歌声，绕在屋中；玫瑰的夕阳，停在桌上。一切都蒙上了这颜色。雅致的、深沉的、泛着淡淡的哀伤。我心中的玫瑰，你在哪儿?

# 褪色的信

一

第一眼，他就留给我一个很难捉摸的印象。

寡言、冷漠、孤僻，完全没有山里人那种坦直奔放的热情。年纪不过三十出头，两鬓已略见斑白，额上已嵌有深深的皱褶。高大的身躯，宽阔的肩膀，可以称得上魁梧，却好像缺少了内在的活力，显得那么疲倦，仿佛举步都感到艰难。甚至于，连他的名字也特别，分明是个文化落后的山村的青年，却有一个很高雅的称号：温思哲。

而最使我感到困惑的，是他的眼睛。那是一双猎人的眼睛，深邃而明亮，似乎可以穿透层层林木，捕捉住转瞬逃逝的狡兔黄狼。当那双眼睛睁大时，更放射出两道寒光，令人想起"虎视眈眈"这个词。然而，不幸这又是一双早已失去狩猎兴味的衰老的眼睛。那眸子中的闪光，那深邃的洞察，如同斜照的残阳，瞬间即逝，常是被一层梦一般的迷惘、思虑遮蔽着。大大的眼睛里流露出心底的悲伤。

他为什么这样忧愁?

同他生活在一起的,是他的老娘。母亲五十多岁了,身材瘦小,满面皱纹,显得那么枯干衰老。同山里勤劳的妇女一样,她除了睡眠的几小时,睁开眼什么都干。里里外外,进进出出,从日出到日落,把屋里院里,炕上灶下,鸡窝猪圈,拾掇得干干净净。她像一个最忠心的仆人一样伺候着她的儿子。为他做饭,为他缝衣,为他沏茶。每天晚上,她一定温上一锅热水,端一只木盆,取一条毛巾,搁在灶下,留给晚睡的儿子烫脚。

但,这慈母的关切并没有给儿子的脸上增添一丝笑容。

她,同他一样寡言,一样忧愁。

这究竟是为了什么?

大队干部接我进村时,就向我介绍过:

"您住温大娘家,顶清静了。他们家就娘儿俩,也没那些串门子拉老婆舌头的。您关起门来整整材料、写篇文章啥的,甭提多合适啦!"

确实,住在温大娘家真是再清静不过了。我为了写完一个老是写不完的中篇,总想找一个安静的地方住些日子,便从北京跑到这偏僻的山乡来。这里远离铁路,远离通都大邑,离最近的集镇也有三十里。下了火车,换上长途汽车,到了镇上还要搭顺路的马车,在山坳里转来转去,才能转到这个地图上没有名字的山庄来。躲在这里,还有谁能干扰我的创作呢?

温大娘家的小院,坐落在村子的西头。院中有一株梨树。正是梨树花开的时节,洁白的花朵衬托得这农家小院分外的静谧,空气中常飘散着淡淡的花香,令人心爽神怡。坐在屋内,可以听见队上晨钟当当的响声，可以听见结伴而行的姑娘们的嬉笑声；可以听见手扶拖拉机往来时的轰鸣声；可以听见串街走巷卖豆腐丝的吆喝声；可以听见早出晚归的羊群咩咩的叫声；甚至可以听见不知谁家开放收音机播送的李谷一甜美的歌声。可是，这一切动人的声响，飘进这没有声音的小院，显得是那么悠远，更增添了院里的寂寞。

最初的几天，我置身在这幽静的角落，仿佛来到世外桃源，心里真高兴。以后在这里一定可以酣畅地奋笔疾书。然而，过了不久，我就感到在这静静的小院里，似乎埋藏着一种巨大的不幸。它像一个阴影，笼罩着屋顶、小院，连那梨花瓣儿也被无形的悲哀打落似的，一片一片悄悄地飘落在地，失去了芳香。这静的背后到底是什么？这沉重的静使人心绪不宁，让人感到压抑。

温思哲似乎很忙。他在果园劳动，除了回家吃饭，从不多留片刻。晚饭之后，出于礼貌，有时也陪我这客人在炕桌旁坐一会儿，抽两袋烟，然后笑一笑，点点头，算是告辞，就钻回自己的小屋里去。有几次，我听见有人在院墙外叫他去开会，他应着，可总听不见开门出去的声音。他好像很不合群，很不愿意到人多的地方去。他除了去果园，就躲进自己的屋子。一只落满尘埃的电灯泡，一直亮到后半夜。不知他干些什么，是夜夜攻读，还是在想心思？

温大娘整天小心翼翼，连刷锅洗碗都是轻手轻脚，不出声儿的。好像任何声响，在这个小院里都是被禁止的。连他们家的鸡和猪也好像受过"不准高声喧哗"的教育，不大敢吱声儿。

这种不寻常的安宁，非但没有镇静我的神经，反而扰乱了我的文思。我无法在这种令人不安的静谧中执笔。一种不可抑制的好奇心驱使我想去探知这静中的秘密。

莫非他们家有什么冤假错案尚未得到平反，母子俩还背着沉重的包袱？我打听了一下，没有。温思哲一家几代贫农，老实种地，没有当官的，没有贪财的。他们家离政治很远很远，没有哪一次运动曾把他家的人牵连进去。在小学，他是三好学生。在中学，入了团。回乡务农，当过团支部书记。这样的家庭，这样的经历，如同一张白纸，没有任何冤屈。

莫非他家经济上有什么困难，甚至欠有大笔债务无法偿还？我了解了一下，也没有。这个村，是近两年中发挥靠山吃山的优势，"先富起来"的。可以说家家有余粮，户户有存款，温思哲家也不例外。

那，究竟是为了什么呢？

慢慢地，我猜到温思哲的婚事上来。在山区或半山区，晚婚的宣传工作似乎收效甚微，男婚女嫁，超过二十岁的不多。思哲三十出头了，怎么还没娶亲呢？他家五间大瓦房，家底厚实，小伙子精明强干，模样端正漂亮，正是说媒的踏破门槛的主儿，怎么不见热心肠的人登门提亲？可能正是在这件事上有什么难言之痛，才使得这个本应是很幸福的家庭，陷在这样一种令人窒息的寂静中。

我记起住进来的第一天晚上，温大娘给我抱来一床崭新的被子：细布里，缎子面，里面三新，软软和和的真讲究。我笑道："大娘，这是给您家思哲预备的吧！留着吧！"当时，只顾说笑，没怎么在意。现在回想起来，温大娘听了这话，直着身子站在炕前，手指一颤，被子滚落在炕沿上，一个角掉在地上了。我赶紧过去帮她把被角撩上去。她没说什么，爬到炕上，背冲着我，半跪着铺褥子。

后来，她一边铺被子、一边用手抚着光滑的被面，叹了口气，这才低低地说了声："不碍的，您盖吧！"就悄悄地急忙下炕走了出去。

又有一次，我和温大娘拉家常。尽管是我问得多，她答得少，整个气氛还是挺亲热的。无意中，我问了一句："您好福气啊！有这么好个儿子。赶明儿准能给您娶个好媳妇！"一听这话，大娘手里的针线停住了，光摇头，不说话，似有无限的苦衷。

越想，我越觉得是这么回事。肯定是在儿子的婚事上遇到了什么周折；或者是母子俩在这个问题上意见分歧。农村小伙子要娶个媳妇可不那么简单。虽然是八十年代了，那落后的习俗仍然统治着村庄，女方要起彩礼来，简直是活要人命！

既然住在这家里，不能眼看着别人的不幸不理睬。也许帮不了什么忙，找大娘谈谈，宽宽老人的心，总还是可以的吧！我决定试一试。

那是一天午后，温思哲吃完饭，照例放下碗就去果园了。我帮大娘刷完锅，洗完碗。其实，是站在她旁边看她洗刷完，她啥也不叫我干。农村妇女待客，都有一颗慈母般的心肠，怕远来的人累着。等她忙完了，我请她到我屋里炕上坐下。扯了一阵队上的新鲜事：联产计酬是怎么搞法呀？四定一奖好不好呀？果园提成怎么提呀？社员喂猪饲料够不够呀？等等家长里短的话。大娘挺高兴似的，边缝着一件青布裤子，边说着。我冲她笑着说：

"您分那么多钱，留着干啥？赶紧花点钱给思哲把事儿办了，您该抱孙子了！瞧您这劲儿多……"

我的话还没说完，大娘脸上的神色就变了，我只好停住半句话，改口问道：

"思哲有对象了吗？"

温大娘望着我，嘴角动了动，断断续续挺费力地吐出几个字来：

"有……不，没有。"

"嘻！一定是他眼界太高了！本村没有看上的，外村还没有？"我只顾说下去，好心好意地想给大娘宽宽心。

谁知，温大娘突然伸出两只瘦骨棱棱的手，按在我的手背上，两眼闪着泪，颤声说：

"同志啊，您劝劝他，劝劝他吧！叫他别再等了。您是上边来的，学问大，开导开导他吧……"她哽咽着，说不下去了。

我一点也闹不明白，不知该怎么办好。只拍着她的手，一劲儿地问：

"大娘，怎么回事儿呀？思哲是有对象了？"

"有……人家，走啦！"温大娘撩起衣襟，擦着眼泪，又说，"可怜我那孩子，他还等着呢！一年，两年，人都等傻了。笑也不会笑了，话也不会说了，才三十岁的人，您瞧见的，头发都白了，这么着往后，可，可……"

温大娘再也憋不住，索性放声大哭起来，我慌了，不知该怎么劝慰这伤心的母亲。我给她递过手绢儿去，翻来覆去地说：

"您别哭，大娘，先别哭！"

"让我哭出来吧！这么憋着，我也受不了哇！"她含混不清地喊着，泪水洒满了衣襟。

半天，她才稍许平静了些，我小心地说：

"走了就算了，还怕找不到……"

"不成啊，他舍不得呀！"

"那姑娘，是哪儿的？"我不得不问。

"省里来的，知青。"她抽抽搭搭地答着。

"回省里了？"

"上大学了，去北京了，飞了！"说到这儿，她又伤心地哭起来。哭一阵又夸几句："多好的闺女啊！水灵灵的，又懂事，又心疼人。都怨咱这穷山沟，留不住人啊！"

原来是这样！


二


我答应了大娘，去"开导"温思哲。可是，没等我去找他，他自己找我来了。

"我看过您的小说。"他坐在炕下的椅子上，面对着我，开门见山地说，"您在小说里，分析了很多人，很多事。我有件事，请您帮我分析一下。"

说着，他小心地从兜里掏出一个白色的旧信封，取出一沓信纸来，默默地低着头递到我手上。那是一种很普通的横格信笺，上面是一手很秀丽的钢笔字。大概是日子过于久远了，或者是收信人翻阅过于频繁了，折叠的地方已破损，字迹也已经变得模糊了。我翻到最后一页，结尾的署名是"小娟"。日期是"一九七五年五月九日晚灯下"。原来，这正是"史无前例"的"文化革命"中的一封情书（我判断是一封情书）。这个历史背景，引起了我的兴趣。我凑到灯下读起来。信是这样写的：

思哲同志：

　　我回到房间里，同学们已经睡下了，刚才的谈话，还使我很激动。我丝毫没有睡意，坐在小桌前，用报纸遮着灯光，给你写这封信。也许，在纸上更能说明一切；也许，还是什么也说不明白。

　　这些日子，我总想找你谈一谈。我们还什么也没有谈过呀！可是，你好像躲着我，总没有机会谈。村里围绕着我们两人的流言蜚语，造谣诽谤，日甚一日。在有些人的嘴里，你变成了"骗子"，我变成了"傻子"。你是"想吃天鹅肉的癞蛤蟆"，我是"插在牛屎堆上的鲜花"。这股风怎么刮起来的，我不明白，也不想去弄明白。反正青年男女之间的关系本来就引人注目，更何况是发生在你我之间。问题是我们应该怎么办？怎么对待这种世俗的挑战？我想找你谈的，就是这个问题。

　　今晚，我们终于谈了，明确地谈了。我从来不曾想到，一个女孩子倾诉自己的感情会用这种方式，更不曾想到她会得到这样的答复："你是省委书记的女儿，我是普通社员的儿子。我们只能保持一般同志的关系。"你甚至还说："我不是癞蛤蟆，我也不想吃天鹅肉。"

　　本来，我完全可以把自己痛骂一顿，骂自己轻浮，骂自己自作多情，把过去的一切从记忆中勾销。但是，我不能。已经发生的事情是确确实实发生了的，不能否认，不能忘却。而且，应该说你今晚扮演的角色是很拙劣的。不管你怎样表现出无动于衷的样子，我完全可以感觉到，你所说的话并不是你心里的话。因此，我不但不责备自己，也不想责备你。相反地，倒有足够的信心和勇气，来给你写这封信。我想说的是：你不是蛤蟆，我也不是天鹅。我们都是毛泽东思想哺育起来的青年，我们有义务同传统观念实行彻底的决裂。我们也有权利选择自己的"对象"，决定自己的婚姻。我不明白的是：你为什么在这场斗争中退却？我真想大问一声：这是为什么？

我来插队已经五年了。要说插队以来的体会吧，那太多了，三天三夜也写不完；说贫下中农对我的教育和关怀吧，那更非笔墨所能形容；说我们之间的关系吧，千头万绪，难以理清。但是，我还是想试着把它理一理，也许对你更了解人家有一点好处。

像千千万万普通的知识青年一样，我也是在新中国的怀抱里长大的。我和同学们一起，经受了毛主席亲自发动和领导的无产阶级文化大革命的锻炼和考验，一起满怀豪情地走上了毛主席指引的接受贫下中农再教育的道路。我想，我也应该像他们一样，在农村广阔的天地里，迎着风暴展翅飞翔。可是，不行。在我爸爸得到解放，结合进省委领导班子以后，人们把我加以特殊化，好像我与众不同。这，大概就因为我是省委章副书记的女儿吧！

记得有一年，县里开欢迎知识青年插队落户的大会，县委书记在开幕词中特别提到"省委章副书记的女儿就

在我们这里插队嘛"。他连我的名字都没有提，只说我是
"章副书记的女儿"。我在台下听了，心里真不是滋味。
我是一个共青团员，一个插队的知识青年，一个赤脚医
生，我的名字叫章小娟，这是最主要的。至于我是谁的
女儿，这根本毫不相干。我走与工农相结合的道路，是
遵照毛主席的教导。我不是来"镀金"的，我也不愿意
给别人当成金粉往我爸爸脸上擦。

　　而且事实上，我下来的时候，我爸爸并没有官复原
职，并不是省委副书记，而是"被打翻在地再踏上一只
脚"的"反革命修正主义分子"。我呢，则是一名"可以
教育好的子女"。只是在我爸爸重新工作以后，县、社领
导对我才另眼相看。你是知道的，咱们党支书对我更是
百般照顾、问寒问暖，不厌其烦。让我当赤脚医生，也
是他的一片苦心。他常说："你身体弱，不用下地了。在
队部待着给人瞧瞧病就行了。"……开始，我有点糊里糊
涂，只觉得他关心得太过分了。说得不好听，巴结得叫
人肉麻。后来我才明白，他有他的打算。

　　有一年春耕大忙的时候，他对我说："小娟，放你
一个月假，回家去看看吧！"我说："正大忙呢，我不回
去。"他说："劳动，我们可不指着你。你回去跟你爸爸
说，能不能给我们队上弄点化肥、手扶拖拉机？"我当
时很生气，扭头就往外走。他又叫住我说："小娟呀，像
你们这样的高干子女，能下来就不错，劳动多少没关系。
只要你回去跟你爸爸说几句话，给队上弄点东西，就是

对集体最大的贡献。"

原来，他们要求于我的，不是发挥一个知识青年的作用，而是发挥"省委章副书记的女儿"的作用。后来，正如你所知道的，他还是自己找到我妈妈，通过她做了我爸爸的"工作"，给队上弄了很多化肥，还"支援"了别的队。

这难道不令人气愤吗？

然而，还有更令人生气的事。

和我们一起下来的，有个男同学，分在别的公社。他给我来过两封信，说是要跟我建立"革命友谊"，还说什么，"让我们的友谊花盛开吧"。我和他不是一个学校的，根本不认识这个人，也就没有理他。后来一个偶然的机会听说，这个同学不安心在农村插队，千方百计想回省里。他发誓说，他一定要找一个"高秆作物"谈恋爱（你明白这意思吗？就是高级干部的女儿），只要谈成了，十拿九稳能调回省里去。人家对他说，"高秆作物"容易"倒伏"（被打倒）。他说不要紧，找一个"抗倒伏的高秆作物"。他找来找去，就找到我头上来了。这，在别人听来，不过是笑话。而对于我，却是一种侮辱！难道我不是我，我只是我爸爸的附属品？只是供那些有求于他的人爬到他跟前去的台阶吗？

胡乱写了一通，也不知道说明白没有。刚才有个同学醒了，问我写什么，我扯了个谎，说在写思想小结。其实，也真想从思想上总结一下。我觉得，社会主义社会，确实像马克思说的那样，"是刚刚从资本主义社会中产生出来的，因此它在各方面，在经济、道德和精神方面都还带着它脱胎出来的那个旧社会的痕迹"。上面所说的，大概就是这种痕迹吧！当然，对于我们社会里正蓬勃生长着的共产主义因素来说，这一切都不过是旧社会的痕迹而已。可是，当这些旧社会的痕迹包围着你，张开大口想吞没你时，又是多么令人痛心和愤怒啊！

现在，这像蜘蛛网一样的痕迹不但包围着我，也把你网在里边了。祸及于你，实在很抱歉！不过，可以坦率地告诉你，我也并非有意加害于你。你是很高傲的，所以，直到今天晚上，你还严守着"一般同志关系"的防线。我也不是轻薄的女子。说实话，来到村里很长一段时间，我是下决心不理你的。这件事，大概你至今还蒙在鼓里。

下来后的第一个三夏，我头一次拔麦子（以前在学校时，下乡劳动都照顾我，只在场院上干点轻活）。一天下来，我的双手打满了血泡。收工的时候，大娘替我把泡挑破了，我自己回去又贴了好多橡皮膏。第二天，我又去拔麦子。休息时，坐在田埂上，我腰酸腿疼，手掌像火烧似的，浑身的劲儿好像都使完了，连走两步到桶边去喝水的力气也没有了。这时，我听见村里的青年在一边叽叽喳喳地取笑我（当然，还有跟我坐在一起的那些累得够呛的知青）。有的说："才干一天，就快趴下了，那点出息！"有的说："瞧那女的（多么粗俗的称呼），还戴着白手套呢！"作为一个团支部书记，你应该有责任来制止这种嘲弄。可是，你竟然作了这样的总结："城里下来的，都有点娇气。"你以为我没有听见吗？听见了。也许，你以为你的论断很客观、很公正，甚至是很宽容的。我心里却觉得很委屈。我想，我没有打退堂鼓，"轻伤不下火线"，今天又来拔麦子，就够不简单的了，怎么还说娇气？

那时候，我觉得你比那些直接取笑我的人还可恶！简直是粗暴、骄傲自大、瞧不起人，特别瞧不起女知识青年。我决定不理你，三个月没有跟你说话。不过，你可能根本没感觉。

后来，迎接国庆节，团支部商量排节目。就在队部的大屋里。你在全体团员大会上说："让章小娟出个节目，她唱歌唱得挺好。"我听了真奇怪。我是爱唱歌，可从来没有在人家面前唱过。你怎么会知道？难道你也在悄悄地注意我？我现在可以向你坦白，当时我答应出一个节目，并不是出于服从团支部的领导，而是因为一种，一种我自己也说不出的心情。我没有掩饰自己的心情，显得很高兴。倘若换了别人，也许会装样……我不喜欢这样。而在当时，我并不真知道怎样的一种感情在我的心田滋长起来了。

这以后，我们比较接近一些。记得那年冬天，搞农田基本建设。大风雪天，我从来没感到冬天那么冷，也许是农村的风比城里的风大吧！特别是到了山坡上，地冻得像铁块一样，抡一镐都要使出全身的力气。我咬紧牙关，拼足全身的劲，希望不至于太落在别人后头。可是，我还是远远落在了后面。你呢，当然是干在所有人的前头。我生平没有羡慕过别人，但是那天，我从心里羡慕你。当你跑来帮我，我看见你只穿一件秋衣，两条有力的胳膊，一镐下去，就掀起一块带冰碴的土时，我真希望也能有像你这样的体力，干出像你这样的活儿来。

当时，从我的体力来说，确实需要"外援"。我一个人是无论如何完不成任务的。可是，如果那时你以一个"救世主"的姿态出现，我宁可落后，也不会接受别人的"恩赐"。你没有那样，只是一声不响地教给我该怎么用劲儿。这使我觉得，你没有把我当成一个需要照顾的"娇气鬼"，而是当作一个愿意学会种地、可以学会种地的新型农民。坦白地说，我那时心里是非常感谢你的，学得也很认真。当时我没有机会表示感谢，现在补一句"谢谢"吧！

不过，这也只能说是一般的关系，没有发展到"千头万绪"。在我自己来说，对你有点不同一般的看法，还是在批林批孔运动中。

我记得那是春节过后不久。我正在省里休假，街上贴了许多攻省委的大字报，其中也有不少是攻我爸爸的。当时我并没有十分在意，也不知道是怎么回事。

有个星期天，省委决定领导干部到火车站同工人一起劳动半天。当然，我爸爸也去了。我算了一下，他是八点钟去的，十一点半回来的。不算路上的时间和"深入同工人进行谈话"的时间，打宽了说，顶多干了两小时活。可是，他一进家门，你知道是什么情景吗？他的汽车在楼下刚一停，我妈妈就在屋里大喊："回来了，回来了！"于是，妈妈、阿姨（怎么跟你说呢，这阿姨不是一般所说的"阿姨"，而是保姆，帮我们家做饭洗衣服的），加上一个来串门的亲戚，还有我和我妹妹，全部总动员。我妈妈的命令一道接着一道："现在主要矛盾是洗澡！先放洗澡水！""拖鞋呢？小妹，把拖鞋给你爸爸送去！"又吩咐阿姨："你先去厨房做一点稀的来！清淡一点的！"又命令我："小娟，给你爸爸泡杯龙井！"阿姨刚转身出屋，我妈又大声把她叫住："阿姨，午饭弄点酒菜，章书记今天劳动了！"哎呀，这份乱劲儿，简直跟地球翻了个个儿似的。

等我爸爸洗完澡，穿着拖鞋，从浴室里走出来，坐在沙发上喝着那杯我泡的龙井茶时，我心里想：我们天天在农村劳动，更甭说村里的贫下中农成年累月地劳动，都像他这样，别人还受得了吗？"文化革命"中爸爸也在干校劳动过，怎么一官复原职就这样了呢？

我站在那儿，憋不住说了一句："幸好就劳动半天，要是天天去劳动，我们家就热闹了！"一句话，可捅了马蜂窝！我妈妈，还有那个亲戚群起而攻之，说我大逆不道。我妈说："这几天满城都是你爸爸的大字报，他心里正烦呢，你还火上加油！你还有良心吗？"愈说愈气，她从桌上抓起一个墨水瓶，就要朝我砍来，亏得我爸爸把她拦住了。后来，假期未完，我就提前回村了。

回到村里我才知道，省里给我爸爸贴大字报的事满村都知道了。咱们的党支书对我马上换了一副面孔，侧目而视，对面走过也装没看见了。变得多快呀！那个样子，真好像我爸爸是省里的"孔老二"，我就是村里的"孔小二"似的。也有人不敢理我了，大概是怕沾着我身上的"晦气"。当然，这是极少数的人，更多的人是回避我爸爸的事情，这就是很好的态度了。我觉得他们是怕引起我的烦恼。

只有你这个团支书，是第一个主动问起我爸爸事情的人。你不是要我"揭发交代"，甚至不是要我"汇报思想"，而是在闲谈中说起来的。

我记得，我是很坦率地把什么都说了。我认为我爸爸是跟随毛主席革命几十年的老干部，过去执行了修正主义路线，"文化革命"中作了检查，总还是功大于过。大字报上加给他的那些骇人听闻的复辟倒退的罪名，我看不出有多少根据。我也不同意说我爸爸恢复工作以后搞了什么"举逸民、兴灭国、继绝世"。本来嘛，解放干部，抓革命促生产，把国民经济搞上去，都是中央的政策方针，怎么能扯到孔老二身上去？

我还记得，我也跟你讲过，我并不认为我爸爸重新工作以后没有任何错误和缺点。比如说，生活上的养尊处优。他已经习惯了要别人伺候他，围着他转（"洗澡事件"就是一例）。但是，我不认为这就构成了敌我矛盾，就该批斗。

　　那天谈话时，我是很激动的，几乎有点管不住自己，我也准备接受团支书的批评。但是，出乎我意料，你没有说什么"站稳立场、划清界限"的话，而是说了一句公平话："我就想不通，为什么有些人对老干部这么大仇，今天打倒这个，明天打倒那个。他们究竟想干什么？"

　　那一次谈话，使我比较多地了解了你。我觉得，别看你平时不爱说话，还是挺能考虑问题的，而且比我考虑得深。在这以前，我还没有认真想过，为什么有些人总是变着法子整老干部。从那以后，我觉得我们之间有了更多的共同语言。我也高兴有这样一个可以交心的朋友。

　　后来，要批斗我爸爸的那阵风过去了。党支书对我又笑脸相迎了，可是团支书反而同我疏远了。大概是一些风言风语，使得你采取这种敬而远之的态度吧！

　　我真的很生气，不理就不理吧！不过，我总模模糊糊地感觉到，就在这种疏远和冷淡的背后，潜藏着、酝酿着一种东西，一种我还不熟悉而又期待着的东西。

　　这一天终于来到了。

　　你当然记得，那天晚上雪多么大，天气多么冷。温大娘来叫我，说你肚子疼得受不了，拉着我就走。我背着药箱到你们家时，屋里已经挤满了好些人。我诊断为急性阑尾炎。送医院来不及了。我虽然在公社卫生院做过这个手术，那是在外科大夫的眼皮底下，在手术室里做的。在村里，在炕上，在没有大夫指导的情况下，由我一个人来做这个手术，我想都不敢想。

　　这时，你疼得满头大汗，脸色苍白，睁开两个特别大的眼睛，盯着我说："没关系，拿我做试验吧！"我思想斗争可激烈了，不做吧，眼看有危险；做吧，也有危险。你用眼神鼓励我。我想起来真觉可笑，人家是医生鼓励病人，我呢，恰恰反过来，要病人来鼓励我这个没出息的"医生"。我下决心做，三四个人帮着我，消毒、照明、麻醉，女同学们吓得躲在外屋不敢看。我给你做完了手术，缝了最后一针，浑身都让汗湿透了。现在想起来还后怕，整个手术过程，我像做梦一样，真是迷迷糊糊，不知怎么做完的。

　　手术完成了，伤口还是感染了。你高烧不退，昏迷不醒。我给你打针、熬药，一直在你身边守了三天三夜，困得不行，趴在炕沿睡着了，还打碎了你们家一个细瓷碗。你大概还记得吧，碗里是温大娘给我煮的面条汤，还卧了三个鸡蛋。

　　第三天晚上，你退烧了，醒过来了。你睁开眼，看着我，忽然说："小娟，知青都回家过年了，你怎么还没有走？"我说不出话来，眼泪却不争气地悄悄流了下来。是因为我的第一次手术成功了吗？是因为病人终于脱离危险了吗？还是因为别的……总之，现在回想起来，那三天三夜，尽管胆战心惊，尽管彻夜不眠，好像很苦，然而却有一点甘蔗味……

　　从此，我们的关系开始了新的一页，这本来是美好的一页。使我不能理解的是，在经历了种种曲折和考验之后，你为什么变了态度？

咱们村里，有些青年男女也比较接近，以至登记结婚。我并没有听到人们对他或她有多少非议，不过是说谁跟谁搞对象罢了。为什么独独到了我的头上，就来了这么多责难和非议呢？这大概就因为我是一个省委副书记的女儿吧！好像像我这样的人，除非一辈子不结婚；要结婚，命中注定，不是嫁给省委书记的儿子，就非嫁给省军区司令员的儿子不可。要是找一个别人，特别是一个农民，社会就要哗然，好像我干了什么见不得人的事，犯了什么弥天大罪，非要开刀问斩不可！

"人言可畏"吗？我不畏。人言压不倒我。我是一名共青团员。只要我认为是对的，我就有勇气去做。谁说也不行，偏要做，做到底！这就是我的态度。

至于你，怕什么呢？无非是说你想沾我爸爸的光罢了。我可以向全世界宣布：这是他们的妄测！不错，当资产阶级法权还像一个幽灵存在于我们社会之中的时候，我爸爸是有光可沾的。我从小丰衣足食，生活优裕，也可以说是资产阶级法权的"受惠者"，是在资产阶级法权的庇护下长大的。但，这毕竟不是我自己选择的，而且它早已成为过去。经过无产阶级文化大革命的洗礼，我懂得了为什么要限制资产阶级法权。我决不做资产阶级法权的维护者，而要做一名彻底的叛逆者，要向资产阶级法权挑战，向那些维护、美慕、渴望、追求、对资产阶级法权垂涎三尺的人们挑战！这，并不仅仅是为了爱情！

　　同志，这是一场斗争！我希望你和我共同斗争。可是，回首一看，你退却了，你畏惧了！我不禁再一次要问：这是为什么？

　　我等待着你的解释！

小娟

一九七五年五月九日晚灯下

# 三

　　捧着这封信，我好像捧着一颗火热的心。这颗少女的心，是那样的纯洁，那样的真挚。对爱情是真挚的。对信念也是真挚的。如今，信纸已经褪色了。信念呢？爱情呢？

　　温思哲从我手里小心地拿过信去，低声问：

　　"您帮我分析一下，她对我的感情，是真的还是假的？"

　　"真的。"我毫不犹豫地回答了他。

　　"是真的。她信上对我的批评，也是对的。那会儿，我总觉得攀配不上她。接到她这封信，我觉着是我的错。管她是谁的女儿呢，只要我愿意，她也愿意，谁也管不着。这样，我们俩就好了。那阵子，我们常在一块儿谈心。她说她一定要扎根农村，做第一代新农民，要用自己的青春和生命来改变山区的落后面貌。她还鼓励我研究果树栽培技术。将来在山前山后都种上果树，增加社员收入，也绿化了山头。夏天，在果树下乘凉、唱歌，把山区建设得像个花园。我院里的梨树，就是那时栽的，我们俩……"

温思哲望着窗子，眼里闪着光，话停了。可以感到，尽管是久远的往事，至今仍然使他感到甜蜜的幸福。

"她还坚持要把我们的事情告诉她爸爸、妈妈。"他接着说下去，用洁白的牙齿咬了咬嘴唇，似乎是在控制自己的颤抖，"开始，我不同意。我说，你爸爸妈妈准会反对的。她说，那怕什么？我既然跟你好了，就不应该瞒着别人，更不应该瞒着家里。他们赞成不赞成，我无所谓。"

真是一个坚强的女孩子，我不禁问道：

"她爸爸妈妈什么态度？"

"反对。坚决反对。"温思哲扭过脸去，眼睛看着屋角，又说下去，"她妈妈一连来了几封信，要她考虑自己的前途。她不听。后来，她妈妈又通过县委要把她调回去，她也不干。村里人都说章小娟吃了温思哲的迷魂汤，跟温思哲好到底了。"

"后来呢？"

"后来，'四人帮'被粉碎了，大家都高兴。转过年来，大学恢复招考，很多知青都报了名。说实在的，这会儿青年人才醒过来，要搞'四化'，没有科学文化不行。得上学啊！小娟本来就爱看书，爱学习，她第一个报了名，还动员我也报了名。她爸爸妈妈听说她要考大学，喜欢得不得了，来信叫她回城里复习功课。她回去了一趟，找了好多中学课本，还有高考复习提纲，又回村里和我一起复习。结果，她考上了。我没考上。我知道考不上，我只是初中毕业，差得太远。她考上，就走了。我送她……"

温思哲的声音低了下去，又不说了。

"她，没有再回来过？"

"没有。"

"来过信吗？"

"头一年来过几封信，都比较短。"

"都说些什么呢？"我问下去。

"说北京，说他们的学校。她也是第一次去北京。说他们学校怎么好，图书馆里书怎么多。功课很紧张。只有一次，她说她很孤单，很想我们村。她每封信都问到我妈……"

"以后就再也没有信了？"

温思哲摇摇头，他的脸色是阴沉的。

夜深了，山风呼啸着，似有千军万马从这悄静的山村横扫而过。我陪他坐着，看着他愁眉不展的样子，想起了温大娘的委托，却又想不出用什么话去"开导"他。半天，只好委婉地问道：

"你，还在等她吗？"

他抬起头来。那深深的皱纹下，两眼射出明亮亮的光，咬了咬嘴唇说：

"她不会变心的。如果她的心也会变，世上还有什么可以叫人相信的爱情呢？"

## 四

一个月以后，我收拾行李回北京去。

这一个月里，我愧对温大娘，甚至不得不故意躲开她。这位慈祥的老人，常常用期待的、询问的目光追寻着我，似乎在问：

"我托付给您的事，您给办了吗？"

我，怎么忍心回答她呢？

自从那天晚上，思哲把那信给我看过之后，就再也不找我来谈什么。我发现，他也是故意躲着我。好像怕我劝他似的。他偶然和我谈话时，也绝口不提章小娟的名字。

只有一次，他主动提起小娟。

那天，我跑到队上的豆腐坊去参观。走出门外，忽然看见思哲站在门口。他两手插在棉大衣口袋里，好像站了一阵了。

"你怎么在这儿？"我问他。

一路往回走时，他回过头说：

"那几间房，原先是给知青盖的。她就住在近门的那间。"

原来，他是到这里来寻觅故旧的。

好容易他又提起小娟，我很想把这次谈话继续下去，走之前劝说他几句。

"现在村里还有知青吗？"我接着问。

"没有了，都走了。"他一脸的惆怅。

看他这伤感的神色，我知道任什么话也是无法劝解的。索性不说了。命运的安排，终非人力所能扭转的。

直到离村前夕，他到我屋里来，似乎是来送行。我才有机会直截了当地对他说：

"思哲，我回北京，替你去看看小娟，好吗？"

他不说话。

"她不来信，你老这么等着，总不是个事儿。我去看看她，看她有什么想法，写信告诉你，好吗？"

他还是不说话。

温大娘一直悄悄坐在旁边，这时也插了一句嘴：

"孩子，就这么办吧！看你都愁成啥样了！你总这样，妈心里不好受啊！"

他抬起头来，望着母亲枯干的脸颊，望着那顺着脸颊滚下来的泪珠，终于点了点头。

第二天一早，思哲出工去了，我告别了大娘和街坊四邻，带着仍然未写完的稿子，辞别了干部们，就跨上马车启程了。

马车顺着山路东行，刚刚出了村，思哲就从后边追来，他叫着：

"停下，停下。"

马车停下了。思哲跑到车前说：

"我想过了，您还是别去找她！"

"为什么？"

"我不愿意您去找她。"

望着这位被爱情折磨着的青年，我不由得深深叹了口气。也许，他是对的。永无休止的等待虽然痛苦，但似乎总留给人以渺茫的希望。倘若我的访问，把那渺茫的希望之光也扑灭了，又有什么好处呢？

"好吧！"我答应了他。

马车跑动了。村子往后移去，慢慢地变小了。山花烂漫，山景如画，清新的空气使人振奋，而我的心情却并不轻松。在那道路上，站着一个青年，带着一颗破碎了的心。我不由得回过头去，那个身影还伫立着，一动没动似的。他也许会追着跑来，改变自己先前的主意，但他没有来，马车转过了山坳。

# 五

回到北京，我信守自己的诺言，没有去找章小娟。

然而，每当我想起千里之外那个僻静的山庄，那一树洁白的梨花，那个不幸的家庭，想到那青年苦苦的等待和那母亲期待的目光，我的决心就动摇了。我总觉得还是应该去探索一下这其中的秘密：究竟是这位当初曾经炽热地爱过的姑娘自己变了心，还是屈服于父母的门第之见，不得不舍弃自己的爱情？

一个傍晚，我终于跨进了北京这所著名的医学院，在图书馆的一个角落里，找到了章小娟。

站在我面前的，是一个身材修长的姑娘。她上身穿一件银灰色弹力呢的紧腰夹克衫，下身穿一件隐条烟色凡尔丁长裤。一头长发用一个闪亮的大卡子别在脑后。同一般的女大学生比较起来，她不那么年轻，也不那么活泼，给人一个沉静的印象。

"你认识温思哲吗？"我作了简单的自我介绍后就直问她。

"认，认识。"她吃惊地望着我。

"我不久前去过他家。"

"他，他怎么啦？"

章小娟神情恍惚，说话结结巴巴。肃静的图书馆里，她的声音显得很大，不少视线朝我们射来。

"我们另外找个地方谈谈，好吗？"我站在她身边建议着。

"好，好的。"

　　章小娟顺从地和我走出图书馆大楼。我们走在校园的林荫道上。落叶在我们的脚下沙沙作响。我不想再问什么，她在我身旁默默地走着，还是那么恍恍惚惚。终于她忍不住问道：

　　"温……思哲，他，好吗？"章小娟的声音很低，别过头去眼睛不看我。当她提到温思哲这个名字时，好像已经很陌生，很难出口了。

　　"他身体还好。但是精神很痛苦。"我侧过脸，注视着她。

　　"他……"

　　章小娟脸突的一下红了，又变得苍白，连嘴唇也失去了血色。她扭着自己的手指，慌乱了。我可怜起她来，挨近她，热切地说：

　　"他等着你呢，小娟！"接着，我把住在温大娘家的所见所闻都告诉了她。

　　"这么说，您什么都知道了。连我给他的信，您，也看了。"

　　我点点头。

　　她反而冷静下来，只是脸仍是苍白的。

　　我们沿着校园的林荫道，走过一座座宿舍楼、教学楼，走过正在举行球赛的热气腾腾的操场，走过幽静的湖畔。我们一声不响地走着，她好像不准备再说什么了。我问她：

　　"是你爸爸妈妈反对吗？"

　　她摇摇头，一步一步踩着地下的枯叶，慢慢地回答道：

　　"自从我到北京上了大学，爸爸妈妈的信上再也没有提起过他，当然也说不上赞成和反对了。"

　　"那么，是你不喜欢他了？"

　　她站住了，低着头，像回答老师的答题似的，低声说：

"不。"

"那，你为什么不理他了？"

我盯着她，不顾自己问话是多么"冒昧"。她终于抬起头来望着我。我这才发现，她的眼睛是明亮的，两个乌黑的眸子像宝石似的闪着光彩。"水灵灵的"，温大娘形容得一点不错。可是，她没有回答我的问题，重新举步前行。

我们又默默地走了很久，她才轻轻说道：

"梦，那只是一个梦。"

说到这里，她停住了。那个"梦"字，她几乎是低低地呻吟出来的。她挨近我，我感到她的手臂在颤抖。

"现在都说'文化大革命'十年浩劫是一场噩梦，"她接着说，"确实是一场噩梦，那么长的噩梦！而我和他，在这场可怕的噩梦中走到一起了。我以为离开了城市，置身穷困的山庄，就是向资产阶级法权挑战的勇士，就走进了没有脑力劳动和体力劳动差别的共产主义天堂。正是在这样的信念上，我们相爱了。爱得那么深，那么勇敢。可是，到头来，这不过是一个梦。阿姨，我这些话，对谁说？说不出口，我自己想起来都不好意思。"

"哼！'反对资产阶级法权'，多么动听！"她又说，"原来是'四人帮'篡党夺权的阴谋。连'法权'这个词儿，报上也说了，是翻译的错误。共产主义？不靠科学技术，不靠现代化，光靠知识青年扎根农村去实现，更是荒唐！我和温思哲的爱情应该结束了。让它结束吧！"

我一直看着她。我看得出来，最后这句话，她几乎是咬着牙说出来的。

看来，她中断同温思哲的通信，并不是出于家庭的压力，而是自己深思熟虑的抉择，我还能说什么呢？

我们又默默地朝前走去。随后，我问她：

"你现在有朋友了吧？"

她笑了笑，回答道：

"没有。"

看我投去怀疑的目光，她又说：

"阿姨！您还不了解吗？像我们老三届的插队女知青，早就是社会上的'滞销品'了！"她和我说话时，有一种干部子弟特有的娇嗔和天真，坦率得可爱。

的确，老三届的插队回城的姑娘们，现在都三十出头了。很不容易找到合适的对象了。我忽然有了一点希望，急忙说道：

"你应该回你插队的地方去看看。现在已经不像过去了，农村正在富起来。你和温思哲过去有那么深的感情，在新的形势下，为什么不能继续发展呢？"

她笑了笑，咧开好看的嘴唇，却藏不住心中的伤感，她说：

"农民正在富起来。这，我相信。思哲有一次来信也说过，他们那里的工分日值高了，政策也放宽了，农民可以自由到集市上去出售农副产品了。可是，这一切对我来说，都隔得很远了。我们学院附近也有个自由市场，我也去逛过。看见那些蹲在地上，张着口袋，拿着小秤，卖花生、卖瓜子、卖烟叶的农民，不知为什么，我就想哭。有一次，我还梦见温思哲也蹲在那儿，出售松子儿、蘑菇，为了秤高秤低，几分钱，正同买主争吵。我帮着他，拿着秤，同买主争。正吵着，就醒了。醒来时手心都是冷汗，我怕极了。"

我也感到可怕。我看到了这个当年立志扎根农村的"新型农民"，并不懂得农民。对于现行的农村经济政策也不甚了了。于是，我不由自主地当起宣传员来，向她讲了许多农村的新人新事，希望能唤起她在正确的路线方针政策指引下建设社会主义新农村的信念和热情。

"我早就不是个理想主义者了。"她微微一笑说，"我现在只想踏踏实实学一点医学知识，将来有一技之长，能够替人民做一点点有益的事，使我这么一个渺小的人，活在世界上能有一点价值。我是很喜欢医学的。……"

谈到医学，她活跃起来。她把医学称为"浩瀚的海洋"，谈到许多我没有听说过的新的医疗方法。我好像看见她驾着一叶小舟，驶向那浩瀚的海洋，再也不会回到起锚的小港来了。我为她献身医学的热情所感动。也许，她是对的。生活已经把她和温思哲隔得很远了，她的小船已经驶向大海，不可能再让她回到那僻静的小港去了。

辞别的时候，天已经黑了下来。我在校门口和她握手告别时说：

"小娟，祝你在学业上成功，也祝你在爱情上幸福！"

她握着我的手，黑眼睛一时变得晶莹，含着泪花似的，勉强笑了笑，迟疑了一会儿，说：

"不，我不会再有爱情了。将来，我也会结婚的，像别人一样。但是，我绝不会像爱他那样去爱另一个人了。不会了。那样的爱情，一生中只有一次。"

我相信她说的是真的。我把她的手紧紧握了一下，离开了医学院的大门。

可是，她又追上来，把我叫住了，说：

"阿姨，如果您给温思哲写信的话，请您告诉他……"

"告诉他什么？"

"让他，把我忘了吧！"

我点了点头。

可是，他能把她忘了吗？

# 关于仔猪过冬问题

## 一 "咳，你考虑过没有？"

"军港的夜啊，静悄悄……"彩色荧光屏上苏小明洁白的身影亭亭玉立，歌声低回婉转。

"奶奶，声音放大点儿！"六岁的贝贝仰卧在柔软的大沙发里，发号施令。

"够大的了！"奶奶还是走过去，把音量调大了些。

"爷爷，你听见了吗？"贝贝又一骨碌爬起来，跪在沙发上，隔着宽宽的靠背尖声叫着。

"别叫，爷爷在休息呢！"

"让我们的水兵好好睡觉……"

爷爷也睡觉了。

市委书记张丁凡双目微闭，雪白的头枕在沙发靠背上，两臂松弛地搭在扶手上，劳累了一天的神经似乎在这"嗯……嗯……"的鼻音中得到了憩息。

突然，窗外呼呼地响起一阵风声。落地门窗的大玻璃被震得咯咯地响，绿丝绒的大窗帘也被吹得忽闪忽闪的。

张丁凡侧过头去，从喉咙里发出似有似无的一个单字：

"唉——"

书记的夫人马上站起身来，检查了一下门窗，都关得严严的，又摸了摸暖气片，热烘烘的，无可指摘。于是，她从内屋取来一床薄毛毯，走到书记身边，展开来。刚要替他盖时，只见张丁凡忽然坐起来，伸手拦住夫人，扭头对着门的方向叫了一声：

"小尤——"

书记夫人先是一愣，继而忙帮着喊了两声：

"尤秘书！尤秘书！"

一个三十多岁的年轻人应声从外屋走了进来。

"要农林办焦主任。"

尤秘书轻步走到墙角的一张小桌旁，拉开台灯，拨通了，找到了接电话的人，举着耳机回头低声叫道：

"丁凡同志！"

张丁凡慢慢站起来，走到桌边，在一把椅子上坐下后，伸手接过耳机。

"是我。"他连连咳了几声，"看样子，要降温。唉？"

夫人忙过去把电视机的声音拧到了最小限度，可怜那苏小明顿时只剩下两片红唇一张一合，出不来声儿了。

"奶奶，听不见，听不见了！"贝贝抗议了。

"别吵，爷爷工作呢！"

工作是神圣的。贝贝不敢吱声儿了。

"唉，你考虑过没有？这个，天气骤冷，仔猪过冬的问题……

唉，要抓一抓喽。发文件？不行，不行。先电话通知各区县，连夜布置下去，不准冻死一头小猪。文件嘛，抓紧起草。"

电话机挂上了。

"这些人，唉，真是算盘珠子，拨一拨，动一动。这么下去，怎么搞'四化'！"

"行了，你跟他们说了就行了。"夫人劝说着。

"奶奶！"贝贝迫不及待地叫了起来。

音量又放大了。苏小明已经退场。电子音乐叮叮咚咚的，荧光屏上呼啦一下，跳出八个窈窕的少女，一色纯白的紧身衣裤，宛如现代化的天仙下凡，扭着腰肢，婀娜起舞。

"不看，不看，我要看苏小明！"贝贝滚倒在沙发里，两条小腿上下乱踢，撒起娇来。

张丁凡弯腰拍拍孙女儿的头，颇为轻快地说：

"为什么不看？青春的旋律，很好嘛！"

## 二 "今天晚上有馄饨"

市农林办焦主任的办公室里灯火通明。

年轻的干事连夜起草了一份《关于仔猪过冬问题》的文件，呈请焦主任审阅。

"不行！这么写，怎么行呢！"焦主任一目十行，看完把稿纸扔在写字台上，"现在起草文件，要力戒假话、空话、大话、不切实际的话。"

他又把几张纸拿起来，指指点点地说：

"看你这个，'冬至已过，转眼就是小寒'，这谁不知道？还有这里，'发展养猪事业，对于促进粮食生产、支援城市人民肉食需要，为国家积累"四化"资金，关系很大'，这是空话嘛！猪多肥多粮多，这还用说？起草文件要动脑子啊！"

年轻干事手足无措，瞪大眼睛，十分为难。

"来，来来，坐下，咱们研究研究，提他几条具体措施，把这份文件搞得切实一点。"

焦主任惯于夜战。见小干事坐下，打开了笔记本子，他劲头十足地站了起来。

"仔猪过冬嘛，首先是一个防寒的问题，对不对？"他一边在屋里踱步，一边念念有词，"防寒设施，一般是很薄弱的。好一点的嘛，还有个草帘子挡着，差一点的，就谈不上了。这怎么能保护仔猪过冬呢？所以，第一条，要切实做好防寒保温工作，采取切实有效的措施。"

焦主任眼珠一转，又想出了第二条：

"仔猪过不了冬，一个是冷，一个是饿。冷是外因。吃得不足，身上热量不够，降低抵抗能力，这是内因。所以，第二条，一定要让小猪吃饱吃好。对，要写上，提高精饲料的比例。"

见到年轻人确实记上了，焦主任又说出了第三条：

"再有嘛，就是防病了。对仔猪威胁最大的是什么病呀？上次不是专门发过一个文件吗？这回还要重申一下，要防止新生仔猪成窝死亡。"

焦主任走到文件柜前，打开两扇门，翻出一份文件，高兴地说：

"这一段就很好嘛，可以抄上去：'一旦发现病情，要立即报告当地兽医防疫部门，并及时按有关规定处理病猪。如果发现疫情不报，要追究责任，严肃处理。'嗯，当然，加上两句，要贯彻预防为主的方针。"

拿着笔的手酸了，心里倒踏实了，干事望着焦主任厚厚的嘴唇不由不服。

"第四条，要加强思想政治工作。这是不言而喻的。当然，必要的物质奖励，也不可缺少。几条了？四条了，唔……"

焦主任站住了，年轻的干事合上了小本儿。

"慢，还有，最后一条，也是最重要的一条：各级党委要切实加强领导，要设立仔猪过冬领导小组，要有一位副书记主管这项工作，各有关部门要分工负责，协同作战。要定期汇报，经常检查。"

年轻干事低头猛记，只听圆珠笔落在纸上的刷刷的声音。

焦主任伸了个懒腰，长长地舒了一口气，咧开厚嘴唇，微微一笑，十分得意地说：

"行了，你再辛苦一下，文字上润色润色。"

他看看表，十一点了，过去锁上抽屉说：

"走，吃夜宵去。今天晚上有馄饨。"


# 三 "追悼会上词儿多着呢！"

烟头已经满满地堆成尖儿了。碟子里还在冒着烟，碟子外边也撒了一圈灰末。屋子里像下了雾，灰蒙蒙、混沌沌的一团。

县委书记马明萌用焦黄的两个手指头夹着烟卷，半个身子靠在办公桌上。他那黝黑铁青的脸上毫无光彩，只有一双疲倦的小眼睛不断地眨巴着，那下眼睑泡像两个小口袋似的挂在眼珠下。

自从一大清早跨进这间办公室，除了两趟去食堂，还没离开过。上午是常委会，下午是学习，晚上是整顿社会治安领导小组的汇报，接着是"三废办公室"关于县化工厂因污染问题同附近生产队发生纠纷的汇报。现在，对面坐着的是一位等待分配工作的老干部。从那两片嘴唇里吐出的每一个字，都像一颗颗小钉子，砸在他那已经疲惫到麻木状态的神经上。

"马书记，粉碎'四人帮'四年多了，我还是孤鬼游魂，工作没一点信儿！人家该安排的都安排了，怎么到我这儿，就这么难？"

"嘻，你是老同志了，我也不瞒你，县委有县委的难处。现在人浮于事，哪个局不是七八个局长？群众说，不是一个萝卜一个坑儿，是八个萝卜挤一个坑儿！我把你往哪儿搁呀？"

"只要有工作，看大门儿也行。"

"这是你的想法！老同志嘛，不为做官为革命，可我们不能这么安排呀！你'文革'前就是局级干部，组织上总要给你安排个合适的位置呀！同志，你不要着急……"

"还不急？我都快六十了……"

丁……零……零……零……桌上的电话铃响了。马明萌抬手拿起耳机：

"什么？市委紧急电话通知？仔猪过冬。嗯，嗯。好，好。"

马明萌飞快地转动着小眼珠，脑子里马上作出一条条决断，对着话筒发布出去，速度不亚于电子计算机："第一，你连夜打电话，把市委的精神通知各公社，叫他们立即采取措施；第二，市委文件一到，赶紧送常委传阅；第三，通知常委，星期四的例会增加一项议程：关于仔猪过冬问题；第四，叫畜牧办公室的人根据市委的精神，起草一个补充通知，供常委开会讨论；第五，你让畜牧办明天就派人下去转转，检查一下，及时把情况汇总起来。唔，估计过几天还要到市里去汇报的。"

把耳机放下，马明萌用那焦黄的手指按着太阳穴，闭上了松弛的眼皮。

"这些年，我算干什么呢？怎么向人民交代？马书记，你也替我想想，说不定哪天我两眼一闭，两腿一蹬，一口气上不来，追悼会都没法儿开……"

马明萌睁开眼，似笑非笑地说：

"这你放心！追悼会上词儿多着呢！"

# 四 "没儿子不成！"

"天儿不早了，我再说几句，差不离儿咱们也该散了。今儿个咱们下决心，不熬电，睡他个早觉！"

公社会议室里，炉子早灭了。抽旱烟的，卷纸烟的，星星之火，一闪一闪，倒也热烘烘的。公社书记沈贵庚正在向生产组、政法组的干部布置任务。

"各大队签订责任制合同的单位，到底落实了多少？生产组报的五十七，我看有水分。如今讲究实话实说，咱们别往高里报。小营大队从根儿上就没搞联产计酬，队干部就不信，这谁不知道？那儿不能算。王家坟二队也不成，他那叫责任制？还是吃大锅饭，人人有份儿！我说，咱们还是实打实，报个四十三四，就顶头了！"

下边没人说话，生产组组长在表格上画了一下。

"拖拉机手的安全训练班后天开学，还有一多半大队没把人名报上来，这倒真得认真抓抓。一个月就压死三口子，人命关天的事儿，可不能马虎。余主任，你负责了，明儿派人下去落实。现在，这也算新问题吧，拖拉机多了，机手不懂交通规则，大马路上玩命地开。不懂安全礼让，有的压根儿就没有驾驶执照，这还不出事儿？再不抓，咱们公社就快成典型了。"

沈书记揉了揉满布红丝的眼珠，又说了几件"零碎事儿"，什么外宾要来参观秦家庄的沼气化，法院要派人来公社搞试点，等等，说完了，转身问别的常委：

"你们还有啥说的没有？"

分管计划生育工作的常委，胖胖的顾大姐问道：

"县里让汇报计划生育情况，咱们公社怎么办？别说千分之八的指标，千分之十八都超过了！"

"这可不成。计划生育是硬指标，一个也不能多生。"

"我也知道不能多生，可工作没法儿做呀！计划生育办公室的人，卫生院的大夫，都不敢下乡了。人家指着脊梁骂他们干断子绝孙的缺德事儿，小媳妇儿一见穿白大褂儿的就躲。前各庄有个妇女躲在立柜里，藏了半天，差点儿没憋死。"

"要向群众讲清道理嘛！"

"讲清？讲得清吗？你去试试看。群众说，我没儿子春天谁给我抹房？秋后谁给我推棒秸？这年头，联产计酬，全指劳力挣钱。没劳力行吗？就算你把我工分扣完，反正我也得要儿子！"

沈书记叹了口气说：

"唉！可不是吗！农民户，没儿子不成！"

"那您说怎么办？"

"怎么办，就看你们的了。要不，要你这计划生育办公室干吗使？"

沈书记站起来，这意味着会议结束了。于是，一屋子人拉椅子、摆板凳、打哈欠，纷纷起身。恰在这时，公社办公室干事小王进来了。

"沈书记，县里来紧急电话通知。"

"等等，大伙儿先别走！"沈书记接过电话记录，扫了一眼，对小王说，"你赶紧给各大队打电话，不准冻死一头小猪。今晚上全通知到。没人接电话的，自个儿跑一趟。天亮以前通知完。"

小王转身出去，一屋子人面面相觑，不知这小猪问题怎么变得这么严重。

"县委来了电话，传达市委的精神，要抓仔猪过冬问题。"沈书记又歪身坐下说，"咱们还得耗他几度电，研究研究。生产组的都留下……"

# 五 "城里的姑娘……"

电视早播完半天了，几个小青年还赖在大队部不走，嗑着瓜子儿聊闲天儿，跟看守大队部的曹大爷逗着玩儿。

"哎，你，抬抬脚，你，别往地上嗑，没见这儿跟屁股后头扫吗？"

曹大爷拿一把大扫帚，扫着满地的烟头、瓜子皮和尘土，气呼呼的，大有下逐客令之势。

"哟！这大队部又不是你们家开的！"一个小青年跟他顶嘴。

"怎么着，在朝为官，领一天饷银断一天案。派我在这儿，这儿就数我大！哎，去，都往炉子跟前儿凑去！"

那小青年晃晃摇摇走到炉边，吐着瓜子皮儿说：

"瞧不出，曹大爷的权还真不小，管着一架十四英寸的黑白电视机！天天白看！"

"我看它？！"曹大爷不屑地哼了一声，又瞪着眼道，"呸！也不知如今都兴些啥，挺好看的姑娘脱得光不溜丢的。这年头，敢情城里的姑娘都不穿裤子！我要有这么个丫头，当人曝众，丢人现眼的，看我不拿扁担打断她的脊梁骨！"

他的话未完，小青年们早已笑得前仰后合。

"笑啥？没一个好东西！想跟城里人学去？"

"怎么着？您还真说对了。赶明儿我要是招工进了城，我就买条喇叭裤，留个大背头，来双三接头，戴上蛤蟆镜儿。到时候，曹大爷，我往您跟前儿一站，您准认不出我来！"

"你呀，烧成灰儿我都认得出，没出息的！"

"得啦！您不说您自个儿是出土文物！"

"啥？"曹大爷扫完地正往一边搬凳子，一来没听清，二来"出土文物"这词儿他耳朵眼儿也觉得生疏。

"说您该跟十三陵的皇帝就伴儿去！"另一个小青年挤咕着眼儿解释道。

"我没那福气！"

又是一阵哄笑。笑声淹没了丁零零的电话铃声，靠近电话站着的一个青年听见，忙拿起耳机：

"是啊。找老曹头？有啥事儿您说吧！跟我说一样。"

那边儿就是不说。

"跟你说一样？靠一边待着去吧！"曹大爷脸上浮着得意的笑容，两手在裤子上蹭了蹭，庄严地接过耳机，"喂，公社呀，是我。您是老王同志吧，您还没歇着呢！啊，小猪儿呀，没事儿。有两窝，听老郭家的说，这两天就下。啥？别让冻死？瞧您说的，哪能呢！您放心吧。明儿来检查？行，行，这就告诉去！大老远的，甭用他跑一趟，出了事儿您找我老曹头。得了呗，回见！"

放下电话，曹大爷用眼珠扫视了一下屋里的人，发话说：

"哎，谁给支书送趟电话去！"

小青年们挤眉弄眼儿地答道：

"咱可不敢去，这公社交下来的大事儿，传错了可担不起责任！"

"咱还是靠边儿站吧！"

曹大爷扔给小青年们一个斜瞪眼，披上老羊皮袄找支书去了。

# 六 "不就那五块钱补贴吗?"

"黑更半夜,怪吓人的,啥事儿呀?"支部书记徐栓的老婆早被嘣嘣的敲门声闹醒,躺在炕上嘟囔着。

徐栓披着棉袄在椅子上坐着,从兜里掏出装叶子烟的铁盒儿,卷着烟,慢慢腾腾应了一句:

"公社来的通知,叫别把小猪冻死了……"

"多余操的这份儿心!猪场不是包给郭大妈他们家了吗?人家精细着呢,能叫小猪崽儿冻死?快躺下睡你的觉吧!"

"不行,我得上猪场瞧瞧去。"徐栓伸出胳膊往袖子里塞,"天黑就听说要下了,万一出点事,那可赶上了!"

"瞧你够多积极!一月不就那五块钱补贴吗?你稀罕,我不稀罕!"说着说着,她翻身爬了起来,拽着棉被捂着身子,神情异常激动,"你积极半天,倒是往家多挣点儿呀!你瞧东头老杜家,跑两趟长途,倒腾买卖,少说也挣两三千了。眼瞧着五间大瓦房就起来了!"

"咱不干那违法的事儿。"

"包大田不违法吧?今年可有人抄上了!水稻又加价,超产又得奖,一家还不闹个七八百的。就你,当官的瘾,受穷的命,干瞧着人家眼热吧!"

"大伙儿多得点儿还不是好事?现今的政策,让富起来,你不让?"

"我是那缺德的人吗？我是说你呀，当初签订合同的时候，也不多长个心眼儿，算上一份儿。"

"算一份儿？我有工夫吗？一月开半月的会。我是一心为公。"

"啧，啧，啧，甭跟我这儿唱高调了！十几年的干部，上来下去的，全家跟你倒邪霉，还为公呢？一个村的人都叫你得罪完了。"

徐栓扣上棉袄，弯腰提上鞋，站起来说：

"你瞧着眼热，也上大田干去！谁拦着你了？钻被窝儿里享清福，还想先富起来，你倒想得美！"

说着推开门，他一脚跨出门槛。

"戴上你的狗皮帽子！冻感冒了，我可没钱给你抓药去！"一个黑乎乎、毛茸茸的东西，从炕上飞来，正落在他胳膊弯儿里。

他一边把帽子扣到脑瓜顶儿上，一边回了一句："我的事儿你少管！"

## 七 "上边定什么调儿，咱就编什么词儿。"

猪场里还明晃晃地亮着灯。徐栓喊了一声，自个儿掀起棉帘子，一股暖烘烘的热气就朝他扑来。

他揣着手，四外一瞧，只见郭大妈家的二妞正蹲在灶前烧火，系着蓝布围裙的郭大妈，袖口挽得老高，正揭开锅盖熬米汤呢！

"下崽儿了？"

"下了。十二个呢，个个活。"郭大妈用胳膊肘擦着头上的汗，满脸都是笑。

她盖上锅盖，撩起围裙擦了擦手，忙领支书进屋去瞧。

热炕头上，十二只小猪崽儿，一个个闭着眼，颤动着圆咕隆咚的身子，小声哼哼着。

"咱猪场这回可行了。"徐栓高兴地称赞说。

"队上信得过我，大伙儿把猪场包给我们家了，我还能不尽心尽力。这不，人手不够，从赵庄把我们老爷子接来了。"

徐栓这才发现，屋那边还有个老头，正蹲在小破桌前自斟自饮呢！

"来，您也喝一盅！"郭大妈又加了个酒杯。

"嚯，您把家都搬这儿了！"徐栓笑着蹲下。

"离远了，不放心呀，这儿早晚的方便点儿。"

"喝吧！这天儿，够劲儿！"老头举杯劝酒。

一来心里高兴，二来盛情难却，徐栓端起酒杯，一口二锅头下肚，顿时身上热乎乎的。十二个，不简单哪！郭大妈喂猪，真有两下子。问问她，有啥经验？有啥措施？

"我一个大字不识，瞎喂。啥经验不经验的。"郭大妈美滋滋地说。

是啊，她能说出个啥？还得自个儿总结。嗯，也没别的。"实行责任制，社员经心，干部放心"，全齐了。可，就这一句词儿，也少了点。这酒还真不错，够六十五度的，比我上回买的那瓶强。这郭大妈还真能耐，调兵遣将的，把快八十的老爷子、上学的小丫头都动员起来，这还不是一条经验？"男女老少齐上阵，定叫仔猪过好冬"，词儿挺顺口。不成，怎么犯糊涂了？这是五八年的流行歌儿，眼下不时兴了。"大批促大干"？也不成，报上早没这字眼儿了。得找新词儿，"同心同德搞四化"，这没错儿，见天广播里来八遍。可，郭大妈她搞的属哪一化呢？这酒别喝了，上头！可明儿汇报，经验呢？说啥？嗐，管他呢，到时候，上边定什么调儿，咱就编什么词儿。

一九八一年二月

本篇插画作者：韩美林

# 燕燕的作文

今天不是探亲日，高干病房区静悄悄的。只有 207 房间不时传出一阵阵欢声笑语。

丁部长的小孙女儿燕燕又来了。

"这是麦乳精，这是蜂蜜。"燕燕打开红色皮书包，把带来的东西一样一样往外拿。

"好，好，"丁部长坐在沙发上，连连点头说，"燕燕真长大了，什么都能干了。会给爷爷送东西了。"

"这是书！"燕燕拿出一本《丘吉尔回忆录》，"奶奶说，每天只准看五页！"

"好，好！"丁部长满面带笑，顺手从茶几上拣了一个又红又大的苹果给孙女儿。

燕燕在小写字桌前的沙发椅上坐下，咬了一口苹果，晃动着两腿，问道："爷爷，你想家吗？"

丁部长一愣，随即答道："不。"

"哎呀，我小时候在幼儿园，可想家啦！"燕燕咬了一口苹果，又说，"从星期一就想起，一直想到星期六。现在可好了，天天回家！"

丁部长不由得笑问道：

"家里就那么好？"

"那当然啰！"燕燕打量了一下这间宽敞的病房，问道，"您晚上一个人不害怕吗？"

"有什么怕的？"

燕燕忽然皱了一下小小的眉头，关心地问：

"爷爷，您的病重吗？哪天回家呀？"

"哦！燕燕来了呀！"隔壁房间矮矮胖胖的李部长，溜达着进来了。

燕燕一见，忙高叫了一声："李爷爷！"

李部长就在那张空着的小沙发上自己坐下，笑嘻嘻地问道：

"燕燕，你怎么进来的呀？"

"就这么进来的。"燕燕咬着苹果，头一歪。

"你登记了吗？"李部长故作严肃地问。

"我不用登记！"

"啊，是走后门进来的！"

"哪儿有后门呀！我就是从前门进来的。"

"那你可违反制度了。"

"根本不违反。我是家属！"

"怎么我们家的人来，传达室就不让进呀？"

"楼下的叔叔都认识我，就让我进！"

"燕燕真是神通广大！你这可是特殊化啊！"李部长哈哈笑道。

丁部长一直含笑坐在一旁，这时指着茶几上的一堆东西说：

"现在的小孩真不简单！才三年级，你看，大老远的，给我当小通信员了。"

燕燕吃完苹果，把铅笔盒、本子，一一从书包里掏出来，摊开在桌上。

"燕燕，你们这个老师，怎么留这么多作业呀？"李部长从沙发上站起，走到燕燕身后。

"我们老师留得才不多呢！我们语文老师，是全区的先进教师，特棒！今天就一篇作文。其实，老师说，写个片段就行了。"

"什么题目呀？"李部长弯着腰问。

"没题目。"

"没题目？"李部长笑了，"燕燕，这回你可上当了！没题目的文章可最难了。我们小时候作文，都要出题。什么《我的母校》呀，《我的外祖母》呀，《秋雨》呀，《雪中》呀……"

"哎呀！"燕燕大声打断李爷爷的话，高兴地说，"我们也作过《雪中》。真的，不信您问我爷爷！"

"燕燕的作文，是写得挺好的。"丁部长笑眯眯地说。

"这回看你怎么办。没有题目，你怎么作？"李部长望着她笑。

燕燕小脸一仰，振振有词地说：

"我们老师说了，自选题，可以发挥同学的想象力。老师就规定写群像，写谁都行。反正得写三个人以上。您知道吗？三个人以上才算群像。"

"这可是个难题呀！你打算写什么呀？"李部长又问。

"我啊，我早想好了。"燕燕得意地说，"我写等车。"

"等车？不好，不好。"李部长说，"车啊，老等不来，老等不来，哪有群像呀？"

"当然有啦！我天天上学等车。车站好些人，想写谁就写谁。"

李部长不由得夸道："燕燕真聪明！"

燕燕小脸笑得像朵花，头一歪说："我在路上就想好了！"

"那你就赶快写吧！"丁部长也很满意孙女儿的才气。

"可，我还没想好怎么写呀！"燕燕把铅笔搁在嘴角，认真思考起来。

"你们这屋真热闹，我在那头就听你们嘻嘻哈哈的！"瘦高个儿的陈部长跨进门来。"陈部长！来来来，来热闹热闹！"李部长先招手喊着。

"陈爷爷！"燕燕也高叫了一声。这病房区的爷爷，她几乎都认识。

"坐，坐！"丁部长指了指刚才李部长坐的沙发，让着。

陈部长却走到燕燕背后，拍了拍她的头，然后才走到沙发前，坐下说："燕燕又在做功课，真用功呀！"丁部长连连点头道："现在的小孩真不简单。写作文，没有题目，还要写群像，真不简单！"

李部长点上了一支烟。一手叉在胖胖的后腰上，挺着肚子，用拿烟的手指着陈部长说：

"正好！陈部长是大笔杆子！快给燕燕帮帮忙，看看这篇作文该怎么写。"

陈部长双手扶着沙发把儿，挺直身子，很愿意效力，忙问："燕燕，什么作文呀？"

"等车。"燕燕把老师的要求又说了一遍。

陈部长略一沉思，问道："你天天上学坐不坐车呀？"

燕燕点点头，瞪着眼珠儿认真地听。

"那就好办了嘛！你都看见什么人等车呀？工人、干部、学生、外地出差来的，是不是呀？唵？"

"就是没想好哇！那么多人，我怎么写呀？"

陈部长微微一笑，慢条斯理地说："对嘛，不能什么都写，要拣主要的写。比如说，写新风尚，就很好嘛！车来了，年轻的人，中学生，怎么扶老爷爷上车呀！"

"哎呀，车来了，都往上挤。那些中学生，才不管人家呢！"燕燕叫起来。

"咦！正因为车挤嘛，才要发扬风格，对不对？让老人和病人先上嘛……"

"得啦，陈爷爷！"燕燕毫不客气地打断话说，"您根本不知道！我天天上学，六点半就得从家走。要不然就得迟到。挤极了！没劲儿根本就挤不上……"

"燕燕，听陈爷爷说！"丁部长出来制止孙女儿了。

"车挤，这是事实。我们国家还穷，车辆不多。可也有好人好事嘛。你看报吗？"

"我看《中国少年报》。"

"啊，那报上有没有登过，学生给老人让座的事呀？"

"好像登过。"

"你给人让过座吗？"

"我呀，有座我都不坐。"

"彻底，彻底！"李部长笑道，"都像燕燕这样就好了。"

"那，你就这样写嘛！"陈部长仍接着出主意，"大家都在等车，有一个老爷爷，年纪可大了，胡子都白了。他怕车来了上不去。旁边一个中学生说，老爷爷，您别急，车来了我扶您上……”

“根本，我就没见过这样儿的。”燕燕噘着嘴小声抗议。

“燕燕！”丁部长又来干涉了。

李部长慢步踱到沙发前，笑道：

“陈部长，你是理想主义。燕燕呢，是现实主义。你们是两股道上跑的车哟！”

回身，李部长又走到燕燕桌前，说：

“燕燕，别听陈爷爷的。你呀，就写你看到的。好些人在等车。好不容易来了一辆，大家都往上挤。一个老爷爷给挤下来了。两个中学生吊住车门不放。”

“这，行吗？”燕燕半信半疑。

“行，听李爷爷的没错！”李部长说。

这时，门外又进来一位戴金边眼镜的瘦小老人。

“王爷爷！”燕燕叫道。

“燕燕好！”

王爷爷也是部长。他走到燕燕面前，举着手里的一支笔说：“燕燕，王爷爷上次答应的，送你一支日本圆珠笔，给！”

“谢谢王爷爷！”燕燕高兴地接过了礼物。

陈部长已经站起，让比自己大两岁的王部长坐沙发。王部长没怎么推辞，就在沙发上坐了下来。丁部长隔着茶几向王部长说：“燕燕写作文呢！现在的小学生，作文题真难。让写群像，还没有题目，不简单啊！”

“唔，唔……”王部长微笑着，连连点头。

"燕燕，"陈部长走到桌前，"你问问王爷爷，是我给你出的主意好，还是李爷爷的主意好。"

燕燕果然把两位爷爷的方案各说了一遍。王部长听罢说道："我看嘛，两个方案都可行。你就各写一篇吧！"

燕燕急了，站起来叫道："那我怎么写得完呀！"

几位爷爷都笑了。

燕燕望望这个，又望望那个，忽然跳到屋子中间，大声笑道："我知道了！你们全是逗我的！"

几位爷爷笑得更厉害了，只有燕燕的爷爷没笑，反而说道："燕燕，不准瞎说！"

"我啊，我不写等车了！"燕燕站在屋中央，把几位笑得前俯后仰的爷爷看了一遍，忽然小眼睛一亮，一拍手，高兴地叫道："我写你们！一、二、三，三个爷爷，正好，群像！"

三位爷爷都吃了一惊。李部长反应最快，还没等丁部长出来训斥小孙女的胆大妄为，他先投了赞成票："好！燕燕，这个主意好！你准备怎么写呢？"

"我啊，我就写，有一天，我到医院去看我爷爷。在我爷爷的病房里，一下来了三个爷爷。一个叫李爷爷……"说到这儿，燕燕冲着李部长抿着小嘴儿一笑。

"说呀！"李部长挺感兴趣地催着。

"我就写，李爷爷特坏，尽给我出馊主意……"

陈部长哈哈大笑，连连叫道："好，写得好。老李，你是罪有应得！"

丁部长已在一旁呵斥，制止燕燕的胡言乱语。不过，一片笑声中，谁也没听见。

燕燕闪着一双大眼，才思越来越敏捷。她又说："不过，李爷爷心眼儿好，特喜欢小孩儿，特爱跟小孩儿逗！"

李部长高兴得一把抱起燕燕，连声夸道："好，好！燕燕有眼力！下边呢，你怎么写陈爷爷？"

"陈爷爷嘛，特爱教训人。他是个——理——想——主——义！"

几位爷爷又不禁哈哈大笑。

"他说话，就跟电影里的大首长一样：'咹，这个嘛，新风尚嘛！'"燕燕放肆地学起大首长来。

"燕燕！"丁部长这回大声训斥了。

陈部长涨红了脸，连忙说："童言无忌，童言无忌！有意思！"

燕燕完全处在兴奋之中，又学着大首长的口吻说："陈爷爷嘛，也是为了我们小孩好呀！关心祖国的花朵嘛，咹！"

又是一阵哄笑。陈部长也笑得哈哈的。笑声过后，李部长又忙问："还有呢，还有王爷爷呢？"

"王爷爷不爱说话。"燕燕想了想说，"说起话来呀，谁也不得罪！"

"尖锐，尖锐！"李部长叫道。

"你这个燕燕真不得了！"陈部长对丁部长说。

王部长说话了："燕燕，你怎么不写你爷爷呢？"

"对呀，这可不公平呀，燕燕，怕挨骂吧？"那两位部长也叫了起来。

燕燕望着自己的爷爷笑道："就不写我爷爷。就写你们三个爷爷！"

丁部长挥着手说："好了，好了，收拾书包，回家写去吧！"

燕燕忙回到桌前，把铅笔盒、本子塞进书包，背在肩上，跑到门口，回过笑脸，一口气很快地说："王爷爷再见！陈爷爷再见！李爷爷再见！爷爷再见！"

几位爷爷也招着手，连声说：

"再见！再见！"

燕燕一阵轻风似的不见了。屋子里顿时没声儿了。几位爷爷都侧耳听着她那快速的咯、咯、咯的脚步声，直到听不见了。

# 彩色宽银幕故事片

七天之内必须编一个剧本出来！

关键是题材要找准，送到电影厂就拍板。十月份列入计划，一月份成立摄制组，三月份开拍，国庆节献礼，彩色宽银幕故事片！人生难得几回搏，失败成功就看这一回了！

要打向世界！这年头，电影在西方早已是跨国艺术了。光写本国的没意思了，要写到外国去。写日本？来个中日合拍，怎么样？哼，日本，不就是个暴发户吗！多几吨钢，多点子电气玩意儿，有啥了不起！没完没了地写它，中日友好的电影观众都腻了。写美国？听说，也有人在搞。妈的，还真有手脚快的家伙。

真笨蛋！干吗非得写日本、美国、意大利，围着大国转？干吗不写非洲？

对了！非洲，黑人！有特点，有情调。《基度山恩仇记》里边那个荒岛多绝！荒岛不行，得有人。没人成《世界各地》了。反正基本上是那一类的岛，非洲大海中的一个小岛。

有门儿！

无边无沿的大海。蔚蓝色的天空下海鸥在水面飞翔……不，

还是傍晚好。火红的夕阳挂在天边。半边海水被染成了玫瑰色，半边海水是深绿色。彩色一照，那个美呀！

还得有故事，有情节。

契诃夫构思过一个剧本：一个科学家，站在一条被冰困住的船上，思念着心爱的女人。在北极光的背景下，映着他爱的女人浮来浮去的身影。够绝的！剧本就是这么编的，从无到有嘛！

我的主人公站在哪儿看海呢？当然是在一艘轮船上。一艘非常豪华的大轮船。船上有舞厅，有酒吧，有弹子房，挤满了世界各国的船客。绅士淑女，五彩缤纷，莺歌燕舞，那才有色彩。对，有一个中国代表团也在这船上，坐头等舱。对，对，代表团里有个女团员，一个年轻漂亮的姑娘，女主角。

啪！镜头一转，轮船遇险！船上的人全乱了。就像《冰海沉船》里的镜头。哗啦啦，桌子、椅子、酒瓶、盘子，全歪一边儿了。一张张惊慌的脸，吱哇乱叫，用各国语言喊救命的声音。一只只救生小船放下了。

啪！镜头再一转，平静的海面上，漂着一只小小的皮划子。女主角独自一人惊恐万状地坐在上边。海水拍打在她身上脸上。她的白色缎子旗袍全打湿了。她长长的黑发遮盖着泪流满面的脸。呀，动人极了！

她是干什么的呢？文艺工作者。对，是演员。演员嘛才漂亮。不漂亮就没戏了。她是秀眉凤眼。可不是相书上说的凤眼，相书上说凤眼像蛤蟆蚪似的。她是丹凤眼、高鼻梁、樱桃小口、瓜子脸儿。剧本里可别写这么具体。太具体了导演不好选演员。一句话，她是个东方美人儿！对了，她会弹琵琶。这儿应该来个特写镜头：泪汪汪的眼睛，晶莹的长长的眼睫毛，生死关头，她独坐舟中，怀中还紧紧抱着她心爱的琵琶！绝了！

漂呀，漂呀，太阳升起又落下了。海水变蓝又变黑了。已经一天一夜了。娇弱的姑娘已经筋疲力尽了，她昏厥了。

下边呢？下边……嗯……那小皮划子慢慢地漂呀，漂呀……对，就漂到了那个岛上。就是那个黑人的岛屿。

啪！一张张黑人的面孔，一双双凸出的嘴唇，银项圈挂在油亮的胸膛上，鼻子上横穿着象牙，光脚腕上戴着响铃儿，腰里围着一块布。不对，腰里围着一圈羽毛，五颜六色的羽毛。手上拿着尖尖的长矛。还有黑种女人，装束嘛，也一样，半裸体。现代派！异国情调！

镜头拉开，是这样一个场面：夜色降临，大地一片黑暗，只有沙滩上冒着一堆火光。一群黑人凶神恶煞般地把姑娘团团围住。他们嘻开洁白的牙齿，拿出尖刀，准备杀死她。那儿兴吃人肉！火光中，中国姑娘席地而坐。睁开美丽而悲哀的眼睛，望东方，深情地弹起了《思乡曲》。她用琴声在向祖国的亲人告别！向她短暂的青春告别！泪珠一滴一滴地落在她尖尖的十指上……啊，琴声如泣如诉、似怨似艾……

悠扬的、哀伤的琴声掠过沙滩，掠过椰林，掠过茅屋，飞进了酋长的宫殿。

啪！镜头一转。一张豹皮椅上，斜卧着年轻的酋长。他正在欣赏黑人美女的舞蹈。什么舞呢？就是那样儿的，像《大篷车》里头的差不多。这儿不用写得太细。

圆形的柱子，红色花纹的地毯，大理石的墙壁，就像古罗马的宫殿一样。这儿提示一下就行了，设计会去搭景的。主要要交代清楚，这个岛上有金矿。岛上的人富极了。所以酋长的宫殿金碧辉煌，极其奢华。酋长的头饰、手饰全是真金的。酋长也很漂亮。

嗯，要找个英俊的演员来演。谁比较合适呢？现在年轻观众喜欢郭凯敏。对，可以向导演建议，让他试试镜头。作者的意见导演不能不考虑。要找真正年轻的演员。靠这个片子他就得红！

酋长侧耳听着宫外的琴声。他慢慢地站起，踱出了大门。他的卫队打着火把簇拥着他，循着琴声来到了沙滩上。他威严地站在中国姑娘面前。特写：酋长严峻的脸，姑娘悲哀的眼睛；酋长微笑的眼睛，姑娘变得温柔的脸。酋长伸手搀起了中国姑娘。

接着呢？接着是……当然是这样：年轻的非洲酋长爱上了美丽的中国姑娘。中国姑娘接受了年轻酋长的爱情。

一幅幽静的画面：中国姑娘斜坐在美人榻上。美人榻，不知非洲有没有？有。电影里古罗马净是那种睡榻，丝绒的，讲究的。酋长无限深情地望着她。音乐！对，这儿应该有音乐！画外音：幽幽的琵琶声……

啪，镜头一转。人体疯狂的抖动。疯狂的鼓声。无数黑人在狂欢。原始的迪斯科。架在火上烧烤的整只的牛。黑人们在庆祝酋长的婚礼。

啪！镜头一转。一条小木船划到沙滩。一群黑人呼啸着从船上下来，带着两个从别的岛上抢来的黑人。他们把战俘绑在树上，燃起火把，拿起尖刀，为婚礼准备人肉筵席！

舞蹈、战鼓、美人、吃人，镜头交替。典型的非洲情调。盖了！

那拍出来，肯定震动！这片子容量比较大，当然是宽银幕！

片名呢？得想个绝的。现在这些电影，片名都太瘟，没一个记得住的。《海的梦》？好像有篇小说叫这个了。《年轻的酋长》？太一般。《非洲风情》？不行，像纪录片儿。还得在"爱情"两字儿上做文章。爱情，爱情，《爱情你姓什么》？这叫什么片名？根本就不通！

哎，哎，叫什么呢？叫，叫，哎呀！

《第三世界的爱情》。

盖了！这名儿上哪儿找去，准响！

谁说创作苦！也有甜的时候。关键是有没有才气！祖师爷是不是赏你这碗饭吃！

烟抽多了，嘴有点苦。明天去买斤糖，换换嘴里的味儿，也增加点儿热量。再买两包好烟，开始动笔。今儿先凑合，"工"字雪茄有劲儿。不吃苦中苦，难为人上人。这年头，谁关心编剧本的？卧薪尝胆，认了！嘿，手相上说你今年转运，这回呀，有门儿！

接着干！

下边呢？他们结婚了，这当然不算完。他们结婚了……嗯，酋长的中国夫人不甘寂寞。她没有忘记多年受到的教育，不能不帮助第三世界的黑人同胞。她，给她点什么行动好呢？肯定，那儿文化落后。办学校？那儿有文字吗？甭管吧，办初级学校，致力于教育。不过，这有点"教育救国"的味道，不好。还要从社会问题入手。对，她建议酋长实行土地改革，把可可树、椰子树分给黑人贫下中农。是搞合作化呢，还是单干？还是实行责任制？来个包树到人？可，她是不是党员呢？嘻，甭交代那么清楚，反正她和当地黑人革命者联合起来，在岛上闹革命！闹革命……这有点输出革命的味道。这个方案太"左"。不行？不行不行。此路不通，再想别的。关键是勇于否定自己！

那，还是在感情问题上做文章。对了，酋长原来有个夫人，黑人皇后。酋长的老婆够不够皇后的分儿？差不多吧。这黑人皇后忌妒中国姑娘，联络后宫的嫔妃，展开了斗争。这，倒是有戏。可，这不成东宫排挤西宫了？中国姑娘去做西宫？有失国格人格，不行不行。由咱们手里不能出这路本子！

对了，让她和酋长夫妻双双远渡重洋回到祖国，回娘家。她引导酋长及宫廷随从饱览中国风光。他们游览了长城。黄河、长江、敦煌、大佛、十三陵全去了。她把中华民族优秀的文化介绍给年轻的酋长。加强中非友谊，促进文化交流。那，她跟不跟官方联系呢？当然，起码外交部得接待。那，她算干什么来的呢？来朝拜？这，这……有点大国沙文主义的味道。他妈的！不行。

这样的本子送到编辑部，能通过吗？那些编辑都够油的，能挑刺儿着呢！首先问你根据什么。根据什么！写历史剧的，明朝、宋朝、东周列国都敢写。他能倒退八百年去深入吗？倒霉就倒在报纸上，天天念经似的，"深入生活"呀，"深入生活"呀，成天骂电影胡编乱造，你胡编一个试试，那么容易吗？唉，没办法，有些人思想太僵化！

我算看透了，电影厂认人不认本儿，全是一帮不仁不义的家伙！等着吧，等打响了，咱们再说。委曲求全，还得先找个能通过的题材，先弄一个出来，艺术上粗糙一点都没关系。先打出去！

这个先放放。等出了名，轮上出国的机会。英国、法国、日

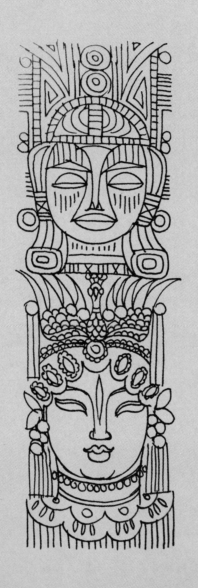

本、意大利，你们抢让你们去；咱来个高风格，自愿去第三世界。哪怕逛了十来天呢，反正你不能说我没生活了。对，到那时候再把这颗炮弹打出去！现在嘛，还得着眼于国内，找个大家都关心的问题。什么呢？

大家都关心的？大家……啊，对了，老干部退休，精简机构！

对，对，对，这个题材太新了！听王飞说，他爸爸那个单位要合并，打电话去都没人接了。快，要快，看吧，半年之后，这就是热门题材！

搞电影，关键是当机立断，看准了就干！本子能不能通过，就看你气候摸得准不准！顺着这个思路下去，保险没错儿！

主角，当然是一个老干部。跟王飞他爸差不多，六十四五岁，正面临退的问题。他，到底是愿退呢？还是不愿退呢？我看，多半是不愿退。大势所趋，自然淘汰，不退又不行。可，主要人物必须是个正面形象。他思想上是通的，也难免有些顾虑。或者说有些斗争。人的思想嘛，都是很复杂的。像现在这些片子，好人就无懈可击，坏人就一无是处，太浅！我这个人物，他就很复杂。面临作出抉择的关头，他不能平静，思绪如大海的波涛，汹涌起伏……

对，应该有这样一个场面：

静静的海湾。最好是到海南岛去拍。嘿，听说海南岛有个地方真叫天涯海角。听说那四个字还刻在沙滩的一块大石头上。对，一定指明到那儿拍。背景就是那块巨石。"天涯海角"四个大字一定要拍清楚。这是很有寓意的。他在人生的路上，已经走到天涯海角了，他该怎么办？这太深刻了，太有哲理性了！电影嘛，不能看完就完，主要是，给人以深刻的启示。

他默默地站在这块巨石前，老泪纵横，呆呆地凝望着"天涯海角"四个大字。镜头拉开。他在巨石前显得那么渺小。突然，他猛地转过身去，迈开大步，沿着沙滩走去。海上的风吹拂着他的白发，层层海浪拍打在他的脚下。狂风海浪，气氛一定要渲染够。衬托出主人公内心激烈的矛盾。这儿不需要什么语言。现在的电影话太多了。不懂得调用电影的手段。其实，观众完全可以领会。当然，关键看演员了。沙滩上留下了他的一串脚印……

唔——海，海，老是海边，老一套，太俗！谈恋爱上海边追去。思想不通上海边溜达去。挺好的场景全让那些破片子糟蹋了。不行，不能去海边儿。换个地儿，换什么地儿呢？上山？对，叫他上山。

上什么山呢？庐山？嗯，不能上。有《庐山恋》了。华山？有《智取华山》，不新鲜了。黄山？纪录片早拍过了，不能再用。听说杭州有个莫干山。那年王飞他爸去过。说那山从前是蒋介石、宋美龄避暑的。现在就剩下几幢老式别墅，没啥好玩的，也没啥名胜古迹。一般人不大注意。对了，听说那儿还有个"观日台"，看日出？

好！清晨，天蒙蒙亮，雾霭中，他拾阶而上。爬到半山，他觉得累了。他手扶着一棵大松树，擦着头上的汗水，气喘吁吁。他感到两腿发软，感到精力确实不行了，老了，该退了。

这里还缺点思想！他想，他想，不能再等了，我必须，马上退下来，让年轻的同志上。这嘛，还行。不过，不够高。应该说，退，是为了进。为祖国"四化"事业能更快地前进！为，为一批新生力量进，为了革命事业的进！他回忆起自己火热的青春年代……

穿插这样一些镜头：他带领武工队翻山去打鬼子。他身穿军装，指挥部队攻打华山。

他眼中闪着兴奋的光辉。擦干头上的汗水，又继续往上走。他坚实的步伐。他刚毅的脸。他挥舞着的手臂。他高大的身躯。一排排绿树向后闪去，一片片竹林向后移去。他顽强地朝观日台上攀登！

啊，终于爬上了观日台。他登高一望，群山尽览，层层梯田，一片葱茏。清新的空气，太阳冉冉地升起。一条红线，变成一个大火球。照亮了群山，照亮了大地万物。啊，他感到自己的心胸是那么开阔。他感到大自然的威力。他伸展双臂，感到身上充满了无穷无尽的力量，使不完的……

那，那，他这情绪不符合规定情景呀！这么意气风发的，他应该上呀，他怎么觉得自己应该下呢？不行，不行，上山不行。

关键是要能准确表达他的情绪！

嗐，这才对。他虽然决定退了，但他仍然放不下，放不下他操劳了几十年的事业。这是符合人物思想的。他的生命是和他的事业连在一起的。那天几个老头在一块就说，退了干什么，叫我等死呀！对，他要最后去视察一次。上哪儿去呢？到林区。林区容易拍出色彩来。那他是哪个部的呢？农业部还是林业部？得了，这可不用交代那么清楚。太清楚了，电影一映，人家自动对号，找你打官司可受不了。反正他去林区了。

啊，原始森林。伐木工人。篝火。帐篷。他和工人一起，大碗喝酒，大块吃肉。烤鹿肉。这没错儿。《红楼梦》里史湘云最爱吃烤鹿肉。这要是彩色宽银幕拍出来，那是很壮观的。又是写工人，正经提倡的题材。行，定了，到林区。

主人公和工人们一块砍树。特写：他挥臂。高高举起的斧子，青筋暴露的手，汗流满面的脸。斧子对吗？好像是用电锯。嗯，改成他拉着电锯。用力地拉，然后是脸。嗯……那电锯用得着人使劲拉吗？嗐，甭在这些地方耽误时间。文学剧本只提供一个线索。到时候，导演得带演员一块去深入生活，该怎么拍就怎么拍吧！

然后放木。听谁说来着？林区运木不用人，树自个儿从山上滚下来，顺着山坡滚到河里。扎成木排，木排自己就顺水漂走，到了该去的地方。对了，有个小说叫什么，《没有航标的河流》，听说就是专写放排的。明天找来看看。

这儿应该出戏！河水湍急。两岸是青青的树木。木排顺流而下。站在木排上的，是他那高大的身躯。他的白发被微风吹拂……歌声！这儿歌声绝不可少。

歌词儿呢？长长木排江中游，巍巍群山两岸走。这不是《闪闪的红星》吗？怎么搞的，全乱套了。太累了！要编个《老干部之歌》。歌词儿得好好琢磨琢磨。这，以后再说，实在不行，找写歌词的帮个忙。这是次要问题，关键是片名。叫，叫个什么名儿，才恰当呢？

《闹精简》。

这名字上口！有民族特点，好！中国戏很讲究这个"闹"字，《闹元宵》《闹龙宫》《闹学》《闹天宫》！多了。电影可还没一个这样的。继承民族传统，不能把老祖宗忘了，这很重要。

不过，这个"闹"字，用在这儿，人家会不会误解为有点贬义，起码有点喜剧色彩？这当然是正剧，很严肃的主题。看来"闹"不确切。改改，改个什么好呢？真伤脑筋……

关键是，电影厂会不会鸡蛋里挑骨头？说这剧本也太干预政治了！他们缺乏的就是这份儿敏感！

这些电影厂，没一家识货的。观众更甭说，欣赏水平太低。看看那些片子，什么《小街》呀，根本构不成悲剧矛盾。不就为一条辫子吗？我看张瑜不要那根辫子，短头发，假小子，更帅，哭什么呀！什么《巴山夜雨》，还得奖！情节就经不起推敲。"四人帮"那会儿，押送的犯人还能自由自在地在船上溜达？还能跳下河去救人？纯属瞎编嘛！好本子上不去。上去的没好本子。这种片子拍出来还卖座儿，真能把人气死！

其实，编来编去全是老一套。老干部受委屈呀，青年人不学好呀，三角恋爱呀，婆婆儿媳妇呀，叽叽喳喳的，离不了男人女人，离不了人，还能出什么新？得跳出这个框框，离开人！不写人，写动物！绝了！

写个动物剧本！离开人群，来个新鲜的。动物嘛，世界各国都有。生态平衡，人类与动物是永存的。这才是共同性的，高级世界题材！真正打向世界的东西！聪明劲儿跑哪儿去了？早怎么没想到这个！

关键是选择一种动物！美国有个什么片子？就拍一个鸟儿。找了一个鸟明星，轰动一时。日本《狐狸的故事》，拍得真不错。要找一种，一种比较可爱，也能演戏的。狗？杰克·伦敦早写了，不能跟人家后头。马？《黑驹》演绝了。老虎？驯虎女郎，倒不错，可惜也有了。蛇？太可怕，也出不了什么戏。狮子？太凶。

豹？熊？熊……哎，哎，怎么这么笨哪！放着现成的！我国独一无二、世界无双的，熊猫嘛！哎呀，熊猫呀熊猫，简直是打向世界天生的动物明星！

定了！动物片，熊猫！彩色的，当然是宽银幕，准备出口的。色彩一定要好。要和电影厂先谈妥，一定要用美国伊斯曼胶卷。

一对小熊猫，生长在深山密林中。是什么地方呢？好像是云南。不对，是四川，也可能是广西？这，没关系，明天上图书馆查查去。反正是原始森林里。

原始森林。千年的古树，各种猛兽，猩猩、羚羊、小松鼠，蛮荒时代的景色。一个镜头就把观众抓住。竹林里，有一对可爱的小熊猫，得给它们取个名字。嗯，一个叫甜甜，一个叫蜜蜜。名字好极了！

甜甜和蜜蜜，它们……当然得有故事。它们一块儿在草地上玩儿，一块儿吃竹子。两小无猜，青梅竹马。感情是那么纯真。

有这样一个镜头：它们俩沿着一条林中小路，去河边喝水。你追我赶，跑呀跑呀，小熊猫儿，叽里咕噜地跑，多逗人爱呀！它们喝饱了水，又嬉笑着往回跑。慢慢它们长大了，相爱了。动物片就是有个问题，不会说话。语言是个问题。音乐当然是不可少的。对，必须有一首歌，贯穿始终的，主题歌。小路是它们爱情的见证，歌词儿，歌词儿这样：

走在林间的小路上，
青青的竹子在两旁。

嗯，要有熊猫的特点。它们怎么叫呢？会不会叫呢？反正会出声儿吧，啊呜啊呜，没错儿。熊猫最爱吃竹子，对：

> 啊呜啊呜一块儿吃，
>
> 甜甜的滋味在心上。

嗯，怎么有点像《乡间小路》？台湾校园歌曲的调儿？嘻，这甭管，到时候人家谱曲的有办法。

得有一个表示它们相爱的场面。现在中国电影不解放，拥抱的镜头老挨批。也难怪，民族习惯嘛！熊猫，可就是另外一个问题了。它们在地上打滚儿，紧紧地拥抱，热烈地亲吻，亲吻？熊猫是……对，改成互相抓挠。没穿衣服？那没关系。正好不用脱！然后它们一块儿吃竹子。一棵嫩竹子，它们一个吃一节。它们一块儿吃竹子的镜头一定要反复。这一点要跟导演交代清楚。这对表示它们的爱情很具体，有说服力。

下边呢？要有点起伏。当然，好事多磨，不幸的事情发生了。一天早晨，甜甜睡醒了，精神抖擞地跑呀，跑呀，独自跑出了森林。

啪！它被公社社员捉住了。

蜜蜜睁开眼，不见甜甜，飞快地追到河边，不见甜甜的影子，它急了。它在森林中飞快地跑，东奔西跑。它不吃竹子了，它不睡觉了，发出悲鸣……熊猫会发出悲鸣吗？没关系，明天上动物园去了解一下。反正它做出各种悲伤的姿态。

特写镜头：它用两个爪子捂住眼睛，它在哭泣。它撕扯胸膛，表示痛不欲生。气氛的渲染一定要足，狂风，暴雨，雷电。总之，这，主要靠导演的技巧了。

啪！镜头一转。飞驰的火车。车厢里一个铁笼子。甜甜呆呆地坐着，它失去了自由，失去了心爱的。必须把它的神态拍出来。

啪！镜头一转。孩子们的笑脸，大人们的笑脸，嘈杂的人声，乱哄哄的笑声。好多游客在观看熊猫。

这里一定要特写镜头：甜甜独自坐在一块假石山上，冷漠地望着灰色的天空，它在回忆着……对，穿插几个画面：它和蜜蜜在小路上奔跑，它们在草地上打滚，它们在一块吃竹子……它低着头坐在石山上，对四周的一切都不感兴趣。这要拍好了，可太动人了。

还要有点故事。要加一个角色才行。嗯……动物园里本来有一只小熊猫，当然，是个姑娘，比甜甜大。她叫什么呢？叫，叫娇娇。娇娇本来在动物园很孤独，很寂寞。甜甜来了，它高兴极了，立刻对甜甜极其友好。一见钟情。

甜甜呢？不，它看娇娇不顺眼。怎么不顺……对，蜜蜜脸上有块黑花长在左边。娇娇脸上的黑花长在右边，瞧着就别扭。它吃竹子的样子也不文雅，不像个姑娘。它一笑，透着那么假。关键是，要把甜甜的内心活动表现出来。

娇娇拿来了嫩竹子，要和甜甜一块儿吃，甜甜把脸扭一边，不跟它一块儿吃竹子。娇娇见甜甜在喝水，走到它身边。甜甜立刻躲开了。其他嘛，导演可以再想想办法。

蜜蜜呢？嗯，两条线进行。它只身徘徊在那条林中小路上。它消瘦了。它望着竹子，不吃了。突然，它疯狂地跑了起来，跑呀跑呀，跑出了森林。它决定去找甜甜。它的神情是，哪怕跑到天涯海角，也要找到它的甜甜。

后来呢？找没找到呢？中国观众不喜欢悲剧结尾。评论界也不懂悲剧的妙处。老说"调子低"呀，"调子低"呀，好，给他们来个调子高的。来个大团圆。

蜜蜜也被捉住了。它也被送到动物园了。

啪！甜甜和蜜蜜小别重逢的场面。它们热烈拥抱，在地上滚成一团。然后，它们并肩坐在假石山上，一块儿起劲地吃竹子。欢乐的气氛必须显出来，歌声又起：

走在林间的小路上……

最后？最后应该掀起一个高潮。

正巧。要送给美国人民一对熊猫。嗯，对了，这儿要有一点曲折。本来决定甜甜和娇娇去。甜甜悲哀极了。它觉得世界毁灭了。它拒绝吃竹子，绝食抗议。躺在笼子的一角不起来。动物园的领导再三调查研究，发现了问题。最后决定甜甜和蜜蜜去。呀，它们得知这消息，可乐坏了。有情人终成眷属，小伉俪双双出国！

啪！银灰色的飞机。甜甜和蜜蜜坐在机舱里。动物园的领导坐在旁边。飞机上的各国旅客都慈爱地望着这对幸福的小熊猫！

银灰色的飞机在蓝天中盘旋，盘旋！

很完整的一个故事！绝了！

剩下的就是片名了。真是，各人有各人的习惯。有人是先想好名字再编故事，其实是主题先行。我总是最后才考虑片名。人物形象、故事情节都定了，才产生名字嘛！叫什么好呢？嘻，现成的嘛：

《熊猫恋歌》。

有人说，这个恋，那个恋的太多了。那是指人，可没说动物。熊猫加恋爱，这片子，头一份儿。

哎呀，脑力劳动可真不是闹着玩儿的。晚上吃的两个馒头早没影儿了。消耗太大。这么干不行，得加点儿油。一点半了，吃碗馄饨去吧？没地儿了。服务行业真没治！记着明天去买斤蛋糕。

演员能找着吗？熊猫倒是挺好玩儿，慢慢腾腾，圆咕隆咚的。就是笨了巴叽，会表演吗？熊猫是稀有动物，动物园就那么几个。演员可要百里挑一。这片子里起码要三个，上哪儿挑去呀？这么复杂的剧情，它们能演出来吗？

问题严重了。就算本子写好，过五关斩六将，文学组通过，送审也通过了，没人敢接片子，那也白搭呀！咳，中国的导演缺乏的就是干劲。他们敢为培养一个熊猫明星不顾一切吗？我看哪，够呛！压根儿没有为艺术献身的精神！中国出不了好电影！

靠现在这帮人，电影没希望。想搞点事业的，要敢拼，敢闯，要逆潮流而上。拿出好本子来，堵住人家的口。凭这点儿才气，我就不信编不出来，干！

唉！今天真够累的了。先睡觉吧，明天接着编！

本篇插画作者：韩美林

# 弯弯的月亮

一

麦子割完了，人瘦了。

场光地净，金黄色的千里麦田裸露出褐黑的本色。全村的人，男男女女，七天七夜没有睡过一个好觉。此刻，一个个都跟散了架似的，脑袋挨着枕头就睡着了。

太阳老高老高了，昨天还是人欢马叫的村里，今天连人影儿也不见了。街头、地里、场上，到处静悄悄的，好像满村人都吃了安眠药，怎么也叫不醒了。那些鸡呀、鸭呀、猪呀、羊呀，似乎都体谅到主人的劳累，也乖乖地待在一边，不吱声儿了。

直到晌午，当家的女人才爬起来，蹑手蹑脚地跑到院里去抱柴火生火做饭。接着，男人们也醒了。他们还不忙起身，先躺在炕上抽一袋烟，肚子里的算盘随着从嘴里吐出的烟雾拨动起来：按照原先的生产指标，今年能多分多少麦子？

而姑娘们和小伙子们是醒得最早的。他们浑身的活力好像不仅没有在麦收中耗尽，反而得到充实。不知在什么时候，他们就按照新鲜而又古老的方式，在井台边，在柳树下，在各种僻静的地方“不期而遇”……

## 二

在打麦场边。

“小莲子，今晚镇上映电影。”说话的是一个名叫金泉的小伙子。他穿着红色的背心，露出两条结实的臂膀，黑油油的脸上两个眼睛在发亮。

“你骗人！”十八岁的小莲子，手指绕着长长的辫梢，看上去还是个不谙事的小姑娘。

“我什么时候骗过人？”小伙子急了，大眼睛睁得像铃铛。

“真的？什么片子？”

“《被爱情遗忘的角落》，可好看呢！你去吗？”

“我……”

“去吧，咹？”

“我……不去。这两天，都把人累死了！”

“嘿，看电影儿就是休息嘛！等放映队到村里，不定哪年哪月呢！”

“我妈不让我去外村看电影。”

“为什么？”

“我妈说，深更半夜的，一个姑娘家满世界野，学不出好来。再说，碰见流氓咋办？”

"有我呢，你怕啥？"

"你？"小莲子笑了。

"你信不过我？别说一个小流氓，就凭我这胳膊，对付仨俩的，没问题！"金泉使劲抢着自己的粗胳膊，得意洋洋地说。

小莲子还是抿着嘴儿笑。

"你笑什么？"

"我妈说，说，你也不是啥好东西……"

"啥！我不是……"

"她还说……"

"还说什么？"金泉急得涨红了脸。

"我不说了。"小莲子把长辫子甩到脑后，瞅着他只是笑。

"说吧！你还跟我保密？"

"说了，你又该生气了。"

"没事儿，你说吧！"

"我妈说，叫我往后，少跟你一块堆儿。"

"你妈，嘻！……你真听她的？"

"我？"

"小莲子，你说，你对我到底怎么看吧？"

"我，我不知道。"

……

谈话是这样结束的：

"那，咱们可说好了，早点吃饭，我在村口等你。不见不散！"

"我妈要问我上哪儿去呢？"

"嘻！你不会说上姥姥家！"

"你还说不骗人呢，嘻嘻！"

# 三

在村口，他等着了她。两人一块上路了。

一条大路伸延到远方。除了两旁稀稀疏疏新栽的小杨树和西斜的一片阳光，四周空寂无人。

这是一个奇怪的队形。大路左边走着那位姑娘，她穿着小红花的褂子，灰布裤子。右边走着那个小伙子，他穿着新买的的确良白衬衣，蓝布裤子。姑娘靠后，小伙子靠前。他们觉得，这样的走法最安全了。在旁人眼里，这一定是两个毫不相干的赶路人。

直到走出几里地时，估摸不会碰到本村的人了，两人才走到一起来。

金泉是个心灵手巧的青年，他在镇上的社办企业当过临时工，在县里给公家盖过大楼，还在北京城里大机关烧过锅炉。一年总有三五个月，他随着队上的能工巧匠外出干活。村里人都夸金泉学一行会一行，有力气也肯卖力气，是个难得的好小伙子，将来准有大出息。他见多识广，还知道很多"中央的事儿"呢。

"小莲子，今年冬天，我要是还到北京烧锅炉，你也去一趟，我带你玩去！"金泉诚心诚意地说。

"有啥好玩的，我才不爱去呢！"姑娘说话嘴不对着心。

"好玩的地儿多着呢！故宫、北海、颐和园、天坛；对了，天坛那边还有个自然博物馆，我去过一回，可长见识啦！"说着，他伸平双臂，比划着，"有恐龙化石，这么长，这么大。你知道啥叫恐龙吗？"

小莲子摇摇头。

"那是几千几万万年以前的一种怪物，这会儿早绝种了。化石，就是恐龙的骨头。"

"那我不看，怪吓人的。"

"你要是害怕，咱们就不去那儿。对了，咱们上天文馆！"

"什么天文馆呀？"

"天文馆，就是一个大圆顶房子，有咱们场院十个大。参观的人一进去，坐好了，灯一灭，头顶上就现出天空、星星、月亮。解说员讲得可明白啦！天是怎么回事，地是怎么回事，月亮上面是怎么回事……"

"真的？月亮上有嫦娥吗？"

"没——有，那是神话。"

"有兔儿爷吗？"

"嘻！没告诉你吗？那是神话，月亮就是月亮，月亮呀……"

"那多没劲。我奶奶说，嫦娥……"

"你奶奶，那是讲故事。人家天文馆，讲的全是科学知识。我记得可清楚了，人家说，月亮跟地球一样，是太阳系的一颗行星，它自己不会发光……"

"不会发光怎么亮呢？"

"月亮的光，是太阳光反射出来的呀！太阳呀……"

她听他滔滔不绝地讲着太阳系、银河系、宇宙……他知道得真多啊！

"唉！城里真好！"小莲子叹气了，"你说，我能进城当工人吗？"

金泉一愣，他不忍心让姑娘失望，又不愿用谎言去搪塞，只好问道：

"你干吗不愿意在村里干活？"

"累死了！"小莲子叹息着，"我爹包了十亩地，成天不叫人闲一会儿。"

"你爹也太狠了！"小伙子无限同情她。

"他说，趁现在中央政策放宽，还不豁出命去干？赶明儿政策一变，想豁命还没地儿呢！"

"你妈呢？她不疼你？"

"我妈，就惦着多挣几个，给我哥盖房，娶媳妇，抱孙子！"

小伙子也跟着叹气了。

"累倒不怕。"小莲子眼睛望着路边的小草，深深抽了一口气，说，"想想真没意思！人活一辈子，累死累活，就为盖几间房？"

金泉着慌了，年轻轻的姑娘怎么会有这种思想？他很想讲一通人生的大道理，使她豁然开朗，顿时领略到人生的真谛和生活的乐趣。可惜，他那初中二年级的水平，讲不出那一番大道理来。

"小莲子，你，你可不能这么想。"小伙子结结巴巴地说，"往后，会好起来的，到那时候，咱们农村也跟城里一样。对了，这叫……叫，叫消灭城乡差别。"

小伙子好像忽然得到神灵的启迪，居然想起有一回在城里干活时，人家机关夜大正讲课，他在门外窗户边站了半天，听来的那只言片语。于是他说：

“到了那时候，人就不光是劳力了。他想干活就干活，不想干活就歇着，想打猎就打猎，想画画就画画，想着电影就看电影……想干啥就干啥。”

小莲子皱起眉头笑了，用老气横秋的口气说道：

“算啦，别骗人啦！”

“这是真的！”小伙子急了。

“我知道，那叫共产主义。小学老师也讲过。”姑娘淡淡地说，不由得又叹了口气，“我肯定活不到那一天！”

小伙子真没词儿了。

“我就想，像城里工人那样，干活有钟点。”姑娘望着前面的路，平静地说，“干完活，穿得干干净净的，看电影，上文化宫。要不，就去看看你说的那个天文馆，看看月亮里到底有没有嫦娥。”

小伙子又热烈起来：

“那不难，上回我在县里，听县文化馆的人说，中央有命令，要把农村的集镇建成文化中心。要建电影院、图书馆、科技站，说不定还要建个小天文馆呢！到那时候，镇上跟城里一样，不就行了？”

“你骗我没用。”

“我什么时候骗过你呀！你没见报上说的要建设精神文明吗？割麦子前两天我上大队部，正赶上来了报纸，干部们还没顾得上卷烟抽，我瞧了一眼。那报纸兴许还在，回去我找给你瞧！报上说的，科学、教育、体育、卫生，都属精神文明。”

对了，报上是这么说的。也许，这不是骗人的。

他们走着，说着；说着，走着；不知不觉来到了镇上。

# 四

镇上只有一条街。

街上都是独一家的买卖。一家供销社、一家百货店、一家饭馆、一家自行车修理铺……时近黄昏，所有的店家都关门了。

自从放宽政策以来，也曾有敢于冒尖的个体户，在国营饭馆旁边，铺开案子，架起油锅，专卖油饼，现炸现卖，香酥可口。外带煮老豆腐，麻酱香菜辣椒油，配料齐全。据说，一月能挣上千元。后来，又说是"有碍卫生"，被粮食局卡了油粮的供应，不得不收摊了。

如今，只剩下镇上一个孤老头，挎着一个油腻腻的篮子，用一块黑乎乎的毛巾盖着几根麻花，从街的这头走到那头，用他嘶哑的嗓子叫卖着，点缀着这小镇上的经济生活。

在街头迎接小莲子和金泉的，就是这卖麻花的老头。他本来已经没精打采的了，见来了人，便扯开喉咙叫了一声：

"麻花——脆嘞！"

那声音可真不好听。

金泉和小莲子加快脚步，直奔到街上。奇怪，街上冷清清的，只有几个光脊梁的小孩，趴在街边玩掀三角儿。

"哪儿映电影儿呀，你骗人！"小莲子又气又急，两颗乌黑的眼珠转动着，好像要哭出来了。

"是说要映嘛！"金泉心里也发慌了，"咱们上小学校看看去！"

221

每回县里来了放映队，场子都设在小学的操场上。他们忙转身跑到小学校。学生放了学，老师屋门锁着，教室的门敞着，里外不见一个人影。

小莲子愣在那儿，连埋怨的话都说不出来了。

"咱们上公社问问去！"金泉憋得脸通红。

"我不去！"

可是，金泉执意要去问个明白。他的诚实受到怀疑，怎么能不问呢？

公社在街的东头，大门敞开着，里边也没人。

金泉走近北屋，跨上两磴石头台阶，扒着窗户朝里看，只见一个干部低着头在写什么。小莲子远远地站在院子中间，不敢近前。

"谁在外边？"屋里的人抬起头来问道。

金泉赶忙跳下台阶，屋门已经开了。金泉一看，站在那儿的正是矮矮胖胖的办公室何主任。

何主任可不认识金泉，他站在门口问道：

"你是哪个村的？有什么事？"

"没，没什么事。"金泉结结巴巴地说，"我们想问问，今晚上有电影吗？"

"电影？谁说映电影？"

"我，在村里听说的。"金泉还想问个明白，是不是原定映电影的计划改变了。

"走吧！"小莲子拉了拉金泉的衣角，她有点怕这位主任。

"没有的事儿！"何主任把目光从金泉身上扫到小莲子身上，说，"你们这些小青年啊，就知道看电影！现在的电影有什么好看的？不是女的跑，男的追，就是你爱她，她不爱你，看了学不出好来！你们呀，麦收大忙的，还不赶紧回地里干活去！"

"我们村的麦子都收完了。"金泉咕哝着答道。

"完了？你们是哪个村的？麦子割完了，就没别的活儿了？"何主任说，"现在中央提倡广开财路，能挣钱的活儿多着呢！"

"中央还提倡建立农村文化中心呢！"金泉气呼呼地反驳着。

"文化中心？嚯，你知道得还不少！"何主任撇嘴一笑，把小伙子打量了一番，说，"我问你，建文化中心，谁出钱？"

"公家呗！"

"公家？公家是大银行，堆着钱叫你胡花？年轻轻的，吃饱喝足了别不知好歹！别跟这儿捣乱了，快回去，去吧！"

"那——农民填饱肚子就行了？"金泉不服气地顶了一句。

"怎么着，吃饱了你还想上天？"

小莲子直朝金泉使眼色，让他快走，金泉不理，还说：

"农民就不要文化生活了？"

何主任看了看这愣头青，笑了笑说：

"谁说不要文化生活了？你别不知足，你们大队不是买了电视机了？"

"电视机？"金泉一听，气也不打一处来，叫道，"有电视机也是个摆设！电业局不给电，管啥用？"

"谁说不给电？"

"给是给，就是晚点儿。"

"晚？"

"可不，大人孩子躺炕上睡一小觉了，它才来。"

"真的？"

"不信您打听打听去，村里人管供电局叫啥？"

"叫啥？"

"'照光腔'！"

何主任也憋不住笑了。然后，他正经八百地说：

"行了，行了，快走吧！回去干活去！年轻人别身在福中不知福！"


# 五

怎么办呢？只好回村去了。

他们俩闷闷不乐地往回走，刚走到供销社门口，就见一辆大卡车停在那儿。

"金泉，上哪儿去？"车门打开，一个二十多岁的司机跳下车来。

"小陈！你啥时候来的？"小陈是县里运输公司的司机，他和金泉过去认识。

"拉货来了，刚卸完车。"小陈打量着金泉和小莲子，又问，"你上哪儿？"

金泉泄气地说：

"我们来看电影，可——不映了。"

"想看电影？这容易。来！上车，今晚上县里映《生死恋》。日本片子，棒极了，我看过两回了。"

日本电影，《生死恋》，这可是不下村子演的片子，两个年轻人心里痒痒的。可是，离县城好几十里地，为看一场电影上一次城，这有多荒唐啊！

"走吧，走吧！"热心肠的小陈早就把车厢的后板放下来了。

"县城有多远呀？"小莲子红着脸问。她长这么大，还没有去过县城。有一回，隔壁的二姐找好了对象，男家带着二姐去县城买衣服，小莲子想跟去玩一趟。可妈不准，说是等赶明儿小莲子自个找了对象，不愁没有去的时候。见小莲子嘬着嘴，奶奶在一边说，她活了七十八，没去过一趟县城，不是照样活着吗？骂小莲子心野，没个姑娘家的样儿。在小莲子的心中，县城是个遥远而又神秘好玩的地方。

"不远，坐上车，半个钟头就到。"小陈说。

金泉动了心，再过半个钟头，就能到县里，坐在电影院的椅子上看外国电影，这是多好的机会呀！他望望小莲子，小莲子低着头，面有难色：

"那怎么回来呀？"

"赶公共汽车，没问题！花几角钱车费，你们没带着，我这儿有。"小陈真够仗义的。

"带着呢！带着呢！"

金泉一边说，一边已蹬着后轮胎，噌地蹿上了车。他伸出手来给小莲子，身不由己，小莲子紧紧抓着这只手，也上了车。

"空车，够颠的，你们扶好！"小陈叮嘱了几句，反身跨进驾驶室。车开动了。

小莲子蜷身在车厢一角，两手紧紧地攥着车板。起初，她有点害怕。一怕车颠来颠去把自个儿抛到沟里去；二怕县城街上人挤来挤去把她自个儿挤丢了；三怕电影看完没车回家；四怕爹知道了打断她的双腿。后来，觉得这车子不像会翻到沟里的样子，心里才不那么紧张，发白的小脸上才慢慢恢复了红晕的颜色。

不过，这总是一次冒险啊！就冒这么一次吧！年轻人生活中没有冒险，不就太单调了吗？她抬起头来，满心喜欢地望着带她冒险出游的金泉。

金泉胆子真大，他笔直地站在车厢前部，两手扶着车板，挺像个检阅部队的将军。真的，真有点像。他的眉毛又粗又黑，要是穿一身军装，真像。不过，将军都是老头儿，可没有像他这个岁数的！

"来，小莲子，站这儿，可舒服了！"金泉又伸出大手来。

小莲子拉着这只手，站起来。

啊！真好！车跑得多快呀！树呀，地呀，屋顶呀，刷一下就闪过去了，跟电影里映的一样。一股强劲的风迎面扑来，头发飞起来了，衣服飞起来了，人也像是飞起来了！

"金泉哥！"她叫了一声，脸红了，心里说不出的高兴。

# 六

坐在电影院看电影，这对小莲子来说，生平还是第一次。没有孩子哭，没有大人叫，听得特别清，看得特别真。那个日本姑娘多好！那个小伙子对她多忠心！她死了，他还爱着她。我死了呢？谁来爱我？金泉吗？……

# 七

看完电影，赶到长途汽车站，末班车早就开走了。眼看回不了家了，什么日本姑娘，什么爱不爱的，统统不见了，小莲子哭了。

"都是你！都是你！"她抽噎着。

金泉也急了。这可怎么办？从县城到公社四十多里地，再快，走回去也得大半夜了。

"小莲子，要不咱们找小陈去？让他替我们找个住的地方。"金泉也想不出啥好办法了。

"我不！我要回家。"小莲子抽抽搭搭地直劲摇头。

"好，好，你别哭呀！咱们一边走，一边找辆顺路的车搭一段。"

小莲子不理金泉了，一个人在前面急匆匆地走着。一边走，一边还挺委屈地说：

"以后我再也不跟你出来看电影了！"

"嘻！这都怪我，怪我！"金泉迈着大步紧跟在后边。

出了县城，走上公路，没有路灯照明了。小莲子抬头一看，高高的天空中挂着一弯残月，没有星星，没有云彩，只有那小半拉月亮，发出冷冷的青光。眼前的地面，两侧的田野和远远近近的房屋，都蒙在一层幽暗的冷光中。她忽然感到害怕了。

"金泉……你在哪儿呀！"她的声音在颤抖。

金泉赶上来问：

"怎么啦，小莲子？"

"我，我有点怕！"她朝四周瞧了瞧，脚步也放慢了。

"别怕，有我呢！"

他们并肩而行。

现在，金泉是小莲子唯一的依靠了。她生怕失去他，没有了金泉，她就没有保障了。她甚至失悔自己的任性，在车站时对他太凶了。这怎么能怨他呢？不是自己同意跟他一起来看电影的吗？金泉人真好，这么对他，他都没发火。

她心里觉得舒坦了，甚至高兴起来。假如，金泉要……要……要像电影上映的那样，她也不会拒绝。她可不能没有他。啊！生活原来也跟电影一样，也是那么好，那么美，只是有时候自己不知道。

可是，他，他什么话也不说。难道他没有感觉到这次出来看电影虽然冒失了点，可挺有趣呀！难道……

金泉确实没有领略到小莲子感受到的这种诗意。他只知道自己肩负着一个艰巨的任务——护送小莲子回村。而这是一个显然无法完成的任务，前面的路还远得很，小莲子是走不回去的。

他不时回头张望，希望能有一辆顺路的车驶来。然而，后边是一片黑沉沉的夜，没有可以搭乘的车。

"金泉，你怎么不说话呀！"

"我说什么呢？都是我不好！"

"谁让你老说这些！真的，你在天文馆看见的月亮，里边什么也没有吗？"

"真的没有。"

"那多不好呀！有嫦娥，有桂树，有兔儿爷，那才好呢！"

"好吧，那就有吧！"

"有什么？"

"你想有什么就有什么。"

小莲子扑哧一笑：

"你哄我呢！怎么会想有什么就有什么？月亮真怪可怜的，一个月才圆一次。老受人家欺负，不是这边缺了，就是那边缺了。有时全叫人遮住了，它连自己都保不住，还能保住嫦娥！"

小莲子自己信口说着，觉得怪伤心的。金泉听了，心里也不是滋味。

走啊，走啊，默默地走。路是那么长啊！终于，小莲子站住了说：

"我走不动了。"

"我背你。"

"不。"

"我拉着你走。"

"不。"

"那怎么办呢？"小伙子真没办法了。

"我困极了。就在这儿躺一会儿，行吧？"她扭头朝着路边的树影。

"不行，这要着凉。"他抬眼看了看前方黑洞洞的路，说，"走，再坚持一会儿，前边不远有个水泵房，到那儿去歇会儿。"

小莲子又鼓起勇气，朝前走去。

前边不远，果然有间泵房。这里离公社已经不远了，金泉松了一口气。

小莲子随着金泉下了公路，沿着一条大沟，走到泵房。刚一挨到房墙，她就侧身倒下了。

"别躺下，小莲子，要着凉！来，靠墙坐一会儿就行啦。"金泉把小莲子扶起来。

小莲子坐起来，背靠着墙，眼睛就闭上了。

金泉在一旁站着，小莲子真困了，就让她睡一会儿吧！他脱下外衣，弯下腰去，把衣服盖在她身上。这时，他似乎才第一次看见她长得什么样子。平常见到她，只能匆匆看一眼，不敢多看。现在她睡着了，什么也不知道了，可以看她了。朦胧的月光下，他才发现她长得真好看，歪在肩上端庄的脸，又黑又长的睫毛盖住了那一双会说话的眼睛，薄薄的嘴唇儿抿着……她的神态，使他记起了谁？啊，真像城里工艺美术公司橱窗里摆的一个美人。那个美人也是闭着眼睛的。

她在睡梦中嘴角还露出笑容，好像她有什么特别高兴的事；好像有个人守在她身边，她很放心，很幸福。忽然，她轻轻呻吟了一声，脸上露出难受的样子。这是怎么了？哦！她的头歪斜着，没有个搁的地方，挺难受的。

金泉忙小心地挨着她坐下，让她的头靠在自己的肩膀上。这就好了，她睡得踏实了。自己可不能睡，要睁大眼睛瞧着，守着。

夜风，飘来一阵阵幽香。金泉在醉人的香味中也睡着了。两人头挨着头，肩靠着肩。

# 八

"谁，谁在那儿？"

一声大喝，把两个年轻人惊醒了。

没有等他们闹明白这是在什么地方，发生了什么事情，一束强烈的手电筒光就直射过来。

小莲子尖叫一声，两手不由得紧紧地搂住金泉。

"又是你们俩！深更半夜的，你们在这儿干啥？"何主任打着手电，站在他们面前。

"没，我们什么也没……"金泉赶紧申辩。

小莲子这才发现自己搂着金泉，连忙松开了手。

"还不快起来！"何主任厉声喝道。

金泉和小莲子忙站起身来。小莲子又发现金泉的衬衣还披在自己身上，她一把扯下来，扔给金泉。

"走，跟我上公社去！"何主任命令道。

"我不去，我不去。"小莲子叫道，"我们没干坏事！"

"我们，上县城看，看电影去了。"金泉结结巴巴地说，"回来，没赶上车，走不动了。"

何主任将信将疑，又把两个年轻人打量了一番，然后盯住金泉问道：

"没说瞎话？"

"保证！"

"看的什么电影？"

"《生死恋》。"

何主任没看过《生死恋》，鼻子里"嗯"了一声，又转身问小莲子：

"他说的是实话吗？"

"是。"

"他……没欺侮你？"

"没有。"

何主任叹了一口气，说：

"你们这些年轻人，怎么说你们呢？看电影，看电影，好吧，看出事儿来了吧！真猜不透你们都怎么想的！深更半夜，蹲野地里。就算自己不干坏事，要遇上坏人呢？多亏是遇上我，要给民兵逮住，还不把你们绑起来，送派出所！"

小莲子吓得浑身哆嗦，金泉也觉得脊梁骨上直冒冷气。

"走吧，跟我到公社去。"何主任又说。

"我不去。我回家。"小莲子可怜巴巴的。

"去吧！"何主任用好意的口吻说，"我没别的意思。现在这么晚了，让你们俩走，我能放心吗？还是跟我到公社去休息会儿，天亮了再走。"

# 九

何主任把小莲子安排在一间有张单人床的办公室里，回头对站在外屋的金泉说：

"你呀，小伙子，委屈点，坐那儿打个盹吧！"

金泉感激地点点头，能在屋里打盹，比在外头强多了。

小莲子很快就睡着了。她做了一个好梦，梦见自己真飞起来了，飞向那圆圆的月亮中去了。嫦娥向她伸出手来，牵着她的手跨进了月宫。啊！多美的地方呀！那些楼，那些亭，都是透亮的，四周全是花，全是树，什么都有。金泉真会骗人，还说月亮上什么也没有……

可是，这又是怎么回事？月宫怎么摇晃了，站不稳了？它好像在飞，像流星一样要掉到什么地方去了。啊，月亮飞走了，我怎么办？我攥不住它，我要跌倒了……

小莲子被可怕的"失重"惊醒了。她睁开眼，发现自己睡在一个陌生的地方。窗外，天已经亮了。同时，她听见外屋何主任在打电话：

"……是的，一男一女，是你们大队的……同志，你们要从这件事吸取教训啊！县里和公社多次强调，实行责任制，思想政治工作不能放松。你看看，不抓思想政治工作，年轻人都变成啥样了？整天惦着看电影，这还不出事？唉，快派个人来，把他们领回去。……要抓紧对他们进行教育。当然，要注意方式方法。可不要开批判会，主要是正面引导……"

# 一个不正常的女人

　　"小吴，你不要弄那些材料了，不用那么紧张，会议还要开几天嘛。来，先喝杯啤酒。

　　"什么？你不会喝酒，啤酒也不喝。烟呢？烟也不抽。唔，好，好，难得。现在的年轻人，有几个不抽烟、不喝酒的？我常跟我们局的年轻人说：'要学老干部的好传统、好作风、好经验，不要学我们身上不好的习惯——抽烟啦，喝酒啦，学它干什么。'可是，他们不听。好传统、好作风、好经验，学不进；抽烟、喝酒，一学就会。

　　"青岛啤酒味道真不错，夏天喝点，解热。嗯，哈，真不错！这个鬼天气，太不正常了，南方的火炉搬家，北方比南方还热。

　　"别，别，小吴，你别搬，就让电扇搁那儿吧。电扇扇出来的风，不正常。千万不能直冲着吹，吹久了会得关节炎的。对，对，别动，让它冲着墙角吹。你看，照样有风嘛。

　　"小吴啊，不是我当面夸你，这几年，我们部里来了这么多研究生、大学生，男的女的加在一起，就是你稳重、成熟、正派，对老同志也尊重。我常跟你们赵局长说，他运气好，分到个小吴，多顶用。你看，这次的专业会，你们局派你来就行了，不用你们赵局长亲自出马。我们局就不行了，数来数去，派不出人，还得我这个半老头子上阵，老牛破车，真有点顶不住了。

"有人骂我们占着茅坑不拉屎。这个茅坑，有什么好占的？我早就想退了。可是，总得有个接班人啊，总得把第三梯队安排好啊！这就是个大难题，到哪儿找人去！不错，这几年来的年轻人不少，个个都有文凭，不过，文凭不等于水平！说起来，倒是研究生、大学生，干起来呢，小事不愿干，大事干不了。写材料，一塌糊涂。搞调查，不得其门而入。关键是缺乏工作责任心，整天不知想些什么，拉拉扯扯，嘻嘻哈哈，工作效率极低，这还能搞'四化'？我们的教育部门也有问题，培养出来的尽是这种人。人事部门也有问题，不管你业务部门要不要，硬塞。

"去年夏天，我们局就分来个张倩倩。你认识吗？高高的个儿，一年四季穿双高跟鞋，春夏秋冬一头披肩发。对，南方人。认识吧？肯定认识的。我常说，别看我们老部长那么联系群众，部里也有那么十分之一的人不认识他吧；李副部长调来三年了，少说也有三分之一的人不认识他；唯有这个张倩倩，分配来才一年，部里上上下下，没有一个人不认识她。连烧锅炉的临时工都能跟她点头打招呼。你说说，她的能量有多大？

"我是不喜欢背后说人闲话的。特别是女同志，尤其是年轻的女同志，说人家干什么？没意思。说多了，人家还倒打一耙，说你怎么怎么了。可是，这个张倩倩，实在太出格，太不正常了。没法儿叫人不说她。你瞧那身打扮，你看那笑的模样，你听那说话的腔调，简直是叫人无法忍受。

"她一分到我们局里，我就跟人说过：'看着吧，这位小姐来了，我们局就快出名了。'怎么样？果然不出我所料，没过半年，她就跟我们局的王胖子打得火热。王胖子，知道吗？我们局的一个处长，都四十六七了，家里有老婆有孩子。可，她、她竟然跟他……你说，这像什么话？

"你不相信？嘻，跟你说实话，开始我也不相信。一个二十多岁的女大学生，长得也不错，也有点小聪明，怎么能跟王胖子搞上呢？王胖子这人，既无貌，也无才，除了那一身重量，还有什么？她怎么能跟他胡搞呢？不可能的事嘛！

"什么事情都是眼见为实。要不是有几次，给我碰上了，我还真不敢相信呢。去年年底，部里在大华电影院包了一场电影，你还记得吧？你说，都是一个机关的人，自己凭票入场，不就完了吗？可她不，她站在电影院门口东张西望，显然是在等什么人嘛。

"我这个人粗中有细，我看得清清楚楚。我还问她：'小张，怎么不进去？'她说：'我等个人。'其实，像她这种年龄的大姑娘，正正经经交个朋友，两人看场电影，这是天经地义的事。可问题是，你不能瞎来嘛！你猜猜，她等的谁？

"王胖子！没两分钟王胖子就呼哧呼哧地来了。两人也不进去，就站在门口说。说话就说话吧，干吗声儿那么低？正大光明的事怕别人听吗？显然，见不得人嘛！

"等进了电影院，更不像话了。张倩倩背靠着一根柱子，王胖子就站在她对面，两人那个样子呀，啧啧，张倩倩还笑呢。笑，你大大方方地笑，也行呀。你看她那劲儿，又弯腰，又跺脚，又掏出小手绢捂着嘴，真是扭怩作态，不知人间有'羞耻'二字。

"最叫人看不下去的是，她还动手动脚。真的呀，我亲眼看见她举起拳头，半真半假地捶了王胖子一拳。啧，啧，啧，你说，这正常吗？大庭广众之间，一个大姑娘，跟个男的，就这么无所顾忌，不是卖弄风情是什么，唉？

"现在呀，第三者插足是个大问题。为什么离婚的这么多？不就因为插进了一个多余的第三者吗？这个张倩倩也是没有头脑，人家老夫老妻的，你插进去干什么？不过，话也得说回来，王胖子也不是个好东西！篱牢犬不入嘛，你行为端庄，举止严肃，她敢跟你胡来？

"什么？你说王胖子是在给她介绍对象？我怎么没有听说？不可能吧，像她这样的摩登女郎，追的人肯定不少，何须王胖子介绍？怎么？不是介绍，是做做她的工作？不见得吧，张倩倩这个人，年龄不大，交游甚广，她跟王胖子的关系肯定不正常。而且，小吴，我告诉你，就我掌握的材料，她呀，肯定不止这一个。

"怎么样，这你就不了解了吧！那天，也是我亲耳所闻。下午，我们正在他们大办公室开会，一个男的给她来电话，我正巧坐在电话机旁边，我说她出去了。过一会儿，他又来电话找她。我就问了：'你是哪儿？''你姓什么？''找她有什么事？'你猜怎么着？他就是不回答我，只告诉我他是公安局的，让张倩倩回来马上给他回电话。想用公安局吓唬人，太可恶了。你说，这正常吗？

"会刚散，张倩倩回来了。我就告诉她，有个男的给她打了两次电话。她冲我一撇嘴，也没问我那个男的姓甚名谁，是哪儿的，拿起电话就拨。这就很明显了嘛，她当然是知道那个男的要打电话来，说不定早就约好了几点几分来电话。因为叫她出去接待一

个来访，错过了这个电话。一回来，不得了，迫不及待地就给那个男的回电话。什么公安局的？谁知道是什么地方的小白脸！你说说，像话吗？

"我还没走呢，就在那儿站着，当然听见了。哎哟，那个肉麻哟，真叫人浑身起鸡皮疙瘩。好像是在商量约会的地点，就听她说'不，我不去，那多不好'，又说'以后吧，以后再说'，小吴哇，你是没看见，她打电话那副样子，一手拿着电话筒，一手玩着电话线，身子扭得像麻花似的。你说，打个电话，你做出千姿百态，人家那边看得见吗？

"最后，她说：'那好，就在老地方见吧！'听听，老地方，不是一回两回了。唉！现在的年轻人呀，什么事都干得出来。

"什么？什么？那天打电话的就是你？你小吴！这，这怎么可能呢？电话里明明说是公安局的嘛！噢——是为了怕我知道，事先约好了的代号。哎哟，小吴哇，看起来，你也不那么老实。其实，这有什么。谈恋爱，正常的嘛。我这个小小副局长，也不能横加干涉呀。我年轻的时候，也谈过恋爱，还谈过好几个呢，哈！哈！

"那么，王胖子是怎么回事？啊，是你托的他，托他去找她。哎呀，早知道是这么回事，你何必去找他，直接来找我嘛！

"好了，好了，不说这些了。不过，小吴，你老实告诉我，你跟张倩倩发展到什么程度了？还只是一般的接触！还没有确定关系！这是真话？好，如果真是这样的话，老弟，我还得进一言：你啊，最好还是认真考虑一下。张倩倩这个人，她，我撞见她跟别的男人在一起，不是三回两回了。就在我们离开北京的前两天，我就看见她，深更半夜跟一个男的逛马路。两人手挽着手，关系肯定不正常。可惜是晚上，我没有看见那男的什么样子！什么？什么？又是你！你们准备开完这个会就结婚?！

"噢！好嘛，好嘛，那太好了。这鬼天，真热，热得不正常……"

本篇插画作者：英韬

# 大公鸡悲喜剧

一

太不自由了！有这么养鸡的吗？一年到头关着，不许出去遛遛，还大队鸡场呢，会养鸡吗？

喔，活了几百天，没过一天好日子。那么小块地儿，几百只鸡搁一块儿，一个挨一个，身儿都转不开。说北京王府井挤，上海南京路挤，跟我们比比，算个屁！咯咯咯，咯咯咯，吵得脑浆子疼，简直活要命！没法儿不神经衰弱。

好不容易长到一斤多吧，生死关头来啦！十个母鸡才留一个公鸡，十比一呀，剩下的全处理啦！喔，我的那些哥们儿哟，从此天各一方，不知是死是活，八成儿都进了宰鸡场。听说有那种罐头厂，惨无鸡道，专门做"辣子笋鸡"。净挑一斤多的嫩公鸡呀！还嚷嚷"保护妇女和儿童合法权益"呢，杀童子鸡，怎么就没人管哪？

我呀，托爹妈的福，仗着个头大，捡了一条命。生存竞争嘛，可，活是活着，这日子，有什么劲！

　　长这么大，没见过太阳，这像话吗？老汪头，就不是个好人。瞧他那一撮小胡子，长得根本不是地儿，瘦得一把骨头，一肚子坏水儿。天蒙蒙亮，他就拉开灯。灯泡能顶太阳吗？糊弄谁呀！我爷爷说，它们那会儿，才叫过日子！只要你是个鸡，记住早出晚归，爱上哪儿上哪儿，没人管。河边儿啦，地头儿啦，院儿里啦，山坡儿啦，满世界随便溜达吧。大太阳底下，暖和和的。小草儿青青，野花儿多香啊！再瞧瞧我们，全关笼子里，还编上号，受洋罪！

　　老汪头还逢人就说呢："我们队上的鸡都住了高楼大厦啦。"这么个破鸡场，半土不洋，瞎宣传什么呀！简直就没听说过，让我们鸡住这种地方。这是鸡住的地儿吗？谁不知道呀，这儿原本是农具仓库，堆破烂的。门不像门，窗户不像窗户。夏天漏雨，冬天透风楼似的。就这破屋子，糊弄糊弄就让我们住，还分上、中、下铺，一层一层地把我们圈在笼子里，连地气儿都挨不着。谁愿意住呀！人无地气不活，鸡无地气不长。这点道理都不明白，还养鸡呢？穷折腾去吧。


　　　喔，何年何月
　　　才能够回到大自然的怀抱中去！
　　　喔，喔，什么时候
　　　才能让我亲吻泥土
　　　在开遍鲜花的原野上漫步呀！


　　这诗，怎么样？还有点诗味儿吧！起码唱出了这一代鸡的命运

有这样养鸡的吗？

老医光拍一拍地毛哪！

和悲哀。可恨老九斤黄，硬说歪曲了鸡的生活。喔，喔，喔，它自以为是，唠叨个没完。有本事，你来呀，你唱一首听听，哼！

二

开饭了。

提起吃饭，我气就不打一处来。看吧，老汪头一拐一拐地来啦。又提了一桶那玩意儿来，酸不酸，臭不臭，腥不腥的。什么混合饲料？还说高蛋白、矿物质、维生素，又是什么赖氨酸、色氨酸的，有那么回事儿吗？哼，还说有鱼粉！鱼骨头渣儿。什么味儿呀！想让鸡吃了长骨头，谁给他长呀！

就这么个破木头槽子，框得死死的，硬让你伸着脖子吃，活受罪哟！吃是人生一大乐趣，也是鸡生一大乐趣，只不过所乐各不相同。你以为鸡也跟你们人似的，一人占个席位，端个碗坐着吃就舒服？满不是那么回事儿。人长的是胃，我们鸡长的是嗉子，一样吗？小时候，我们就爱刨小沙子、小石头碴儿、黑煤碴儿吃。你们吃过吗？吃饭嘛，就得抢。你争我夺，吃着才香。我爷爷说，它们当年那个吃劲儿，嘻，甭提多美了。树阴凉下，小院儿里，主人家围着小炕桌吃喝。掉下的饭粒儿啦，窝头渣儿啦，一群鸡上去抢。谁有能耐谁多吃。从别的家伙嘴角上抢来的饭米粒儿，那才够味儿。吃嘛，不抢算吃了吗？我爷爷说，它们那会儿，抢蚯蚓吃，可来劲儿啦！

看过齐白石的画吗？俩鸡抢一条蚯蚓，谁也不让谁，简直活灵活现，多传神！真正的艺术呀，现在有吗？找不着了，没法儿画啦。上个月，来了个丁聪，听说是画漫画的，特会夸张。我心想，好呀，把我们公鸡的威武劲儿夸张一下，也不赖嘛。他要是画一个公鸡，昂首挺胸，两条腿跟木头墩子似的，站那儿铁打的一般，多棒！画我们大公鸡嘛，就要画出那精气神儿，画出那股子雄赳赳的刚强劲儿。抖动羽毛，仰天长鸣，嚯，那气派！这回丁聪来，可抓瞎啦！这么多鸡挤在一个笼子里，脑袋、爪子都分不清谁是谁的，人家能画吗？他站那儿把我看了半天，扭了扭他那胖乎乎的身子，愁眉苦脸地回去啦。生活里没有，丁聪才气横溢，也白搭！

可惜呀，如今的人，太不重视鸡。想当年，从早到晚，人的生活离得了公鸡吗？"未晚先投宿，鸡鸣早看天"，全听鸡报时辰呢。哪像这年月，床头搁个小闹钟，嘀铃、嘀铃乱吵吵，一点情趣都没有，还美呢。西晋的刘琨，半夜听见鸡叫，"闻鸡起舞，立志报国"，多么激动人心的鸡声。没学问的人，能了解我们公鸡的情感吗？

从古至今，真正的文人学士，没有不爱鸡的。古诗曰："鸡声茅店月，人迹板桥霜。"好诗呀！那意境，没治啦。

老百姓也爱鸡呀，听听，那鸡谜，编得多仁义："一朵芙蓉顶上栽，绣衣不要剪刀裁。虽说不是英雄汉，一唱千门万户开。"一唱千门万户开！呀，真个是唱尽了大公鸡的威风。

唉，俱往矣，好日子没啦。

凑合着吃一点吧，光背诗也填不饱鸡肠子。瞧老汪头吧，还一劲儿往槽里添食呢。你以为谁乐意这么吃吗？我们又不是鸭子，傻不愣登的，随便让人往喉咙里塞，我们是鸡！这么喂法，能长

好吗？没门儿。长的肉根本不好吃，连点鸡味儿都没有。红烧都不香，更甭说炖汤啦。春节市场就供应这种鸡，老百姓通得过吗？还出口呢，也不研究研究，国际市场爱要吗？外国那些吃主儿，嘴刁着呢，专门要订购中国老太太喂的鸡。这为啥？一点商品信息不懂，还搞现代化呢，嚷嚷什么呀！

大锅饭吃去吧，这鸡场，一时半会儿好不了。用人不当嘛，老汪头，当面是人背后是鬼，他干的那些事，见不得人。四号笼里俩漂亮小母鸡，哪儿去了？他偷家去吃啦。就正月十五的晚上。黑灯瞎火，他拿个小手电，伸手就抓。我听得真真儿的，俩母鸡叫得那个惨哪！五号笼，一晚上死了八十只。好好的鸡，怎么会死？他不负责嘛。三九天这么冷，他烧的炉子一点热气儿都没有，能不死鸡吗？

这样的大案要案，处理了吗？执法不严，你赖谁？几十条鸡命的事，检讨一声就完了，有这么便宜的事儿吗？还说他没有功劳有苦劳。他苦啥？成天腰里别个小酒壶，醉醺醺的，眯缝着小斜眼儿，晃来晃去的，就琢磨偷鸡吃。也不来人调查调查，光听他糊弄，搞的什么呀，一锅粥，没指望。

# 三

苦闷啊，彷徨啊，吃了上一顿，等着下一顿，这时光，叫鸡怎生打发？

想跟九斤黄聊聊吧，老家伙闭着眼打盹呢。没劲透了。小芦花鸡倒挺精神，又伸着脖子想跟我讨论朦胧诗的问题，它懂什么呀，我根本不爱搭理它。喔，喔，可怕的失落啊！

是谁来了？嗓门这么大？哦，六队副业队长老吴头，还跟着一拨人，又是参观的。这破鸡场，还好意思叫人参观呢？听吧，他还介绍经验呢：

"我们这个鸡场，土法上马，因陋就简办起来的。条件很差，谈不上机械化。管理上也有些缺点，没经验，办了三年，年年赔钱。今年开春闹了一场鸡瘟，赔得更多。"

活该！照这么办，还得赔。还好意思领人来参观呢，不就仗着是县委的点儿吗，谁不知道呀！这些人还听呢，还往小本儿上记，真够傻的。瞧他那样子，光着大脑袋，挺着肚子，说起没完了。

"现在，我们正研究搞责任承包，把鸡承包到户。发展专业户、重点户。队上有几户很会养鸡。四外村都知道的罗永贵老汉，就是个能人。批资本主义那阵子，他就为养鸡挨过批。现在向他赔礼道歉，给他平了反。"

哼，说得轻巧！不给人家平反行吗?！罗老汉犯了啥法，不就是养了几十只鸡吗？庄稼人三样宝：猪跑鸡叫娃娃吵。农户没鸡，是过日子吗？农民养鸡挨斗，没听说过！老吴头，你接着说呀，说说呀，你怎么指挥民兵给老爷子挂黑牌子，把人家箱子、柜子都抄了，门板都卸了，差点没要了老汉的命。瞧吧，他可净拣好听的说呢。

"罗老汉劲头挺大，他答应承包了。公社给他贷了款，鸡舍也盖好了。除了他，东头的金大妈，也挺会伺弄鸡。过两天，我们队就准备召开社员大会，分下去。"

早就该分！

这可是振奋鸡心的好消息。咱们二号笼分哪家呀？可得打听打听。唉，他领人走远了。这老吴头，平时说话像打雷。今儿像蚊子哼哼，使劲也听不见了。瞧他那两条小短粗腿，走起来还挺快。跑什么呀，不定又领人上哪儿吹乎去啦。

罗老汉，老熟人啦，他常来鸡场。这人，长得大高个儿，一把大白胡子，慈眉善目，可仁义啦。我爷爷知道他的事儿多啦。听爷爷说，老汉对我们鸡和气着呢，变法儿给弄好的吃，从来不耍态度。不像这个老汪头，天天进门就骂"死鸡，这些死鸡"，"都死了才好呢！"人都经不住这么咒，我们鸡经得住吗？整天恶言恶语的，一点儿家庭温暖都没有。跟着他，不给整死，也得气死。不就这点养鸡的权吗，有什么了不起。狂什么呀！唉，盼只盼老天爷睁眼，把我分罗老汉家去。

金大妈这人呀，不怎么样。听说那老太太，啰里啰嗦，成天瞎唠叨，旧思想，光知道占小便宜，一点眼光没有。重女轻男，就喜欢母鸡，下个蛋她就眉开眼笑。对公鸡一点不客气，动不动就威胁："看不宰了你！"你宰呀，她可舍不得。那叨叨劲儿，烦死鸡！

嚯，这一晚上，鸡舍里像开了锅，大伙儿都吵吵，各个鸡的观点都不同。小芦花顶没出息了，它还有脸说呢：

"就这儿待着吧，反正大锅饭，也饿不死。谁知户里怎么个喂法？要让我自个出去寻食儿，多苦哇！"

哼！这么怕苦怕累，还配当公鸡！五十年代哪有这样的鸡啊，一代不如一代，没法儿说了，我都懒得理它。什么思想呀！更可

罗冬洋，千面人也！

气的，九斤黄还支持它。瞧吧，这么大年纪，一点不起好作用。听它慢慢腾腾地还说呢：

"是这话。一动不如一静。我可是走过来的鸡了，啥事儿瞒得了我的眼睛。想找个好主儿，没那么容易。你不就是个鸡吗？想干吗？有吃有住就不错了。这鸡笼多保险，就算冬天冷点儿，夏天热点儿，可黄鼠狼进不来，这就省心呀！"

听听，一点气性没有，还老公鸡呢！公鸡生性爱斗。知道吗？河南农村，过年过节，就讲究斗鸡。俩公鸡斗起来，难解难分，你死我活，那才叫鸡！脖子上一圈毛竖老高，支棱棱的，跟大街上时髦姑娘的毛衣领一个样。那帅劲儿，甭提啦！这九斤黄，不成了，瞧它那份儿无精打采的德性，根本不像个好斗的公鸡！

唉，也难怪它，进了这鸡场，公鸡的威风丧失殆尽，雄心没有啊，青春的欢乐没有啦，爱情也没有啊！整天关在笼子里，一点浪漫色彩全没有啦。我爷爷说，它们年轻的时候，那才叫鸡的生活哟！我爷爷，相好的母鸡，十几个，全是拼搏来的。带着一群母鸡，游山玩水，只身飞上草垛，那神气！比比咱们这会儿，还相好的呢，做梦去吧！

喔，喔，什么时候，才能找回我失去的欢乐哟。失去了，我的童年。失去了，我的青春。我的生活啊，多乏味。我的心啊，多痛苦！

天还没黑，眼睛就看不见了。缺营养嘛，怪谁？睡吧，吃饱混天黑，就盼着开社员大会了。这可是决定命运的时刻呀！

# 四

喔！乐死我了！乐得我又蹦又叫，羽绒衣都抖落了一层毛。我们这笼鸡全分到罗老汉家了。老汉家的鸡舍，不高不矮，干干净净，门上挂着棉帘子，窗上嵌着玻璃，四面墙严严实实，风雨不进，真暖和哇。早晨啊，阳光斜照，窗明地净。这地儿待着，就是畅快。

老汉还向我们致欢迎词呢：

"在我家好好待着吧，我亏待不了你们。"

话不多，说得多诚实呀！罗老汉待我们鸡，那可真叫摸透了我们的心思，体贴入微呀！可不像那老汪头，怕麻烦，死死关着你，不准动一动。人家老汉，一清早，打开门，你就院里随便散步吧。

喔，多么自由。太阳可真好，暖洋洋的，让你浑身舒服，直想放声大叫。天空真大啊，真蓝啊，朵朵白云，像刚孵出来的鸡雏儿似的，真可爱。那大地啊，又松软，又湿润，透出一股香味，踩上去一步一个脚印。我醉了，喔，大地，我的母亲！

端来的饲料，那更没的说。也不知老汉咋弄的，虽说还是混合饲料，吃着就是香甜。还顿顿都换花样。最美的是，到时候罗老汉就提来一桶蚯蚓，往地上一撒，我们一拥而上，你争我抢，那个滋味呀，简直好得没法形容。蚯蚓、蚯蚓，想了你这多时，终于品尝到了。滑溜溜的，又有韧劲，像牛皮糖，又像山西刀削面。真不愧为美味佳肴。

吃饱喝足，跟小母鸡说点知心话，陪它们散散步，放开喉咙喊两嗓子，这才叫生活呀！

说起来，真有点过意不去。为给我们弄蚯蚓，老汉不得不喂猪呀！那些猪，又懒又脏，呼哧呼哧的，一点不讲卫生。老汉一辈子爱干净，一身蓝布裤褂，总是利利索索的。他能爱那些猪吗？没办法，为的是猪粪呀。猪粪和上土，才养得出蚯蚓嘛。为了鸡，老汉真是不怕苦，不怕脏，都像他这样，我们鸡就幸福了。

可叹，人跟人不一样。金大妈，她也配养鸡吗？小芦花归了她，算倒了霉。瞧，它又跑来了。按说，家有家法，鸡有鸡规。这么满世界乱串，不乱套了吗？芦花没吃的呀，它又跑这儿要吃的来了，瞧它那可怜样儿：

"我们大妈，一早就把我们撒出来，嘱咐说：'放机灵点儿，出去找点吃的。'刚到场院，就挨了一扫帚疙瘩。大公鸡，给条蚯蚓，从篱笆缝儿扔出来。给一条吧！"

碰上这么个老太太，可叫小芦花怎么活！本来就不争气，又不给吃饱，够它受的。金大妈就爱打小算盘，光喂母鸡，不喂公鸡。让公鸡去吃野食，这太不公平了嘛。

喔，最惨的是九斤黄，硬叫她给卖了。卖它那天，九斤黄呼天嚎地，那叫劲儿，谁听了也掉泪。我心里也堵得慌。别瞧九斤黄不怎么样，好歹是个鸡，又在一块儿待过一阵子，眼瞅它落得如此下场，能不伤情吗？

等着瞧吧，金大妈，光顾眼前现得利，光剩母鸡没公鸡，还成鸡的世界吗？鼠目寸光，没一点头脑，还想当专业户？跟罗老汉一比，差远啦！人家老汉，那才叫豁达，公鸡、母鸡一视同仁，每次开饭，他都笑眯眯地说：

"吃吧，吃吧，吃得饱饱的。我就指着你们发财呢！"

# 五

大喜事儿啊，罗老汉成了万元户。

那天，他穿着新衣服去公社开了会，戴了大红花回来，还有奖状呢！奖状上还有县政府的大红印呢。本本分分的好人嘛，他不得奖谁得奖？我们鸡都拥护他，替他高兴。得奖回来的那个晚上，老汉蹲在鸡房里跟我们说：

"如今我这份儿光彩，全仗着你们啦！"

这话说的，多有感情呀！铁石心肠也动心哪！

喔，高兴得太早啦！人世间的事儿太复杂，这回我可真闹不清了。没钱寸步难行，有钱怎么也遭罪？钱是个什么玩意儿，怎么就给罗老汉添了那么多愁？他的心思，人面前都没露过，只有我们鸡知道。

有一天晚上，他又蹲在我们这儿，一气儿抽了三支纸烟，连连地唉声叹气。瞧他那愁眉苦脸的样子，我就心软。他可愁的啥，这日子不是一天比一天好吗？

"都眼红这俩钱！大儿媳妇要全套家具。老闺女要'凤凰'。小儿子限期要盖五间大瓦房。都比着，谁也不让，成天吵。我是金库吗？我倒想全给他们，买个清静。不成啊，还吵！"

喔，太不像话了，听着就叫我生气。他那大儿媳妇干啥了？成天串门子，数板凳，扯老婆舌头，还嘴馋偷吃。老汉不知道，我亲眼看见她跑来偷鸡蛋。刚下的蛋，一早晨趁热她就喝了仨。连吃带拿，瞧这懒娘们儿吃得腰肥肚圆，哼哧哼哧的，她还要全套家具，美的她！打我这儿就不答应。他那老闺女，也不是什么好东西，成天就知道照镜子，什么"高子衫""击剑服"，不管穿得穿不得，全往身上划拉，打扮得小妖精似的。臭美什么呀，又不是自个挣来的钱！他那小儿子，更甭提。对象还没着落呢，就惦着盖房。给你五大间，大凉炕你一人睡，有劲吗？不害臊！都照这么花钱，我们女鸡胞蛋下得再多，也供不上他们呀。

"家里成天吵，外边也瞧你眼红。又是摊款，又是捐献，有借债不还的，有吃大户的。名是参观学习，实是抓鸡来的。唉！"

唉，不错，是有这号人。什么参观啦，取经啦，"带两筐鸡蛋回去研究研究"，"拿俩母鸡回去当纪念品"，搞得乌烟瘴气，还让鸡好好过不？那天，又来了个摄影记者，说："这大公鸡不错，给照一张。"一扭脸，我就没理他。罗老汉可没这份硬劲儿。他怕得罪人，逢人就赔小心，见人就装笑脸。大人物来了，还招待吃饭，炖老母鸡，炒鸡子儿。喔，喔，不正之风老这么刮，受得了吗？

老汉真怪可怜的，他还说呢：

"我也就跟你们说说。唉，叫我跟谁说去！"

说吧，说吧，你老汉最理解我们鸡，我们鸡也最理解你。咱们原本是同命运、共呼吸的啊！

# 六

这些日子，罗老汉又乐了。听他说是中央发了个一号文件，好比吃了定心丸。他还准备扩大鸡舍，多养鸡呢。

人真是个怪物，一会儿喜，一会儿忧，让鸡猜不透。中央是谁？一号文件是管什么的？唉，管他呢，一个公鸡，管得了那么多吗？想破了脑子也没用。反正啊，罗老汉高兴，准有我们鸡的好事儿。

嚯，罗老汉真的买鸡去了。说是镇上成立什么"蛋鸡研究会"，会员可以优先购买英国良种罗斯鸡。罗老汉也是研究会的，当天夜里，真的拿回来四十只见都没见过的洋鸡。

人啊人，就爱瞎起哄。什么都引进，鸡也引进！这不是乱套吗？那几年，把来杭鸡捧上了天。什么玩意儿，下的蛋，白不刺溜的，蛋壳一碰就碎，蛋黄连点色儿都没有，好什么呀。咱们这地儿，老辈子就讲究，油皮大鸡子儿，六个半一斤，白是白，黄是黄，多带劲儿。九斤黄，有名儿的种嘛，炖出汤来，天下第一鲜。来杭鸡，一身白毛，戴孝似的，鸡肉跟木头一样，好吃吗？

如今又赶时髦，引进英国的罗斯鸡。罗斯鸡，什么名儿呀！听着就别扭。说起话来洋腔洋调，谁懂呀。那长相更甭提，黑不溜秋，又胖又大，往那儿一站，像群黑老鸹，一点美感都没有。

真是眼皮子浅，崇洋媚外呀！资本主义国家，有什么好东西？他们对待我们鸡，可缺德啦。《参考消息》上不是登了吗？美国有个州，硬说公鸡打鸣是噪声。为这事儿，议会还开会呢。大惊小怪的，投票通过，给公鸡开刀。这叫什么事儿？假民主！可怜那个州的公鸡哟，动了手术连叫都不会叫了。唉，那鬼地方，雨果算说对了，悲惨世界呀！

日久见人心。如此看来罗老汉也太薄情。都是一样的鸡，干吗喜新厌旧！我们跟你这些日子，风里来，雨里去，吃的苦也不算少。我们的女鸡胞为你下了多少蛋，为你的钱柜装了多少钱？你，你怎么能偏心眼儿呢？我从门缝里看见的，你专为罗斯鸡辟了块领地，给这些黑老鸹开小灶。你也不想想，人家是洋鸡，吃洋食长大的。你会做西餐吗？费半天劲，顶多也就是西菜中做，那些洋小姐爱吃吗？喔，喔，老汉哪老汉，"只见新人笑，不闻旧人哭"，太不仗义了。这样的日子怎么过呀！

不行，这口气，我可咽不下去。我是中国鸡，我绝不能受洋鬼子欺侮。什么英国良种？是好样的，咱们斗斗，看谁是良种。

机会来了。早上，罗老汉把罗斯鸡放我们这院儿来了，他锁上门出去了。哈，哈，罗斯鸡，别神气，咱们来比个高低胜负吧！

可惜，语言不通。罗斯鸡叽里咕噜，说的话一串串儿的，我一句也听不懂。我说话，它也瞪眼，一窍不通。上哪儿找翻译去？看样子，鸡也得学点外语了。

管他语言通不通，我瞅准了一只罗斯公鸡冲过去，喔喔两声，那洋鬼子伸开翅膀，扑腾两下，朝后闪了两步。看样子，它也明白了，睁大了双眼，要跟我决斗。

这下子，在院里摆开了战场。咱这不是打仗，是比武，中、

英斗鸡大赛。中国队由我出场，英国队由那只红脸公鸡出场。第一回合，我一个空中偷袭，狠狠咬了罗斯鸡的冠子一口。第二回合，罗斯鸡来个海底捞月，摔了我一跤，一比一平。

三局两胜。决定胜负的第三回合刚刚拉开战幕，双方运动鸡正杀得难分难解，罗老汉回来了。唉，这个罗老汉也无知得很，根本不理解这场国际斗鸡比赛的重大意义，硬是把比赛中断了，遗憾哪！

回到鸡舍，我难过极了。看来，罗老汉变心了，爱上了罗斯鸡。唉，老汉，老汉，你这样朝秦暮楚，真令人失望。

我感到，忽然之间老了，失去了活力，失去了生活的勇气。喔，鸡老珠黄不值钱，难怪宋朝大诗人陆游写道："峨峨赤帻先群辈，喔喔长鸣盖四郊。意气虽雄无处用，风霜从我老衡茅。"

喔，放翁啊放翁，这么扎心窝的句子，亏你怎么想出来的！

死亡已经在向我招手，喔，何处是我的归宿？我将葬身在什么地方？土葬吗？不会。殡葬改革，人都不能土葬了，还轮得上鸡！火葬？这倒痛快。可他们舍不得我这一身肉。汤葬？这倒不错，赤条条卧在大汤钵里，端上筵席，博得一声彩，也风光。可惜，公鸡享受不到这种荣誉。看来，最终是大卸八块，红烧了，葬身人腹。喔！

本篇插画作者：黄永玉

# 心绞痛

省化工厅享受科长待遇的十九级干部何炳昆同志患心绞痛病多年。经化工厅所属职工医院及省人民医院反复检查，确诊并非一般冠状动脉粥样硬化所引起的心绞痛，而是一种非典型的病例。这病发作时，有一般心绞痛的症状，胸骨后（偏左侧）剧烈疼痛；有时放射至颈部、左肩和左上臂内侧，并有窒息、出汗和恐惧情绪。但，口服硝酸甘油或吸入亚硝酸异戊酯均无疗效。这时，患者若能及时透出一口气，即可缓解过来；否则，持续发作，将会晕厥至人事不省的严重程度。

他的妻子李秀芳是绣花厂的工人，生性善良，待人温和，婚后一十八年，无时不为丈夫的病担忧着急。每当老何不幸心绞痛发作，她总是精心护理，无微不至。经她仔细观察，逐步摸索出一些何炳昆犯病的规律：倘若没人招他，没人惹他，一般来说，他自己好端端的，不会犯病；倘若有人招他，有人惹他，哪怕芝麻大的事情，也会导致病情发作。

对症下药，李秀芳以预防为主。一是自己小心翼翼，诸事随他的意，顺他的心。他今天想吃馅饼，她决不包饺子。他说明天阴天，她准说出不了太阳。二是采取隔离措施，尽量避免老何与外界接触，以防横祸飞来，没来由地犯病。

无奈何炳昆身为国家干部，不能不上班。机关里公务繁忙，不如意事常八九；人多嘴杂，招他惹他的也不少。何炳昆心里不得清静，心绞痛也就时常发作。每到这时，针药无效，只好给绣花厂打电话，把李秀芳找来，才得以妙手回春。

这李秀芳本不谙医道。俗话说"久病成良医"。她自身虽然没病，然而伺候病人多年，慢慢地总结出一副急救偏方，却不能外传。她那偏方，说来倒也符合中医之道，那就是"先泻后补"。

什么叫"泻"？比如说，老何起草了一份报告，局长看了不满意，批给老王去修改。老何就左思右想起来：为什么我的报告让老王去改呢？难道我不如老王吗？局长为什么偏爱老王呢？我什么地方得罪局长了？他今后将对我是什么印象呢？如此这般地想下去，胸口就开始疼痛，继而两眼发直，虚汗淋淋，终于"哎哟，哎哟"地叫了起来。

李秀芳怎么给他"泻"呢？她用的"方子"是：

"嗨，这屁大点事，也值得认真！这年头，会拍的人多啦！你们那老王，他会什么？不就会拍吗！可人家局长也不傻，能撅着屁股乖乖地叫他拍？瞧着吧，总有一天叫他拍在马腿上，到时候，够他受的。"

其实，李秀芳根本没见过老王，更不知老王和局长之间是否属于"拍与被拍"之列，反正是拿他来治病，救人要紧。这话自然是不便传出去的。因而，她的"药方"绝对保密。

倘若老王这剂"药"还不见效，就该轮着局长了：

"现在当官的不都是有眼无珠吗？你不溜须拍马，不三天两天拿话捧着他，他能说你好？哼，说不定你们那局长还受贿呢。听我们厂子里人说，前些天报上登了，有个局长，家里的成套家具、彩电、冰箱，全是港商贿赂的。这号局长，甭搭理他，有他倒霉的时候。"

这一剂剂"药"吃下去，所有的过错都编派到老王和局长的头上，还兼及其余的局长，堵在病人胸口的那团不快，也就"泻"得差不多了。当然，"泻药"，剂量要适当。少了，劲儿不足；多了，病人也受不了。这就要根据每次犯病的情形，酌情添减。

"泻"过之后，何炳昆吐出一口闷气，这就需要"补"了。且看她怎么"补"吧：

"这些事儿，往后千万别往心里去。你们局那些挨刀的，不就盼着你身子骨垮吗？咱们偏活得硬硬朗朗的，有滋有味，一个个地参加他们的追悼会！"

这种"补药"，疗效颇高，有时甚至能药到病除。半个钟头前，病人还捂住胸口"哎哟，哎哟"的，经一"泻"，又一"补"，顿时眉头舒展，胸也不疼了，汗也止住了，比好人还精神。

遗憾的是，尽管李秀芳苦苦琢磨，研制出这么一个急救偏方，能够在何炳昆犯病的时候，把他从死亡的边缘抢救回来，却无法除掉他的病根。这种特殊的心绞痛病患者，需要一个诸事顺心的环境。这，简直是办不到的事情。人生在世，哪能事事顺心呢？

一九八三年，五月的一个星期天，何炳昆早上起床后，喝了一碗稀粥，吃了一个鸡蛋并两片馒头，感到精神很好，主动提出要陪妻子去菜场买点好菜，以度假日。李秀芳见他瘦削的

脸上微露笑意，毫无病容，心里也十分高兴。两人说说笑笑走出了家门。

来到宿舍大门口，迎面正碰见隔壁单元张胖子的妻子陈美兰买菜归来。只见她那装满了各色青菜的篮子上边，浮搁着一个透明的大塑料袋。袋内带水装着两大条鲜白的大活鱼。每条足有两斤半，还正翘首翘尾地乱动换呢！何炳昆望着篮子愣了一下，问道：

"你这鱼哪儿买的？"

"东边菜场呀！"

"还有吗？"

"有哇！"

"走，咱们也买去！"何炳昆拽了拽妻子的衣袖，扭头就走。

两人到了菜场，直奔卖鱼专柜而去。还没到近前，就见那队伍像一条弯弯曲曲的长蛇阵。李秀芳忙找到队尾，加入到行列中去。何炳昆则挤到了柜台前，踮起双足，伸长脖子，终于看见湿淋淋的柜台里，地上还有两个木桶装满了鱼。只可惜，售货员捞出来甩在秤盘上的鱼都那么小，顶多只有半斤一条。看来，大的都卖完了，他快快不乐地回到妻子身边。

"还有吗？"李秀芳问道。

"有，都是小的。"他答着，脸色有些不好看了。

"小的还嫩呢。"她忙说。

何炳昆摇摇头："吃鱼就得吃两斤左右的。太大的肉老，太小的刺多。"

"鱼嘛，刺多没事儿，小点，还便宜呢。"

何炳昆还是一副不高兴的样子。李秀芳又忙用温言细语加以劝慰："你先回家歇歇，我排着。"

何炳昆摇摇头，仍然无精打采地站在一边。

结果，很不幸，排到还差五个人时，鱼卖完了，连小的也没有买到。李秀芳叹了口气说："你先回家，我再跑跑。实在没有，咱买虾。"

"虾多贵呀！"

"贵是贵点儿，可营养高呀！唉，咱少买点，吃个新鲜劲儿，你先回家吧！"

何炳昆考虑到自己的身体状况，听从了妻子的劝告，先行一步回了家。打开房门，他躺倒在小沙发上，就起不来了，眼前总有两条大活鱼在跳。

张胖子家怎么就能买到活鱼，我们家就买不到呢？何炳昆愤愤不平。准是一早就有人给他们家送了信儿。近来报上大谈信息。这种活鱼信息就这么随随便便地泄露出来，国家还搞得好吗？什么信息传递，纯粹是走后门，不正之风。

为什么他们家有信息，我们家就没有呢？好像也有过。前几个月，楼下那小阿姨来报过信，说是对面副食店来排骨了，一会儿就卖。可那天正赶上月底，抽屉里钱不多了，没敢去买。看来，信息虽然是重要的，关键问题还得兜里有钱。

两大条活鱼，得花多少钱？何炳昆算起账来：活鱼可不便宜。就算这种胖头鱼，少说也要一元八角一斤。按两斤半一条算，每条就合四元五角。两条，要九元人民币。张胖子有那么多钱吗？他和自己一样，十九级干部，加上副食补贴、车贴，还有奖金，也不过八九十块钱。怎么能这样大手大脚，花钱一点不在乎？前几年，张胖子的购买力跟自己不相上下。他买了那件方格的确良衬衫，我也买了一件条纹的确良衬衫；他买了九十元一台的电扇，我买了一台九十二元的；他家那台洗衣机还是我家买了以后才买的呢。

可这几年，他家怎么冒上来了？一次就买两条活鱼。莫非他家有外快？对，他家肯定有海外关系。上回见他皮夹里有两张侨汇券嘛。

"哎哟，哎哟。"何炳昆大叫两声，一头冷汗落下来——他犯病了。

正在这时，李秀芳回来了。她转了三个副食店，哪儿也没有活鱼卖。虾倒是有，怕何炳昆嫌贵，没敢买。本想再到一个大菜场看看，心中惦着分手时丈夫气色不正，怕他犯病。想了想，买了三两猪肝就回来了。

进得门来，见何炳昆心绞痛果然发作，她慌忙放下菜篮子，三步两步跑过去，一边扶他上床躺下，一边劝说："你这是干吗呀！"

"鱼……买了吗？"他有气无力地问。

"咱们不稀罕那个。我给你买猪肝了，营养好，价钱又便宜。"

李秀芳只道丈夫平日最喜听"便宜"二字。一听有什么便宜货，得了什么便宜，心里准高兴。岂知今天这脉没有号准。只听何炳昆叫道：

"凭什么我就吃便宜的，他就吃贵的！"

李秀芳也愣了。怎么回事儿，今天这病没看准。

"他们家有海外关系，你信不信，哎哟，哎哟……"何炳昆双手捂住了胸口。

李秀芳当即明白过来，立刻给了一服"泻药"：

"怎么不信，没错儿，他们家肯定有海外关系！这年头，就是这号鸡鸣狗盗的得势！有个外国的亲戚，就美得不知姓啥！谁知道在国外是干什么的？捡破烂儿，妓院老板，也是国外的亲戚。哼，简直丢中国人的脸。等着吧，叫他美！等赶明儿政策一变，有他吃不了兜着走的日子。"

这服"泻药"，果然见效。何炳昆吐出了半口闷气。可那两条活蹦乱跳的大鱼，还招得他眼前直冒金星。

"他们可有的吃……鱼……"

"叫他们吃去！张胖子那么胖了，再这么死撑，总有一天要中风。他家的小红才四岁，会吃鱼吗？鱼刺卡着怎么办？听我们厂子里人说，晚报上登过，有个小孩儿，鱼刺卡着喉咙，还送到医院抢救呢。"

送医院抢救固然解气，那香喷喷的干烧鱼还是诱人。何炳昆眼前先是医院的抢救室，小红正躺在手术床上吱哇乱叫；后来就是张家的方桌子了。张胖子坐在上首，老婆坐在左边，小红跪在右边靠背椅子上。大盘的干烧鱼摆在正中间，大人孩子望着鱼眉开眼笑。张胖子面前还有一瓶啤酒。他咕咚咕咚一气喝了半杯下去。他老婆正往他面前的碟子里夹鱼……

"哎哟，妈呀，疼死我啦！"

一时间，何炳昆满头冷汗流下来，双手捂住胸口。那疼痛万分的样子，叫人看着实在可怜。

李秀芳忙把何炳昆领口的扣子解开，拿来热毛巾替他擦了擦脸，又抚前胸，又捶后背。忙了好一阵子，憋在何炳昆胸中的那口闷气，还是出不来。

今天这病犯得不轻。起病的原因，就是张胖子家的那两条活鱼。解铃还须系铃人。她略一思忖，就说：

"老何，你别急，我再想想办法，一定去弄条活鱼。"

何炳昆无力地点了一下头。

李秀芳转身出了门，进了张家的厨房。陈美兰已经把鱼收拾好了，正挽着袖子准备把它们送往油锅。见李秀芳急匆匆跨进门来，虽面带笑容，却欲言又止的样子，忙上前问道：

"李姐，有事吗？"

"嗨，您瞧，这事儿，真不好意思说。"

"瞧您，咱们姐妹儿，有啥话说不得的。"

"唉，我们老何，今儿不知中了什么邪，就想吃活鱼，我跑了一早上，也没买着，可愁死我了。"说着说着，李秀芳眼圈儿都红了。

"那还不好办，先拿一条吃去。"陈美兰当即从笊篱里抓出一条鱼来。

"那，合适吗？"李秀芳真觉得有点不好意思了。

"嗨，有什么不合适的。远亲不如近邻嘛。鱼都弄干净了，给您，拿着呀！"陈美兰把一条湿淋淋的鲜鱼递到李秀芳手上。

见了这条鱼，何炳昆才吐出一口长气。

七月份，局里组织干部分批去海滨度假。每期一周，每天伙食补助一元五角。何炳昆和张胖子都安排在第一批，正好结伴而行。

照李秀芳的想法，这海滨最好是不去。老何近两个月虽然没大犯病，那病根未除。出门在外，难免没有不顺心的事。万一病倒怎么办呢？再说，他又不会游泳，去到海滨也是白去。

何炳昆对大海倒也没有什么情趣。只是每天一元五角的伙食补助十分诱人，不去白不去。至于不会游泳，那也没什么，不会游的人多着呢，张胖子会吗？躺在海边晒晒太阳，来个日光浴，岂不对身体有益。

这后一条理由打动了李秀芳。听厂里人说，报上登过，易地疗养，换个环境，对病人是最好不过的。于是，她特地给老何买了一条游泳裤衩。线织的，蓝底子镶红边，又漂亮，又结实，价钱还便宜，才花了一块五。只因上次说"便宜"两字，诱发了老何的心绞痛，这回，她没敢往便宜上说，反把价码往高处报，三块二。

听说三块二买了一条线织的游泳裤衩，何炳昆讷讷道："怎么这么贵？"

"嗨，便宜没好货。你瞧瞧，这是什么料子？听厂子里人说，报上登过，现在外国市场上，纯棉最吃香。"

不错，报上是登过。何炳昆点点头。没有犯病。

出发那天，天气晴和。一上火车，何炳昆的座位正好靠窗口，又是顺着前行方向。车一开，小风迎面拂来。窗外绿树飘忽，稻谷金黄，田野风光尽收眼底，令人心旷神怡。

张胖子很不幸，三个人一排的座位，他坐在正当中。他又胖又喘更怕热，手中的扇子都快摇散了，大汗珠子还是顺脖子猛流。看他那唉声叹气，如坐针毡的样子，何炳昆心想：谁叫你吃鱼？吃得好吧？一顿就吃那么一条大鱼，吃得这么胖不是自找罪受吗？俗语说：有钱难买老来瘦。这回，该接受一点教训了吧！

一到海滨，大家嚷嚷着下海去。何炳昆也换上了妻子给买的游泳裤。虽然是一米六〇的矮个子，穿上这小裤衩，远远一看，像个中学生似的，显得很精神。何炳昆对自己颇为满意。

蔚蓝色的海面多么辽阔，多么平静。白色的浪花轻轻拍打着沙滩，召唤着休养的人们投入它的怀抱。一群人在沙滩上活动着，准备下海。何炳昆也仿效别人，平伸两臂，弯腰压腿，左右扭腰，活动关节。

张胖子也在一边抡了两下胖胳膊，着急忙慌地就朝海水走去。他挺着大肚子，一边费劲地在沙滩上深一脚浅一脚地迈，一边还回头招呼：

"老何，走啊，下海呀！"

"你会游吗？"

"游不好。也就二三百米的水平。"

何炳昆表示怀疑。从未见张胖子起早搭晚地锻炼过身体，他怎么能在海里游泳？哼，二三百米，不过是说大话、吹牛皮罢了。他的水平，大概也只是在海边泡泡，沾点海水的咸味儿。

说时迟，那时快。一眨眼，张胖子已经像条大活鱼似的游远了。想不到他真会游！只见这张胖子仰卧在蓝色的海面上，就像躺在他们家大床上似的，舒舒服服，自由自在，还带着那么一股子懒洋洋的劲儿。一会儿，脑袋都看不见了，游得太远了。

何炳昆呆呆地看着。过了好一阵子，又见张胖子的胖脸从远远的水中露出。再过一会儿，就见他像个大青蛙似的，扑通、扑通，打着浪花又游了回来。眨眼工夫，他已站在齐腰深的海水里，露出半身白胖的肥肉，还朝岸上喊呢：

"老何，下来呀！你怕什么呀？不会我教你！"

何炳昆没有出声。这召唤很伤了他的自尊心。都是一样的十九级干部，你又不是鱼，你会游，别人就不会游吗？何炳昆早听人说过，游泳并不那么可怕，全看你有没有勇气。只要你身子别使劲，轻轻松松地往水上一躺，保准会漂起来。还听人说，有的人下水就会游。他也不管你什么蛙泳、蝶泳，一个猛子扎下去，扑腾扑腾就游开了。姿势不好看，说是什么狗刨式？狗刨就狗刨，反正也能游。何况又是在海里游。海水浮力大，你想沉都沉不下去。这还用人教吗？

一边想着，一边他就一步一步往海里走去。先觉得海水有点凉，后来就觉得海水挺暖和的，真舒服。难怪张胖子躺在海面上那么懒洋洋的。你当我不会游，享不了这个福？我游给你看看。不就是一纵身，往下一躺吗？他闭上眼，咬紧牙关，一头往水里扑去。

呀，可怜他一辈子没下过水。这一扑，身子失去平衡，顿时六神无主。神志还清醒时，他双脚往上跳，身子往上挣。谁知越跳越挣越往下沉。总共没过半分钟，一声"救命"没喊出来，何炳昆人就没影儿啦！

海滨浴场的人，每人都只一件游泳衣，分不出高低贵贱。只要听见呼救声，大家都会同心协力来抢救落水人。一霎时，来了好几位业余游泳健将，准备大显身手。其实，何炳昆出事的地方水很浅，按常识是淹不死人的。约莫是他一时心慌意乱，站立不稳，跌倒在水里的。

张胖子自然是三划两划，一马当先地抢到近前。他双手把何炳昆从水中抱起，放到了沙滩上。这时，何炳昆奄奄一息。青白

的脸上没有一点血色，瘦小的身躯显得可怜巴巴的。张胖子觉得自己有不可推卸的责任。他伸出两个胖手掌，抓起那两条没有知觉的瘦胳膊，来回弯曲折弄。之后，又抓起那两条瘦筋筋的小腿，连连弯曲不已。再后，又把落水人整个身子翻转过去，用胖乎乎的手掌拍那尽是骨头的脊背。过了三分钟，哇的一声，何炳昆才吐出一口苦水。

"好了！"张胖子松了口气，挺着肚皮直起了腰。

何炳昆缓缓地睁开眼来。首先映入他眼帘的，是张胖子两条毛茸茸的粗腿，再往上，是裹在那胖胖的胯骨上的一条游泳裤，红、黄、白三个色的，真鲜艳。细一看，怎么？还是羊毛的？

"哎哟！"他大叫一声，犯病了。

张胖子能救溺水人，却治不了他这心绞痛。众人忙把他抬回疗养院。医生赶来为病人诊治，又是硝酸甘油，又是亚硝酸异戊酯，一概无效。亏得张胖子急中生智，马上给机关挂了长途，把李秀芳请了来。

李秀芳一到，见满屋的人，不敢问诊，只说：

"请大伙儿放心，都歇着去吧，我一人看着就行了。"

待屋里只剩下夫妇两人，李秀芳才敢问：

"谁招你了？"

何炳昆吃力地说：

"瞧人家张胖子，那裤衩……羊毛的。"

啊！李秀芳眼珠一转，立即开了"泻药"：

"羊毛的？羊毛的有什么好！穿上身，扎得慌，人受得了吗？别瞧他美，过不了两天，他屁股上准起疙瘩。有他好受的。"

何炳昆眨巴着小眼，还是哼哼没完。

药劲儿不够，李秀芳接着来：

"羊毛的衣服，可爱生虫子啦！我们厂子里人说，报上登过，有个人把羊毛游泳裤搁箱子里，第二年春天打开一看，游泳裤上满是虫子咬的窟窿眼儿。还不止一条裤衩呢，满箱子的衣服全给蛀了。"

这药用得剂量恰到好处，何炳昆的病马上见轻了。

当时李秀芳就劝何炳昆回家去。可他舍不得那一元五角的伙食补助。李秀芳说：

"我去伙房，把你的补助支出来。"

她上哪儿支去？哪个机关都没有这种规矩。这钱，自然是李秀芳瞒天过海，自个儿从腰包里掏出来的。当天晚上，何炳昆就被妻子扶上火车，回到家里。

一个星期后，张胖子晒得黑人一般，回到家里对陈美兰讲起邻居落水的事。夫妻两人觉得有必要探视一下病人。晚饭后，双双来到何炳昆家门前。李秀芳开了门，把客人请进屋。张胖子和何炳昆隔着一张小茶几，坐在两张沙发上。李秀芳拉着陈美兰并排坐在了大床边上。

"老何，你身体好点了吧？"张胖子先问。

"好多了。"何炳昆说，"其实，我会游泳。狗刨式、蛙泳也能凑合两下子。那天不知怎么搞的，腿抽筋，就起不来了……"

"嗤嗤，嘻……"那边两个女人说着悄悄话。不知有什么可笑的事，陈美兰竟笑出声来。

何炳昆侧过头去望了她一眼。映入他眼睑的这张脸白里透红，显得特别滋润。高鼻梁上是一双水灵灵的双眼皮儿大眼睛，忽闪忽闪地正笑呢。他把视线移过去，看见和她并肩坐在一旁的自己的妻子，脸色蜡黄，肌肉松弛，活像一块烧乏了的木炭，一捏就碎。而且，而且她那双眼睛是单眼皮。

怎么张胖子的老婆是双眼皮，自己的妻子是单眼皮呢？

何炳昆两眼发直，神情沮丧。张胖子夫妇说了些宽慰的话，见病人无精打采的样子，不便久留，告辞而去。客人走后，何炳昆冷汗直流，脸色也变了。李秀芳心中纳闷：刚才还好好的，又没人招他，没人惹他，怎么又要犯病的样子？

她哪里知道，何炳昆此时心中波涛起伏，难以平静。最气人的是：张胖子那副尊容，胖得像头猪，头顶都秃了，怎么勾搭上这么个漂亮的媳妇儿？还双眼皮儿？上哪儿找的？自己的老婆跟她一比，算什么老婆？

"哎哟，哎哟！"何炳昆犯病了。

"你又怎么啦？"李秀芳忙问。

"双眼皮儿，张胖子的老婆是双眼皮儿！"何炳昆叫了一声，往后倒去。

李秀芳不明究竟，一边扶着他，一边说：

"双眼皮儿又怎么啦？瞧着不顺眼，你别瞧她不就完了。"

这脉可没号准。何炳昆双手捂住胸口，从牙齿缝里挤出声来说：

"她怎么是双眼皮儿，你，你怎么是单眼皮儿？哎哟，哎哟！"

李秀芳听了，先是一怔，这可怎么下药？要说长双眼皮儿的娘们都是下贱坯，这话说不出口。陈姐这人够仁义的，那回还给咱那么大条活鱼，凭什么无缘无故骂人家！要说单眼皮儿比双眼皮儿漂亮，这不是拿自个打哈哈吗？这么大岁数了，也犯不上。瞧他这是得寸进尺，犯病犯到我头上来了。她拿眼打量了何炳昆半晌，冷冷地问道：

"那你说怎么办？"

何炳昆抬起头来，气息奄奄地答道：

"你、你去医院，拉、拉个双眼皮……"

"放你妈的狗屁！"不等他把话说完，李秀芳腾地跳了起来，左手叉腰，右手指着他的鼻子尖，高声骂道，"你别鬼迷心窍！我四五十岁的人了，又不上台耍把戏、卖脸子，活得好好的，我拉的哪门子的双眼皮！瞧瞧你自个儿那德性，病秧子似的，我还不稀罕呢！你看不上我，我还看不上你呢，咱们离！"

这一顿臭骂，把何炳昆骂傻了。

李秀芳还不解气，索性跳着脚又哭又骂起来：

"我跟你过的这叫什么日子？活受罪！为叫你出气，我成天昧着良心咒人，咒了老王咒老张，连他们家四岁的孩子都没饶过。我那良心啊，跟着你，都叫狗吃了。害得我天天晚上做梦，大鬼小鬼都冲我来……"

"别，别，你别哭。"何炳昆一骨碌爬起来，忘了心绞痛还正犯着呢。

"你少管我！离我远点！"李秀芳一屁股坐下，仍一个劲儿地骂，"今儿我跟你挑明了说，我不伺候了。你心绞痛？你为啥痛？你心里明白！见不得人的病！去！拿块洗脸毛巾来，一点眼力见儿都没有。"

何炳昆赶紧放了半盆水，兑了半瓶热水，拧了一条温乎乎的

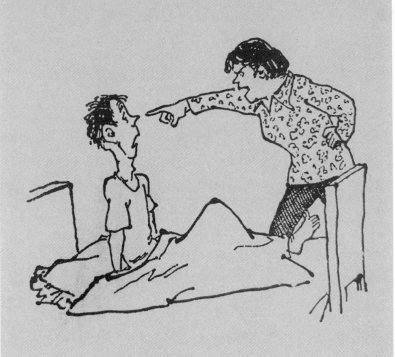

毛巾，双手递到李秀芳面前。

从此，何炳昆再也没有犯过病，连医生都觉得奇怪。

本篇插画作者：方成

# 007337

　　天刚蒙蒙亮，停车场上一片静寂。一辆辆冲刷得干干净净的红色公共汽车排列着，好似一队队整装待发的士兵。007337 号车已经停在站台旁，只待发车的铃声一响，它将一马当先开出车站。

　　上早班的乘客带着睡意上了车，悄悄地寻找座位坐下。善于抓紧时间的女人，一坐下就取出毛线飞针编织。苦于应付考试的各类学生，赶紧拿出课本或卡片，低头默念。另几个既无须编织，也无须应付考试的逍遥派，则轻松地闭目养神。初春的早晨，头班车小小的车厢里，充满着特有的恬静和舒适。

　　丁零零……铃声响了。

　　调度室的门被推开了。007337 的司机握着线手套，边戴边朝车前走去。两位女售票员，一个留着披肩长发，一个戴着小红帽，也挎着售票的旧褐色包，跟在司机后面跑了出来。

　　……零零，铃声刚一停，忽然，007337 关上车门，径自开走了。

　　"哎——哎——车，怎么回事？"司机站住，叫了起来。

　　披肩长发的售票员踏着高跟鞋，咔噔咔噔地追了两步，望着007337 的背影骂道：

"这是谁呀？缺德！是闹着玩儿的事吗？到时候扣谁的奖金呀！"

戴小红帽的售票员似乎更机灵一些，跑上前来，俩大眼睛朝车上一望，尖声叫道：

"贼！偷汽车的，有人偷车！"

听说是有人偷车，司机恍然大悟，披肩发也如梦初醒，齐声喊道：

"抓小偷啊！有人偷车了！"

喊声直冲清晨宁静的天空。值班室的调度员和屋里等着上班的司机，接到口令似的，都拥了出来，纷纷打探：

"谁偷车？"

"人呢？在哪儿？"

小红帽指着远走的007337，翻着双眼皮大眼睛说：

"哪儿？还问哪儿，那不，早跑了。"

"人呢？什么样的人？"

小红帽摇摇头，披肩发叽叽喳喳地说：

"我刚出来，没走两步，我还当是谁闹着玩儿，我……"她那细眉毛挑得高高的，似乎又兴奋，又有点后怕。

"好家伙，敢偷公共汽车，胆儿够大的！"一个男售票员摸了摸脑袋，伸了伸舌头说。

调度员是老司机出身，见多识广，他摇了摇头，说道：

"有偷自行车的，有偷小卧车的，我还没听说过偷公共汽车的。这么大家伙，他往哪儿销赃？"

"那您说说，这车怎么自己开了？"007337的司机心里憋气，根本不同意调度员的分析。

调度员想了想，一拍光光的脑袋，忽然叫道：

"不好，有人劫车。"

"劫车！"司机仍然一脸疑团。只听说有劫飞机的，劫公共汽车干吗使？

"要出大事，"调度员叫道，"肯定是一伙亡命之徒劫车去行凶！"

众人大惊失色。

"打电话，赶紧给交通警打电话，截住 007337。"调度员又一拍光脑袋，转身就朝屋里跑。

007337 启动时没有任何异样。车门自动关闭，车辆缓缓驶离站台，逐渐加快，中速前行。

车上的人，泰然自若。看书的看书，织毛衣的织毛衣，打瞌睡的打瞌睡。只有坐在车前门旁的一个瘦高个儿年轻人，看见售票员在后边追车，捅了捅身边一个正打盹的矮个儿青年，说：

"嗨，快瞧，俩售票员给落下了。"

矮个儿的瞌睡给搅了，先还有些怏怏不乐，听说是售票员给落下了，将信将疑。待他把眼珠转到售票员的座位上。果然没人，不禁幸灾乐祸，兴高采烈了。他忘乎所以，越过瘦高个儿的肩头，把脑袋伸到窗户外边，冲停车场上追着喊着的人叫道：

"哥们儿，快追呀！上不来可扣奖金！"叫了两声，忽然，他把脑袋缩回来，降低了嗓门，对瘦高个儿的同伴说：

"嘿，不对呀！他们怎么嚷嚷有人劫车？"

"什么？"高个儿脸也变了色儿。

"劫车……"

"嘘！"高个儿忙捂住了矮个儿的嘴巴，凑近他耳朵边说，"别出声！"

矮个儿很想看看坐在司机座上的劫车大盗是个什么彪形大汉，听同伴这一"嘘"，不解何意，但也不敢动弹了。瘦高个儿十分有把握地小声说道：

"车上有同党！你想，劫车，一个人干得了吗？"

一听车上有同党，矮个儿顿时觉得头发根儿都凉了，浑身的血脉似乎都停滞了。他心想，可不是，上回报上登的劫飞机，同党四人。这回劫公共汽车，少说也得两人吧。

他们里头，谁是同党呢？矮个儿又害怕又好奇，憋不住把全车人都瞄了一眼：门边那个中学生，瘦得像还没长毛的小公鸡，不是。那个四十来岁的胖大嫂，织毛衣倒挺快，光见两根针打架，可那体格，也不像练过拳的。她后边那个戴眼镜儿的，文质彬彬，更是手无缚鸡之力，肯定轮不上他。再往后，除了打盹的人脸看不见，仰着脸儿的都还慈善，不像歹徒之辈。

矮个儿吓得不敢动弹，也不敢言语了。他把身子挪了挪，紧挨着瘦高个儿，觉得只有依靠这位同伴，才有一点安全感。谁知刚一挨着，就发现瘦高个儿的腿也在哆嗦。

尽管这两个年轻人不敢声张，装得若无其事的样子，但他们惶恐不安的神态，仍像传染病一样散布到车厢的每一个角落。

"售票员怎么没上来？"

"怎么回事？"

"出什么事了？"

人们纷纷议论。

两个年轻人坐在最前边，背冲着司机座，面对着全车厢，不敢斜视，也不开口。他们那正襟危坐的样子，更引起乘客们的猜疑。

人们开始骚动，有探头的，有回身的，有站起来又坐下的，有大声询问的。矮个儿预感到即将大祸临头，说不定混在乘客中的劫车贼马上就要跳出来，拔出成束的手榴弹或者土造的炸药包，决一生死。

正在这时，只见坐在车后尾的一个大个儿站了起来，此人约莫四十岁的样子，一身工作服。他摇摇晃晃地站了一会儿，用鼻子四下嗅了嗅，躬身扶着车厢上的横杆，一边大步朝车前走，一边自言自语：

"怎么回事？怎么回事？"

这是劫逃吗？瘦高个儿闭上了眼睛，矮个儿紧张得顾不上闭眼。只看见这人肩宽胸阔，身材魁梧，少说体重也有九十公斤，身上力量的优势是明摆着的。要跟他搏斗，不用三个回合准得趴下。

大个儿走到矮个儿和瘦高个儿的身旁，看了他们一眼，并不搭理。只是越过坐在外边的矮个儿的身子，朝司机座位上望去。

"哎呀，有鬼！"

只听大个儿一声喊叫，他那九十公斤的身躯，竟像座小铁塔似的，歪歪斜斜地倒在了车厢里。

矮个儿赶紧把大个儿扶起，问道：

"怎么啦？"

大个儿失魂落魄，目中无神，结结巴巴地说：

"这车，没，没有司机。"

没司机？矮个儿扭头朝司机座上一看，果然，空的。他红红的胖脸蛋也刷地变白了，这比看到劫车大盗还吓人。

瘦高个儿也探身扭头朝后一望。真吓人啊，车开着，方向盘转着，可没人坐那儿，这不是鬼使神差吗？如果这车像个没头的苍蝇胡窜乱闯起来，那还不车毁人亡？

险哪！随时都可能出现这样的惨剧。说不定再过一分钟就出事了。瘦高个儿捅了矮个儿一下，大声叫道：

"跳车，快跳车，跳啊！"

全车乱成一团。

有知道是车上没司机的；有不知道是出了什么事儿的，反正是情况危急，大祸临头，性命交关了。看书的，书掉地上了；打毛衣的，线团滚出了老远；打瞌睡的更甭说，眼睛睁得老大，就像一辈子没合过眼皮似的。

车窗的玻璃，一扇扇都上死了。虽说每扇空出一尺，那也为透气儿使的，人想钻出去是万难。摇窗户的铁把儿一时找不到，玻璃窗摇不下来，谁也休想跳出去。

"砸！"大个儿从地上爬起来，吼了一声。

"砸了玻璃，谁赔呀！"瘦高个儿虽身处危难之中，神志还算清醒。

"嗨！都什么时候了，还讲那个？"大个儿抬起拳头，就朝窗玻璃砸去。

咣当一声，玻璃窗给砸碎了。瘦高个儿眼快，赶忙把身子闪过一边，没有被砸碎的玻璃划着。大个儿用力过猛，一拳出去，手背上划了三道口子，鲜血直流。

玻璃砸碎了，露出一线生机。一车人都拥向这死里逃生的窗口。瘦高个儿紧挨窗口，本可以近水楼台先得月，头一个飞出去。

可他见窗口上还残留着好些玻璃片，像犬齿般锐利，不敢贸然前去越窗。

就在他稍一犹豫的片刻，大个儿仗着身高体壮，所处地形也比较有利，早就爬过来，把瘦高个儿和矮个儿压在自己身子底下，再有一个鱼跃，就可以贴近窗口，脱颖而出了。

不料，矮个儿伸出双臂把他两腿紧紧地抱住了。

"放开我，放开我！"大个儿嚷着，双腿拼足了劲乱踢。

"不能跳！车开着，跳下去也是死！"矮个儿嚷道。

一句话，提醒了惊慌失措的大个儿，他又把身子缩了回来。

007337 在清晨光洁的柏油马路上平稳自如地行驶着，红灯停，绿灯行，安全礼让，循规守矩，除了没有司机，一切正常。

"嗨，会不会是'隐形人'在开车？"瘦高个儿忽发奇想，又捅了矮个儿一下。

"没听说过。"

"你没听说的事儿多啦！准是，无人驾驶公共汽车。"瘦高个儿为自己的"新发现"叫了起来。

"无人驾驶公共汽车？没通知呀！"矮个儿不相信。

"美国有无人驾驶飞机，法国有无人驾驶火车，干吗中国就不能有无人驾驶公共汽车？"瘦高个儿愈说愈觉着自己有理，也越发地自信了。

"没那事！"矮个儿头摇得像拨浪鼓儿似的。

"没那事？这年头什么事儿都兴许有。新技术革命，技术革命新高潮，知道吗？新鲜事儿，多着呢！你就开眼吧。"瘦高个儿已经完全摆脱了恐惧，变成了站在技术革命新高潮潮尖儿上的弄潮儿。

听说是无人驾驶公共汽车，车上的人也由惊恐转入好奇，纷纷拥到车前来观望这无人坐的司机席。

就在这时，007337进入第一个停车站。只见它减速、靠边、停车、开门，一系列规定动作都完成得干净利索，无可指摘。

车门开了。车上的人这才想起逃生要紧，一个个鬼追着似的夺门而下。冲在最前面的，正是那位身材魁梧的大个儿。

矮个儿也不甘落后，站起来正想往外冲时，却被瘦高个儿一把拽住了：

"嘿，误了这班车。迟到了，奖金可吹了。"

"我爱奖金，我更爱生命。"矮个儿皱了皱短鼻子，做了个怪相，还想跑。

瘦高个儿拉住他袖子不放，说：

"傻帽！你听我的没错，能坐上第一辆无人驾驶公共汽车，这是咱俩的福气。说不定一到站，记者还要来采访、拍照，今儿晚报上还要登咱俩的相片儿呢！"

矮个儿琢磨这话有理，一拍胸脯说：

"听你的，豁出去了。要死咱哥们儿一块儿死。要出风头，咱俩一块儿上。"

就在这短暂的瞬间，车上的人都跑光了。等车的人见这拨人仓皇逃命，神不守舍的样子，不知车上出了什么事，没有一个敢上车的。

瘦高个儿已经完全从恐惧中超脱出来，他跳到仍开着的门边，学着售票员的腔调，用平板的没有节奏的声音说：

"本车是世界上第一辆无人驾驶公共汽车，欢迎各位乘客上车。"

矮个儿也从他胳肢窝下探出头来，帮着叫道：

"无人驾驶，没司机，不怕死的，上！"

站台上的人，干望着一辆空车，可谁也不能动窝。

哧的一声，车门关上了。007337驶离站台，缓缓地加入到街心的滚滚车流中去。

丁字街的岗亭里，电话铃响了。值班的交通警拿起话筒。

"什么？有人劫了公共汽车？"

"对。007337，请你们想办法截住，007337！"

"这？我这儿就一个人，怎么截啊！"

那边一个劲儿地恳求：

"同志，这事儿太大了，您一定得帮忙。"

"这不是帮不帮忙的问题。闯红灯，违反交通规则，你不说我也得截，罚款，处理，没问题，这是我们的职责……"

那边急了：

"同志，你甭说那些。这事儿比闯红灯大多了，他是劫车……"

"你说他劫车，你有什么根据？你们坚持要截，也行，开个证明，打个报告给我们领导。画了圈，我就截。"

"嘿，同志，你怎么这么说话……"

"怎么说话？厂有厂规，校有校规，凡事都有个手续嘛！马路上这么多车，就凭你一个电话，叫我截车我就截车，我成木偶了？"交通警振振有词，年轻的脸上浮着笑容。

"这是特殊情况，需要灵活处理……"

"不行！都特殊，要制度干吗？我们严格执行制度……"

交通警一边打嘴官司，一边从岗亭里往外巡视，忽然，他说：

"嘿，来了，007337来了。"

"截住它！赶快截住它！"那边加大嗓门嚷道。

"它在站上停下了。"

"停了？"

"乘客正下车呢。"

"啊？……"

"关上车门，开过来了。"

"截……"那边又叫了起来。

"截什么？"交通警也叫了起来，"司机座上没人。"

"啊……"

"你们搞的什么名堂？劫车，劫车，司机座上根本没人，谁劫你们的车了？我可不是闲得没事干。"

"不可能，这不可能。"

"什么不可能？我亲眼看见的，就是没司机。"

"怎么会没司机？这根本不可能，怎么搞的？"

交通警更逮着理了：

"怎么搞的，问你呀！没有司机，你们就把车开出来了，这还不出车祸？告诉你，出了事，你负责！"

那边忽然也态度强硬起来：

"没有司机的公共汽车，你们不截住，随便让它在马路上开，能不出车祸吗！我可告诉你，出了事，你负责！"

交通警一想，妥协了，就气哼哼地说：

"少废话。我马上报告上级，通知下边路口的岗亭，叫他们截车。”

007337 继续中速前进。

偌大一个车厢，只剩下两个年轻人。矮个儿还有些心惊肉跳。他看了看同伴，只见瘦高个儿径自直立在车厢最前边，两手扶着两边的椅背，俨然是一副浴血奋战，乘风破浪的孤胆英雄的雄姿。

"痛快！一辈子没坐过这么痛快的车！"瘦高个儿陶醉了，"专车！嘿，专车！只有不怕死的人，才能享受专车待遇。"

"不会出事儿吗？"矮个儿心里还是不踏实。

"没错儿，这车开得多稳当。无人驾驶，科学之谜。"

说话间，车子已减慢了速度，进入第二个停车站。

站上等车的有好几十人。远远见来了一辆空车，虽无人下令，大家可都做好了冲锋的准备。

车门还没打开，瘦高个儿就伸出脖子叫道：

"乘客同志们注意了。本车是采用世界最新科技成果的无人驾驶公共汽车，设备先进，技术超群，欢迎乘坐！"

矮个儿也一边跟着喊：

"大伙儿听清楚了。这车没司机。不怕死的就上来，想活命的等下辆！"

不知是大伙都没听见，还是个个都不怕死，车门刚一打开，人群就如潮水般涌了上来。

瘦高个儿赶紧把住车门说：

"别挤，别挤，这车真没司机！出了人命危险没人负责。"

挤在前边的是个身强力壮的小伙子。他一扬手，打掉瘦高个儿把在门上的手臂，说：

"大清早的，你做梦呢！没司机，这车怎么开的？"

噌的一下，他跳上了车。

挤在他后边的，是个戴眼镜的中年人，斯斯文文地说：

"无人驾驶，正好！我是研究电脑的，正对口。"

他上来了。

第三个，是个中学生，正捧着一本智力测验材料背呢，这时，他双手把书捂着胸前，着急忙慌地说：

"让我上，让我上，我们今天参加全市智力竞赛。"

他也上来了。

第四个，是个老头儿。他一头白发，满面红光，胖墩墩的，长得像个弥勒佛。他一边往上挤，一边大声嚷嚷：

"不怕死的上呀？行。我早就活腻了，正想找个地儿去死呢，今儿相中这车了。"

他，也上来了。

势不可当。有带头的，就有续尾的。人们接二连三，毫不犹豫地都登上了这辆"死亡之车"。

就在这时，一个青年男子一边喊，一边朝汽车追来：

"等一等，等一等！司机同志，请你等一等！"

矮个儿伸出脑袋去回答道：

"这车没有司机。"

"售票员同志，请你等一等。"那男的满头大汗，上气不接下气。

"我不是售票员。"

那男的根本不听，还接着喊：

"我爱人马上要生了，得赶快去医院。"

人们回头一看，只见一位孕妇捧着大肚子，"哎哟，哎哟"地正朝车站走来。

"还不赶紧叫出租汽车去！"车上一位大嫂发话了。

"叫了，这会儿没车。"

"跟他说，送孕妇上医院。"

"人家说，那也得等着！"

那位"正想找个地儿去死"的老头儿，在一边粗声大气地说：

"你问问他，他妈生他的时候能等吗！"

瘦高个儿也过来说：

"同志，不是不让你上，这车没有司机，万一出了事故，大人孩子的安全谁负责？"

"我负责！"那男的毫不含糊。

孕妇走到车门口了，上面的人搋，下面的人托，安全地上了车。

车门自动关好，007337继续中速行驶。

一时间，孕妇临产成了车厢说话的主题。什么无人驾驶、有人驾驶都被置之脑后了。

"哪位同志给孕妇让个座！"矮个儿充当起售票员来。

那位中学生正坐在矮个儿原来的位子上，低声背诵智力测验题：

"电子学是研究电子和电磁场运动、电路理论……"

矮个儿张罗给孕妇让座，他压根儿没听见。

"坐这儿。"那位"正想找个地儿去死"的老头儿看了中学生一眼，怒气冲冲地站起来说，"我是去死的，你是要生的，你重要，我让你！"

"您这么大岁数了，您安安稳稳坐着吧！"头一个挤上来的靠里边坐着的身强力壮的小伙子站了起来。

"谢谢您啦！"矮个儿连忙说，"这位老大爷，您还坐您的。这位女同志，您到这儿来坐。"

孕妇刚坐下，中学生又背起他的题来：

"电子学是研究电子和电磁场运动、电路理论以及信息传输……"

原先建议叫出租汽车的那位大嫂凑到孕妇身边，打听预产期是哪天，想生个男孩还是女孩，又问，马上要生了，为什么不就近找个医院？

"不行，家门口的医院不收。"孕妇似乎暂时忘记了疼痛，"不是合同单位。医生说一时半会儿还生不下来。"

马上就要做父亲的男人，拿出两角钱给矮个儿，说道：

"同志，打两张一角的。"

"我不是售票员。"

"售票员在哪儿？"

"我不是跟你说了吗，这车没有售票员，也没有司机。"

"没有司机？！"那男的大吃一惊。

"合着您全没听见！"那"正想找个地儿去死"的老头儿乐了。

那男的望着自己的爱妻和还没出世、一时还看不见的孩子，手足无措了。

"你别害怕！"矮个儿此时也从恐怖中解脱出来，以老资格的乘客面貌出现，继续安慰这位新乘客，"这车，别看没人开，安全可靠，最佳技术，领导世界新潮流。从起点站我就坐了，该停就停，该走就走，您尽管把心放肚子里，没事儿。"

　　事实是最有说服力的。尽管这是一辆奇怪的没有司机的公共汽车，它一路运行正常，没祸没灾，一车人都随遇而安了。

　　只有那位自称是研究电脑的戴眼镜的中年人，俯在车前边，望着杳无人影的司机操纵台，口中喃喃自语：

　　"奇怪，奇怪，这车怎么跟普通公共汽车一样呀。无人驾驶，是用电子技术遥控，这微型信息处理机装在哪儿，怎么看不见呢？"

　　瘦高个儿成为"孤胆英雄"的理想化为泡影，觉得没劲了，打起瞌睡来。

　　只有那勤奋的中学生，两耳不闻车中事，只读他的：

　　"电子学是研究……"

　　十字路口的交通警接到紧急通知，当机立断，给007337吃了一个红灯。

　　007337停在斑马形人行横道线后边。

　　这位交通警长得浓眉大眼，仪表堂堂，穿着整齐，举止威武。他打开岗亭，锁上小门，不慌不忙地走到007337跟前，一边掏出小本，一边用极其简短的语言叫道：

　　"下来！"

　　车上没有人下来。

　　交通警又叫了一声：

　　"下来！"

　　矮个儿探头问道：

　　"您叫谁呢？"

　　交通警似乎觉得自己的尊严受到一些损伤，说话就不那么简短了：

"我就叫你，下来。"

"我干吗下来？"

"你违反交通规则，下来，把执照交出来。"

"我哪儿来的执照？"

"好啊，没有执照你开车？这车不能走了。都下来！"

矮个儿哈哈大笑：

"你调查了吗？我是司机吗？"

交通警也蒙了，可还挺有理："不是司机你搭什么茬儿！"交通警转到司机座位的窗口边，朝上喊道："谁是司机，快出来！"

"这车没有司机。"研究电脑的中年人答道。

"没有司机，车怎么开出来的？"交通警急了，脸上的眉毛更浓了，眼睛也更大了，嗓门也高了，"司机藏哪儿了？快交出来。不交出来，你们就是窝藏罪犯。"

瘦高个儿觉得自己似乎有责任解释这一切，挤到前边说：

"谁窝藏罪犯了？这车压根儿是无人驾驶，最新技术，开出来就没有司机。我证明。"

交通警这才记起上级的电话里是说什么"无人驾驶"来的，他略一思忖，又说：

"没有司机，那售票员呢？售票员下来。"

"对不起，您啦！"矮个儿兴致愈来愈高了，他微笑说，"售票员啊，也没有。"

"岂有此理！没有司机，没有售票员，那，那，总有个负责的吧？谁是负责的，下来！"

"负责的？"矮个儿做了个怪相，答道，"对不起，没有。"

瘦高个儿打着哈欠，看了看表说：

"怎么回事？这车还开不开，我要迟到了。"

孕妇一阵腹痛，"哎哟，哎哟，妈呀"地呻吟起来。未来的爸爸急得狮子般地吼叫起来：

"快开车，我女人要生了。"

一车的人都嚷起来：

"快开车！快开车！"

"嚷嚷什么？"交通警喝道，"不听交通警劝导，聚众闹事，加倍罚款。"

"我说，年轻人，你先别吓唬人。"那位"正想找个地儿去死"的老头儿冲交通警问道，"这车撞人了吗？"

"没有。"

"撞电线杆子了吗？"

"没有。"

"闯红灯了吗？"

"没有。"

"这不结了！"老头儿叫道，"它一没撞人，二没撞电线杆子，三没闯红灯，你凭什么不让它走？"

车上的人也七嘴八舌地参加了咨询：

"对呀，你凭什么扣我们？"

"误了上班，你负责呀？"

"电子学是研究……"中学生也感到了事态的严重，参加了进来，"误了智力测验，我怎么向同学交代？"

"行行好吧，我女人快生了。"

"哎哟，妈呀，哎哟……"

交通警有些吃不住劲儿了。可他还是紧了紧皮带，伸了伸脖子说：

"你们跟我嚷嚷有什么用。这车没司机就不能开。"

研究电脑的那位，觉得有必要普及一下科学技术知识，于是说道：

"这车不用司机，它是用电脑控制的。电脑，知道吧？它里边储藏了很多信息，可以指挥它停车、开车、左转、右转……"

"跟我说这些没用。"交通警一挥手说，"我有条例，照交通管理条例办事。"

"那你说怎么办？"瘦高个儿火了，小伙子脾气上来了。

"把车开到路边，听候处理。"

车上的人也火了：

"没司机，谁把车开到路边？"

"这……"交通警语塞。

车上的人齐声喊道：

"开车，开车。"

这时，007337后面已经排成了蛇阵。大车驾驶员，小车司机，还有骑自行车的庞大队伍，都在喊：

"怎么回事？还不变灯？交通警上哪儿去了？"

交通警也慌了。他正考虑怎么办呢。忽然，灯变了，007337启动，开出了停车线。

交通警忙跳到一旁，大声叫道：

"谁在那儿扳红绿灯？"

他回头一看，大吃一惊。岗亭里连个人影都没有，门钥匙还在他兜里装着。

矮个儿从窗口伸出脑袋笑道：

"嘿，红绿灯也自动控制了。民警同志，您瞧瞧去吧！"

中学生还在一劲儿背着：

"电子学是研究电子和电磁场运动、电路理论以及信息传输系统一般规律及其应用的科学……"

十五分钟后，007337安全抵达终点站。

当天上午，公共汽车公司车队召开紧急会议，讨论007337案件。会议强调这次意外事故虽未酿成惨祸，但情节严重，性质可疑，绝不可掉以轻心。经过认真讨论，会议提出四条意见：

一、建议立即拘留007337，送交公司检修厂彻底检查，务必查出肇事者及其作案动机和手段。

二、建议扣发007337司机当月全部奖金，扣发007337售票员当月奖金的半数。

三、请公安局协助查找砸碎窗玻璃的大个儿，勒令其赔款二十元。

四、矮个儿、瘦高个儿、"正想找个地儿去死"的老头儿、电脑研究者均系此一非常事件的嫌疑分子，请公安局立案侦查，以绝后患。

报告送到公共汽车公司，秘书科批示："请业务科处理"。业务科批示："请技术科处理"。技术科批示："请保卫科研究"。保卫科批示："请劳资科酌处"。劳资科批示："请秘书科阅处"。

秘书科科长拿着这份画了很多圈的报告送交公司经理。经理叹了一口气，提笔写了几行字："请党委研究解决"。

党委书记把报告看了一遍，放进了抽屉里。第二天，他又取出来看了一遍，还是放进了抽屉里去。过了一个星期，他参加了上级党委的一个会，听了一次传达报告。回到公司，他马上把报告找出来，奋笔疾书：

　　中央和省委领导多次指示，要研究新情况、新问题，支持新事物。现在我看这事就是新事物，为什么又惊慌失措呢？这种状态，我们还能干"四化"吗？

本篇插画作者：丁聪

# 生死前后

真是活见鬼，你怎么跑这儿站着来了？

别动，千万别动！稳住劲儿，身子别来回摇晃！连站稳你都不会啦？腿使劲，撑住腰，身子又没多重，统共才六十八公斤，那么两条大长腿，不信你就撑不住半截身子？脚掌使劲，对了，把脚指头放平。嘻，别全放平，放四个就行了，大脚指头可以自由地上下抓挠。怎么样，有一个脚指头自由活动就站稳了吧。仪仗队的漂亮小伙儿能站得泥塑石雕似的，听人说就使的这方子。这回你信了吧。

好了，站稳了，别动。

你必须这样一动不动地站在你现在该站的地方。（天哪，这是你该站的地儿吗？）控制住你的神经，不要胡思乱想，千万什么也别去想啦！别瞧你活了三十多，还是没学会掩饰自己的内心世界。心里一活动脸上就露出来，你连这点自知之明都没有吗？傻瓜！你要自然，像没你什么事儿一样。

唉，你的面部表情又差劲了。眼珠子别睁得那么大呀。本来你的眼眶子就深，黑眼珠俩煤球儿似的，稍微一瞪，就太显眼。

你别像耗子偷了油似的，惊慌失措。你心里一害怕，眼珠就贼一样，脸上变颜变色的，这可不行。你得闹明白，这是什么场合，你是什么身份。作为死者的哥哥，站在你亲弟弟的遗像旁，你该是什么模样？低眉垂首，悲从中来，欲哭无泪才正常。也不用你双泪直流，应该是一种拼命抑制，而又抑制不住的伤心劲儿。唉，是有点难为你。表情掌握这分寸不容易，你一辈子又没演过戏。可，谁叫你遇上这事儿呢，学着点吧。

对，对，刚才那表情就不错。就这么低着头，让人看不见你的脸就行，放心吧，谁也不会注意你。谁也分不清你们哥儿俩谁是谁。此刻，你唯一的任务就是一动不动地站住！千万别动了。有什么话，等开完追悼会再说。

等着吧，等追悼会一开完，你再去找办公室的老张算账。这他妈的张胖子，主观、武断、自以为是、自作聪明、为所欲为、横行霸道，偏说你死了，偏说你不是你，是你的兄弟！结果搞得张冠李戴，阴错阳差，不容分说就把你拉来在家属堆里站着。你自己参加自己的追悼会，这算怎么回事儿？等着吧，到时候再跟这胖子说理。这会儿，木已成舟，你先忍着吧！

你老婆也在一边站着呢。眼泪汪汪的，可没忘了穿她那双新皮鞋。八成儿她以为真是你死了。瞧她抽抽搭搭的样儿，真的还是假的？是哭你，还是哭她自己？怪了，平常日子跟你打起架来，咬牙切齿的，怎么这会儿这模样了？说不定真后悔了。悔不该当初待你那么无情无义，母夜叉似的。想想她那厉害劲儿吧！该！

为你这一死，她能哭成泪人儿似的？她多半儿还是哭自己呢，年轻轻的就成了小寡妇，够悲惨的。为这哭，更没必要，如今也没有守节这一说。寡妇也不比别的女性低一等，找着合适的，跟大姑娘一样嫁人。她不是常说，瞎了眼才嫁给你吗？这回倒成全她了，给人家来个大解放，睁开眼再嫁一回。哼，今天你要真死了才好呢，可惜，你又没真死。他娘的，先让她站一边哭会儿吧！

可话又说回来，老辈人说一日夫妻百日恩，好歹一张床上睡了五年，能说一点恩爱没有？凭良心说，就你那点工资，就你那好吃懒做的德性，一个家还不是全靠人家。去年还攒钱给你买了套料子西服。就算她平日爱唠叨，嘴上不让你，也没坏心。死心塌地跟着你。这年头，你找着这样的老婆也就算福气不小。瞧她那双眼哭得俩桃儿似的，你不心疼？真他妈心疼。唉，你可别过去搂着她，站着你的。千错万错都错在老张身上，你一轻举妄动，这追悼会就算砸了。老婆真要因悲痛过度，卧床不起，医药治疗叫他们办公室负责！

别抬头！你东张西望可不行。眼睛看着她，别抬，别抬起来呀！你呀，一辈子缺点就是好奇心太重，倒霉就倒在这上边儿了。把脑袋低下去，有什么好看的？千篇一律的灵堂你还见得少吗？你参加过的追悼会也不少，今天轮到你头上，也没啥新鲜的。四周靠墙还不是那么一排纸扎的花圈，透着那么假。这年月，凡事你就别深究，什么都假，连给死人送花圈都是假的。他娘的，人都死了，最后一场，就不兴来点真的？假，假，假，假的有什么劲？待会儿，花圈连地儿都不用挪动，工作人员只消拿大头针把俩白带子一换，就又打发下一个追悼会去了。送花圈的人也不用真掏钱，报个名，就"献"上了。这里头有点儿对死者的真情实感吗？活人就这么对待死人呀？

听人说，阴间和阳间万事全是颠倒的。说不定死人的审美意识跟活人也反着。活人瞧着假，死人就觉得真；活人伤心透了的事，死人瞧着就欣喜若狂。你没死过，当然体会不到。不懂鬼的世界，你就别去瞎琢磨！

想知道是谁送的？你急什么！等追悼会完了你挨个儿慢慢瞧去，条子上都写着呢。公司上下，各处、各科、各室一个也不落下，为你还专门成立了个治丧委员会呢。这也不是闹着玩的，你大小也是一条性命嘛。个人送你花圈，那就看交情了。对你好的，对你歹的；够哥们儿的，不够哥们儿的；咬过你的，帮过你的；关系铁的，关系不铁的，大不相同。何况还有不认识你的呢。

小李一定愿意单送你一个。打扑克的老对家，出差的老搭档。那回去广州出差，住小旅馆蚊子咬得睡不着，俩人聊了一宿，什么话没说？不过，他想单送人家批准吗？他跟你一样，半斤二百五十克，没权势的小干部一个，没他说话的地方。

个人的情分厚薄，要看门外头的签名本。人来了，签上名，就算有情分。本上没人家的名，那就说明他对你不怎么样，你对他无关紧要；或者是，你死了，他还怀恨在心，不能释然。然而呢，本子上有名也不足为凭。这些年，哪个机关死了人，开追悼会那半天不跟放假似的。说是全都像那么回事儿似的来开追悼会了，其实也就点个卯，提起书包早早回家去了。那回，是谁的追悼会来着？灵堂里边凄凄惨惨，灵堂外边热闹非凡，跟自由市场似的，你不也在其中吗？什么"沉痛追悼""寄托哀思"。活人大串联！

你，唉，你这么想就不对了。人家老远跑来参加你的追悼会，管他是真心还是假意，就算看得起你，就算对得起你。再说，你进一步想想，你死了，化成灰，一冒烟，全没了。不占办公桌，不占调资名额，不给人提意见招人不痛快，不挤班车，不争房子，谁还跟你有矛盾？谁还拿你当对立面、眼中钉？多亏你这一死，你的好处全显出来了。平日再忌恨你的人都宽怀了，慈悲了，心上温暖了，觉着你怪可惜的，才三十三岁就见阎王，独自去阴间，多么的寂寞，人们能不动一点情吗？

老老实实站着你的，绝不能去破坏这庄严肃穆的时刻。此时此刻，人们总是难得的虔诚。面对亡灵，一切扣祥都解开了，一切矛盾都烟消云散了。你死了，他们还活着。他们比你优越，他们怜悯你。现在，你最重要的是控制住自己，别动，别抬起眼睛，别抬起下巴。事已至此，就要对你盖棺论定了。你应该感到幸运，有谁能像你，活着听见对自己的悼词！你只洗耳恭听就行了。你站的位子离致词的人最近，你会听得清清楚楚，你就要知道人们对你一生的评价。对于死去的人，人们是不会舍不得赞美之词的。最后一次给予，不用花钱，不必吝啬，不会让你脸红心跳的，把心放肚子里吧！

好好站稳了听吧，这一下你不用担心档案袋里装的是什么了，全没有用了，悼词才是定论。一会儿都会当众念出来，再不会像小组会那样没完没了地批评和自我批评，搞得你没有了自尊心。你将会看到自己三十三年没白活，短短一生干得不错。你的尊严就要在追悼词里找回来了。你不用辩解了，不用推辞了，更不必装出谦逊的样子故作姿态了。哪怕人们只因怜悯你，在他们的记忆里剩下的也只是你的优点了。像淘金人似的，泥沙、铁渣都冲净了，大伙儿心上只留下金子一般闪亮的你。不信，你等着吧！

不可避免的是，追悼会后你费点劲去向领导解释。谁叫你有这么一个双胞胎的弟弟，跟你长得一模一样，叫人难以分辨？光埋怨老张也逃不了责任的。照那骨灰盒上的照片，就是为领居民证去照的。照相师傅还开玩笑说，你们哥儿俩照一张就够了，反正像一个模子刻出来的：四方脸盘；剑一样的两道黑眉毛，火辣辣的；轮廓分明的厚嘴唇，有点歪，像跟谁赌气似的。真叫人没办法，不但长相一样，连生气的样子都一样。弟弟现在在哪儿？莫非他死了，公司里的人弄错了，以为死的是我？可，弟弟怎么会死呢？他身强力壮，活得好好的，远没有活够，怎么会死了呢？要是死的不是他，那骨灰盒里装的是谁？反正不是你呀！

弟弟也怪可怜的。从小就淘气，不知道用功念书，没少挨爹妈揍，小时候哥儿俩一块儿玩，打破茶杯砸碎玻璃闯下了祸，挨揍的总是他。你这当哥哥的也不地道。八岁那年，你玩弹弓打碎了玻璃，妈打他，他眼泪汪汪地望着你，你还直拿眼瞪他，不让他说出实情。后来，你买了根奶油冰棍收买他。才一根冰棍，就让你弟弟替你担着罪名甘受皮肉之苦。你这人呀，那么小小年纪就会收买、贿赂。你配当哥哥吗？

后来，赶上十年动乱，学校放羊，弟弟也随大流不念书了。等到中学"毕业"，插队到北大荒，也就跟文盲差不多了。十年动乱结束，好不容易请客送礼把他户口弄回来，联系工作，哪儿都不要。待业待了五六年，他才觉悟到没有文化找碗饭吃都难。

他受的苦比你多，可比你坚强。天不收，地不留，也没见他耷拉过脑袋掉过泪。整天跟他那帮"铁哥们儿"在一起，"有福同享，有难同当"。别瞧他待业，路子还真野，没有他接不上的关系走不通的后门。你当个小科员，作风正派，不搞歪的斜的，可你家里的电视机是谁从后门帮你买回来的？电冰箱是谁找车替你拉回家的？

这两年，他考了执照，开上了出租车，挣了不少外汇券儿，更神气了。整天抽"三五"牌，喝的白兰地，北京市简直没他走不通的门路。亲戚朋友的红白喜事都是弟弟仗义而行。爹妈还是一百个瞧不上他，说弟弟结交一帮狐朋狗友，迟早要出事，可请客下饭馆还得弟弟出面订座，为的是又体面又省钱。连妈想吃牛肉、豆腐，爹想买好羊肉片儿什么的，只要一句话，弟弟就给送家来。弟弟性格热情，乐于助人，刚刚走向社会，活得有滋有味的，怎么会死了呢？可怜的弟弟，他死了，骨灰盒冷冷的，那里边怎能装下他那朗朗的笑声。

呀！来了，鱼贯入场，阵势还不小呢。一个个俯首低眉，一朵朵小白花像一滴滴清泪滴在他们胸口上。这么多人来参加你的追悼会，表示对你的哀思，使你尚未远去的亡灵得到超度，在天国里得到幸福与安宁。啊！别动了，把脑袋低下去！叫你别动，你敢破坏这悲剧的气氛？就要致悼词了。谁致悼词呢？八成儿是公司办公室的赵主任。山东人，口齿不清，"四"和"十"分不清，"人"和"银"一个样。他越想分清越分不清，越分不清越着急，听的人越笑。要是今儿也出这种洋相，岂不大煞风景。

也可能是吴副主任念悼词，他也常去这种角色。他口齿伶俐，就是人太坏。不行，不能让他致悼词。那年调资，科里分到一个名额，论贡献、论业务能力、论工作态度，非你莫属。初评的时候，你红榜头一名。可后来，三榜定案，变了，变成小金。小金哪点比你强？工作没一点魄力，业务一问三不知，还三天两头请假，不就仗着他上层路线走得欢，拍这个吴主任——当时公司调资小组的办公室主任。凭他一句话，就把你拉下换上小金了。这种人也配给你致悼词？呸！再好的词儿经他口里说出来，也不值钱了。

可到了这会儿，你着急管什么用？诸事安排妥当，各自进入角色，谁给你致悼词能由你指定吗？赶明儿得给"人大"提个建议：殡葬改革，头一条要改——由谁致悼词应征求死者的同意，以表示对死者的尊重。要不然，两个人不对劲儿，死得多别扭，死了心口还窝口气，又没法儿找地方说理去。不过，"人大"管死人的事儿吗？不是人大代表能提议吗？普法学习那会儿感冒了，没认真学习，真亏。

哀乐，响起来了。怎么？开始了？哀乐，缓慢地、低沉地，像一股从地狱刮来的阴风，抽打着人的心灵，刺痛着人的神经。真够哀伤的，仿佛整个世界都在抽泣，都在为你送葬。你配享有这种悲哀的庄严吗？你死了，于国家，于社会，于公司算得了什么？无非是地球上少了一个细胞，一只小蚂蚁。可，哀乐一响，你竟变得无比高大了。高大？那还说不上。这种西洋哀乐，悲悲切切的，有悲无壮。要说悲壮、高大，那还是以前中国人家里死人奏的民乐有气势。打击乐器，吹吹打打，最突出的是唢呐。那高亢入云的唢呐声，如泣如诉，震到人心肺里，真有股使人心灵发抖的威力。怎么着？别瞧你喜欢吃西餐，到这节骨眼儿上，你就不喜欢西化了吧！不过呢，也无所谓。西乐也好，民乐也好，无非是老调子，谁死了都是这一套。又不是专为你谱的曲，值不得要死要活地掉眼泪。

坏呀，你这人真坏透了，铁石心肠，冷血动物。都到死的份上了，还这么挑三拣四的。又嫌花圈是假的，又挑致悼词的人，又怪哀乐是通用件大路货！你呀你，你连寄身在这人世上的最后一瞥都不让人痛快。你还活着干什么？

三鞠躬。哎哟哟，这可不敢当。平白无故的，怎能受这大礼？看他们神情肃穆，面容悲凄，一个个弯下腰去，仿佛要把满身的悲痛都兜起来，压进本来已被哀伤膨胀了的胸腔里去。你别动，不要抬头去看，你应该用心去感觉。你感觉到了吗，这巨大的悲痛之情都只因你而产生的呀。此时此刻，此情此景，你难道还有什么可埋怨的？还有什么可忌恨的？还有什么可挑剔的？人家对你是太仁慈、太宽厚了。你，渺小的你，能报答这深情于万一吗？你又抬起头来了。你看见了吧，郭大姐、小云、小陆子、老刘头都来了。可你呢，你过去对他们是什么态度？你骂郭大姐是长舌妇；你叫小云是小妖精；你说小陆子像倒二爷；连老刘头这么个老实人，你都不放过，说他是乾隆转世封建祖师爷。你啊你，多么歹毒呀，你这冷酷的人。

默哀！三分钟。时间够长的。嘀嗒，嘀嗒，一秒，两秒，三秒，四秒，在这漫长的三分钟里，人们心里都在想你的好处。一屋子人这三分钟都给了你。想着你，念着你，你像一片灿烂的朝霞同时在他们的心中升起。你有何德？你有何能？博得人们对你如此的关注和倾心？今后，你该抛弃对同志不信任的恶习；你该检查自己时常不与人为善的心理；你该重新做人。这一片真情的流露难道还不能把你丑恶的灵魂洗涤一新吗？

别动！你别动，致悼词了。哎呀，怎么会是孙副经理致悼词呢？规格够高的。你一个小科员，平常跟他连话都搭不上，走廊上迎面碰上只配闪过一旁侧身让路，没想到有劳他出来念稿，没想到他甘愿为你致悼词，真是破格了啊！

"今天，我们怀着极其悲痛的心情，沉痛悼念林大江同志……"

嘿！这老头儿念得真棒！一字一句，悲凉苍劲，全带着感情，又不做作，简直绝了。孙副经理，够意思，摊上这么个大领导致悼词，你死也不冤。想起来，真对不起他。他给你念悼词念得这么好，你以前对他打心眼儿里可是不尊重。尽管你跟他没说过一句话，工作上也没可能直接打交道，可背后你是怎么骂他的？"官僚""极左""僵化""没人情味""没能力"。你全说过。真是狗嘴里没吐出过象牙。你啊，你，你这人，怎么能背后这么议论领导呢？毫无根据，捕风捉影，自由主义，冤枉好人。对，开完追悼会主动去经理室，当面检讨，洗心革面，从头做起。

可，事情有这么严重吗？你也没有四处散布，就上回跟小李到广州议论过几句。别把事情搞复杂了。你一番好心，赔礼道歉，他还不定怎么想呢，说不定以为你背后造了他多少谣，反而对你产生恶感。这可不是闹着玩儿的，要慎重，可不能一时感情冲动。再说，平常没有说过话，真要登门道歉，怎么张口啊！唉，算了吧，别庸人自扰了。

"林大江同志是公司业务骨干。他刻苦学习，钻研业务，富有开拓精神。他的逝世是我公司一大损失……"

哈哈! 这回承认你是业务骨干了。怎么样? 不得不承认了? 哼! 当初, 调工资, 评专业职称, 分房子, 怎么不承认? 又是没有学历啦, 又是公司工龄不够啦, 又是"僧多粥少"啦, 就是卡你、压你。这回, 承认了, 晚了, 你都死了, 承认有个屁用? 还说什么你的逝世是"我公司一大损失"! 早知道是一大损失不就好了吗? 凭良心说, 这几年真没好好干。连一半的精力都没有发挥出来。上班看报, 看参考, 看武侠小说, 这屋串那屋聊大天, 泡去了多少光阴? 要是把悼词中的那些好话拿出一半儿来生前说道说道, 别说一半, 哪怕是拿五分之一, 十分之一, 那还不调动积极性? 不是吹, 一个顶俩, 一个顶仨, 也不含糊。唉, 领导上不知道, 你这家伙, 就是爱听表扬的话, 多高的帽子也不嫌高。

"……我们要化悲痛为力量, 学习林大江同志的钻研精神, 为祖国的社会主义现代化事业……"

别, 别, 别。这话说到哪儿去了? 你可没有这么伟大, 值不得人学习。学什么? 学你把公家的信纸信封顺手牵羊地拿回家去? 学你想法多报出差补助? 这种见不得人的事你没少干, 你不值得人学习, 快别说了。孙副经理, 别说了, 再说, 你脸发红, 心乱跳, 站都站不稳了。

"安息吧! 林大江同志。"

哀乐又响了。孙副经理、各处室领导一一上前握手。温暖的手, 汗淋淋的手, 通身像触电一般, 这可有点受不了。

你为什么发抖! 这一神圣庄严的时刻, 你难道不感到自己的崇高，自己的圣洁，自己的可歌可泣，自己对于这世界的不可缺少？你发抖了，你亏心了，你还有什么理由责怪组织、责怪别人！你为人们的善良，人们的多情，人们对你诚挚的爱而发抖了！你的心发抖了！

控制住自己，别发抖，别摇晃，别让眼泪流出来！这样的评价，这样的哀荣，你做梦也没有想到不是？你还有什么不满足？你在这世界上还有什么所求？即使你此刻真的倒下，你也该心满意足了。一切闲言碎语，一切你以为的不公正——不给你调级，不承认你的学历，不给你分房子，不提拔你当官——都是不存在的。都是你自己多疑、多忌、多思、多想，都是你自己思想有问题。比起这高尚诚朴的悼词，难道不像一面镜子，照出你丑陋的面目来了吗？大江啊大江，你带着满腔对人们的误解和仇恨，有何面目混迹于人们之中。他们对你是多么的宽容博爱，而你对他们，又是多么，多么……啊，假如今天你真的安息了，你将会死得悔恨。你将永远是带着负疚的心情长眠于地下。幸而你没有死！

啊，假如你今天真安息了，你就没有时间去弥补你以往的过错。没有时间去回报这慷慨赐予你的评价。你差得太远了，从明天开始，你要重新做人，重新去对待生活，对待工作，主要是——对待人。周围的人是多么好啊！他们对你满怀的只是爱，只是尊敬，没有一个人想去伤害你。你以往的烦恼全在于你自己的偏执。改正吧！从头到脚地改正吧，从灵魂深处改正吧！世界还是这般美好，这般阳光灿烂啊！

啊，大江，为这错了的追悼会感谢上苍吧！没有它，你怎么能有今天的大彻大悟？你仿佛获得了新生！

三天之后，公司发了一个内部通报，据称：

我公司科员林大江欺骗组织，自称死亡，骗取领导和同志们为其召开追悼会，行为恶劣，情节严重。本当严惩不贷，姑念他尚属初犯，且能深刻检查其错误及其思想根源，经报上级机关批准，给予行政记过处分，扣发全年奖金，撤销追悼会的致悼词，并在公司内部通报批评。全公司职工应从林大江这一错误中吸取教训。努力学习，改造思想，提高觉悟。

# 等待电话

晚饭后，是赵老最高兴的时候。

"今天呀，接了好几个电话。别看在家待着，一天也挺累的。哎呀……现在，有些家里呀，真是矛盾重重，说又说不出口。一大早，这个老王啊，就来了个电话，说了足有四十分钟。说什么？唉，说他们家这个矛盾嘛——这回呀，不是那个小芳的问题啦。小芳不是出国了吗，你还不知道？原来呀，他就担心这个小芳。一个女孩子，一个人到国外，要是出点事儿，那个社会……二十七八了，也没个对象，回来就三十多了，难题呀……也没办法，做父母的有什么办法？随她去了，想管也管不上啊。这个小芳嘛就算暂时搁一边儿了。哎哟，现在的主要矛盾啊，是在这个小杰身上。小杰，小时候胖墩墩的。你还记得吧，明芳，那年他五六岁，老王两口子带他来过。你说他虎头虎脑的，要收他当干儿子，小家伙头一摇，不干。……也快，三十多年了，五〇年生的。五〇年……比我们小妹大三岁，今年，不得了，三十六了嘛。这个小杰，耽误了，没什么学历，混到什么电影厂。婚姻问题嘛，一直拖着，高不成，低不就，现在好不容易找了一个。唉，老王也是不大满意。管他呢，人家自己满意就行，老头子也想开了。小杰演过个什么电影来着？什么，叫什么？……小妹，你记得吧，叫什么名字来着？啊，对了，就是那个什么什么恋的。他那个对象，也在这电影里头，演个什么大姑娘。老王说了半天，我就是对不上号。现在，总算定下来了，要结婚了。女方嘛，家庭就不好说了，现在也不讲这一套了。可，问题是，哪来的房子？挤老头子这儿吧，人家不愿意。老王呀，费了九牛二虎之力，给机关说呀求呀，好不容易借了间房。问题是，没有管道煤气，得给他找个煤气罐儿。老王说呀，现在，找煤气罐比找对象还难……"

"爸，你管人家那些乱七八糟的事干吗？"

"小妹！怎么跟你爸爸说话这么没礼貌！"

"本来嘛，这年头，自己的事自己哭去，说管什么用！"

"你懂什么！王伯伯跟你爸是老战友，不跟你爸说跟谁说！老赵，煤气罐找到了没有哇？"

"找到了不就解决了吗？难哪！老王啊，老黄牛！大儿子一家，保姆孩子都挤在那儿，白吃白喝，餐餐一大桌，共产。二儿子要闹独立。自立啊，立又立不起来。老头子到处给他找煤气罐。我看他也真是没办法。电话里我跟他说，别着急，慢慢来，想想办法嘛。明芳，你也帮着打听打听。你们学院那个，那个新大楼不是管道煤气吗，那原来的煤气罐呢？你这个人事处长，去侦察一下，帮他这个忙。煤气罐事小，关系到一家的安定团结哟。老王啊，真犯了愁。电话里唉声叹气的。这个人呀，也有点婆婆妈妈的，又问我们家的问题。哈哈，我就如实给他来了个电话汇报。我说，我是老传统，大锅饭。老子有口气，就管他们吃。关键是心情舒畅。要民主，要和谐。少管闲事少生气，少干预下一代的事。小妹，你哥他们呢？俩人又跳舞去了吧？是啊，早上就宣布了，不回来吃晚饭，下小馆去了。咱们这个儿媳妇，比上不足比下有余，是不是？明芳，知足吧！我还跟老王说，就是保姆的事叫人头疼，三天两头甩手不干，说走就走，什么政策也不管用。老王说呀，现在的小保姆成帮成伙，快成团结工会了。他说，打听到好的，给我们介绍一个。怎么样？别看我离了休，不抓国家大事，家里的大事，还是抓到点子上了吧？哈！哈！"

"明年，等我过了线，退下来，我来当保姆，谁也不求。"

"就是！妈，您就差半岁了，还泡个什么劲儿？早退了，省得爸爸一人闷得慌！"

"我闷得慌？我……闷得慌？……"

"你爸才不闷呢！别看他退了，事儿多着呢。机关里的事，找到头上，也不能不问问哪！"

"这我倒是早声明了，退了，什么也不管……"

"你说不管，人家打电话来说说，你总不能不听吧？"

"那倒是。现在这些电话呀，简直像电话会议啊！也没什么大事，无非是聊聊吧，通通情况吧，中午有两个电话，问我的身体呀，问我会不会鹤翔庄，竟扯些没用的事。吃了午饭，刚想躺下，电话铃又响了，又是那个小蔡，又说分房子的事，一说就没完。我也奇怪，在位的时候，我也没有管过分房子的事嘛。"

"老领导嘛，不在位了，更好说话。"

"也对。现在，真是不得了，房子盖了这么多，还是不够分的。小蔡说呀，还成立了分房委员会。各处、室选代表进委员会，比选人大代表还认真。委员会开了两次会，讨论分房方案，各说各的理，争得不可开交。小蔡这人，说话幽默。他说，分房委员会好比坐在火山口上，动不动就要爆发。要排队，要按分，复杂得很，不得了，真不得了……小妹呀，你是身在福中不知福。一人占十四平方米，小天地，自成一统……"

"爸，我真纳闷儿，小蔡干吗给您打电话？这些破事儿，跟您叨叨得着吗？"

"这有什么可纳闷儿的！说明你爸爸群众关系好，平易近人，机关里的同志还想着他，有话愿意跟他说……"

"反正都知道我在家，一打电话准有人接。也知道我有时间，有时间聊天了吧！你看，小蔡这电话一来，害得我一点多才睡。一觉起来，三点多了。磨磨蹭蹭，刚把报纸看完，翻了翻'参考'，电话又来了。谁？欧阳嘛。这个欧阳啊，我看他也是有点不正常。你猜他电话里跟我说什么？跟我探讨老年人的饮食，什么结构问题。现在，什么都成了问题，什么都拉开架势研究，学会啦，年会啦，搞一大堆，煞有介事。活了一大把年纪，连吃都要听人指挥了！欧阳这个人，就是缺乏主见。前两年说吃肉不好，他就坚决不吃。人瘦得一把骨头，有气无力。今天他又说，小报登了，老年人要吃点肥肉。特别是对妇女，肉皮更好。说什么，有利于皮肤，光泽。我早说了，想吃什么吃什么。想吃，就是需要。什么也不想吃了，人就完蛋了。他还在电话里给我念了一条消息，还说是新华社发的。日本一些学者研究说，要多吃点胡椒、辣椒。日本京都大学什么人发现的，说辣椒有什么素可以防止肥胖。哈，让大胖子们都去吃辣椒，新鲜事。还说能促进脂肪的新陈代谢，可以杀死寄生虫。我说，我早就有研究了，我也可以写篇科学论文，大葱大蒜也能杀死细菌。唉，现在我的问题呀，是想吃的东西不多。今天我倒忽然想，延安的小米粥能喝上一碗，才过瘾呢！北京粮店的小米不新鲜，不是那个味儿。唉，我看这个欧阳，就是太听人家的，小心谨慎半辈子，这也不吃，那也不吃，身体一塌糊涂。还不如我呢！我就是胖了点，其实也不算太胖。欧阳说，他体重才九十斤，那么高的个子，太可怜了。这个欧阳也怪，打个电话，东拉西扯，不知所云。本来他说话就结巴，电话里更是缠不清。听这种电话，真费了劲了。他怎么那么大兴趣给我打电话？这老头儿，我看他也是无聊。他退了半年多了吧，比我早退四个月嘛，我记着。他还问我有没有兴趣，改革一下服装。我才没那个工夫哪，也没那个必要。我这条裤子就不错嘛，就是这毛衣，小妹呀，是不是太花哨了点？还可以？管他呢，肥肥大大的，反正又不外出，以舒服为原则。欧阳，老古板一个。我问他：老弟，你穿的什么呀？他吭吭哧哧答不上来。哈！可以想象，他呀，还是五十年代那件开口毛衣。袖口接了一截子。还不如我呢！他那个家，老伴一病，谁管啊！亏得那个小保姆不错。是呀，欧阳说，小姑娘什么都管嘛！工资？那当然比一般的高啰！欧阳说，都加到五十块钱了，真不得了，现在……"

铃……

"又是电话！……喂——我爸？在家，请等一下。爸爸，又是您的！"

"喂——是我啊！"

"……"

319

"噢……"

"……"

"什么？"

"……"

"打电话？"

"……"

"好……"

"老赵，谁来的电话呀？"

"……"

"是郭阿姨。"

"张老的夫人？她找你有什么事呀？"

"……"

"她说什么呀?！"

"……"

"老赵，你说话呀，怎么回事？"

"……张老退了，太……太……"

"太什么呀？"

"……太寂寞。小郭让我，给他打……打电话。"

"爸，您怎么啦，不舒服吗？"

"啊！……怪不得……"

"老赵?！你的药还没吃呢！"

# 同　窗

　　星期天请客吃饭。教育司副司长周伟从星期五晚上开始，就
向全家发布了总动员令——妻子负责采购；女儿负责卫生；自己亲
自出马掌勺；当然，打下手还需妻子女儿帮忙。

　　"我下星期一要考化学。"女儿冷着小脸，委婉地表示异议。

　　"什么贵客，要这么隆重接待？"妻子也有微词。

　　"我大学的一个老同学——吴伯坚。三十多年没见面了，还不
得热情接待一番？"周伟兴致勃勃，全不把这娘儿俩令人扫兴的
信息反馈放在心上。

　　"他是什么大官儿呀？"女儿脸上又露出嘲讽。

　　"大官？他？"周伟哈哈大笑，"他什么官儿也不是，五七年
错划右派，发配边疆二十载。"

　　"现在呢？当年当右派，现在当大官的，多的是。"女儿脸上，
嘲讽之外又有了一点轻蔑，还带有洞察一切的冷笑。

　　"晶晶，你这是什么话？"周伟不高兴了，"你爸爸是那种巴结大
官的势利小人吗？照你的逻辑，哼，你把你爸爸看成什么人了？"

　　"我不过随便问问。"

"这绝不是随便问的！"周伟的脸色铁青，"你这种提问的方式，就反映了你的思想，反映了你对我们社会的一种看法——好像人人都巴结大官。我们的社会是这样的吗？唉？"

女儿扭着脸不予回答，妻子赶紧出来圆场：

"好了，好了，你少说两句吧！她一个毛孩子，懂什么？"

"初三了，不小啦！思想一塌糊涂。都是你平常溺爱加娇惯造成的后果。"周伟怒气不消，转身又对女儿训斥起来，"现在反对资产阶级自由化，你呀，你的思想是该好好清理清理！"

女儿瞪着一双乌黑的圆眼，话已到了嘴边："我又不是党员，关我什么事！"可一看爸爸那怒气冲冲的样子，只好把话咽了回去。

"研究一下菜单吧，明天采买些什么？"妻子适时地提出实质性问题，转移了话题。

周伟瞪了女儿一眼，明知她的沉默是一种对抗，本想再疏导几句，无奈三言两语也疏导不通，弄得不好，逆反心理加重，更不利于教育，也就暂时放弃思想工作，转向考虑采购计划了。

"凉菜嘛，最重要的是买一只熏鸡。在学校的时候，吴伯坚最爱吃熏鸡。那时候，大家都是穷学生，三月不知鸡味是常事。就他有钱——不是他家富裕，他是才子，隔仨月俩月的，准在报上发篇稿子，拿一笔稿费。拿了钱，他就买熏鸡请客。有一回，他买了四只鸡，大伙儿你一条腿，他一块胸脯，真过瘾。唉，他这个人哪！……"

"好吧，熏鸡一只。"妻子拿笔记下。

"热菜嘛，最好有一条清蒸鱼。我记得吴伯坚喜欢吃鱼。他是南方人，很讲究吃鱼。他常说，鱼之味美，全在于清蒸，保持鱼的原味。什么炸鱼、糖醋鱼、浇汁鱼、红烧鱼全是对鱼的破坏。他……"

"爸，我要去温功课了。"女儿理由充分地打断了周伟对同窗好友的回忆。

"去吧！"周伟虽觉扫兴，也只得快快地点头，转脸进一步指示妻子："你明天去自由市场看看，挑活蹦乱跳的鲤鱼，买一条。"

"明天就买活鱼，后天才请客，鱼死了怎么办？"晶晶出门之际，又转身杀了一个回马枪。

"这倒是个问题。"周伟顾不上计较女儿的态度，一心只在活鱼身上，"这个吴伯坚哪，可称是美食家。鱼端上桌，他就能辨别出，是一个钟头前宰的，还是两个钟头前宰的……"

"好吧，尽量买吧！"妻子神情淡淡的。

"汤嘛，要精致一点，最好是冬菇炖鸭汤……"

妻子把笔搁下了：

"对不起，还是请你陪他下饭馆吧！"

周伟愕然。随后说道：

"现在下饭馆，不是送上门让人家敲吗？再说，老同学聚会，主要是聊天。饭馆那么多人，乱七八糟的，怎么聊？"

"既然以聊为主，何必弄那么多菜？"妻子反唇相讥，"再说，什么冬菇炖鸭汤，我没吃过，我也不会做。"

周伟马上拍胸脯：

"刚才不是明确了吗？你管买，我来做。"

"说得好听。到时候你还不是跷着二郎腿，陪人家聊天，谈笑风生，我一个人在厨房……"妻子开始抱怨。

"好啦，好啦，难得一回嘛！"周伟大眼一眯，换了安慰讨好的口气。见妻子仍不太热心，他又竭力说服起来："你呀，你是不知吴伯坚这个人……"

"我怎么不知道？他爱吃熏鸡，爱吃活鱼，口味高……"

周伟哈哈大笑，拍拍妻子的肩膀，以示和解，接着说道：

"这都是小事。关键是，他是我们班上的学习尖子。莎士比亚的英文原句，他能大段大段地背。《红楼梦》里的人物描写，他能一个个给你分析得头头是道。他会唱歌、会画画、懂文物、懂历史，学识渊博、风度翩翩。跟你这么说吧，像他这样全面性的人才，没有几个。而且，特别突出的是他不恃才傲物，不目空一切，他能跟同学们相处得很好……"

周伟如此这般地夸奖一个人，到了近乎吹捧的程度，在妻子的记忆里实属罕见。多少年的共同生活，她对他知之很深。他不是嫉贤妒能之辈，也决不轻易说别人的好话。他自视颇高，确实，在他那些大学同学里，他是"最有出息的"之一。八年前就是正处级，年过半百，同龄人纷纷被从干部选拔名单中抹了去，唯有他百尺竿头更进一步——晋升到副司级。这难道还不是佼佼者？

现在，天外有天，佼佼者口中又有了佼佼者。她倒要看看，这吴伯坚是怎样的一个了不起的天才。

"好吧，冬菇炖鸭汤。"妻子终于落笔了。

"这顿饭，对晶晶也是一个实际的教育。"周伟兴奋之余，还是忘不了女儿的顶撞，"要让她知道，我们党的领导干部，并不像她想象的那么庸俗。我们比他们更重视友谊。"

这话似乎有点八竿子打不着对立面。近来，周伟每逢精神振奋时，常有这类不通似通的言论。妻子听惯了，也习以为常，不予计较，只问他：

"你这位同学，现在究竟干什么工作？"

周伟斜睨了妻子一眼，淡淡答道：

"他干什么并不重要。重要的是，他是我的老同学。同窗好友，这就够了。"

妻子也就不再言语。

星期六，妻子按规划一一完成采购任务。女儿虽然心怀不满，也大体完成了拖地板、擦门窗的任务。星期天一早，周伟偕同妻子女儿进入厨房，紧张地完成了烹调准备和初步加工工作。这时，周伟家已是窗明几净，鸡鸭齐备，静待来客了。

十一时，两位经过慎重挑选的陪客准时来到。当然是周伟大学时的同班同学——一位某杂志社的副主编；一位某机关秘书班子里的笔杆子。算来都是处级干部。

妻子坚守厨房，系着围裙，接受烟熏火燎的考验。周伟斟茶递烟，陪着两位老同学聊天，主题当然是吴伯坚。

"吴伯坚确实是个才子。"副主编发黄的手指捏着烟，由衷地赞道，"我最佩服他的散文，下笔从容，淡泊无奇，却又寓意深刻。你们记得他在校刊上发表的那篇《月》吧，真写得美！"

"怎么不记得！"体态丰满的笔杆子接着说，"这篇几百字的散文，吴伯坚收到十五封女同学的来信。唉，想当初一块儿读那些信，我心里还真妒火中烧呢！周伟，有一封信还给你藏起来了。你后来还去找过那位姑娘，对不对？"

"哪有这事？"周伟笑嘻嘻的，大眼睛骨碌碌朝厨房的方向溜了一圈儿。

"不老实！"笔杆子笑道，"结婚几十年，似这样不忠诚的行为竟没向嫂夫人坦白？"

回忆带来了一种欢悦的气氛。一件件往事像橄榄似的，重新咀嚼了一遍，品尝了它的余味，随后被唾弃在一旁。慢慢地，可以咀嚼的都嚼了一遍，再也没有可说的了。屋子里顿时沉寂，空气也凝固了，忽然间弥漫了一种沉重的空白感。在座的人都感到有点儿不知所措。

十二时正，妻子探身进来，眼里充满了疑问：怎么贵客还没有来？

周伟摸出记电话号码的小本子，拨动了新安装的电话。放下听筒，他兴奋地说："旅馆说房间里没人。他一定正在路上呢，马上就到。"

为了排解这难挨的等待，周伟翻出照相簿，找出几张大学时代同学们合影的照片，又掀起了一个品尝回忆之果的小高潮。尽管年代久远，又是 130 胶卷的产品，当初没钱放大，小小一张豆腐干大的照片上，挤满了人头。一个个像一只只小蚂蚁。三位老同学仍是准确无误地认出了每一位同学，并忆及当年拍照时的趣闻轶事。

"你看，吴伯坚扬着手呢。我记得照这张相时，他正在念'若为自由故，两者皆可抛'，刚说了半句话，咔嚓一响，就照下来了。"周伟大眼睛闪闪发光，沉浸在回忆的快乐中。

吞咽着尼古丁的副主编记忆也不坏，他抢着补充说：

"这张照片，光线不好。照的时候天都快黑了。就怪吴伯坚，

普通话不好，'天''地'不分，把天安门集合说成地安门，结果
人到齐了，天也快黑了。这个吴伯坚！"

仅有的几张照片看完了，可以想起的情景也说完了，吴伯坚
还没有来。时针已毫不留情地指向十二时三刻。妻子早已停了厨
房里的炉火回到客厅，同肚子饿得咕噜咕噜叫的陪客一起默默地
等待着。

"怎么回事，会不会是不认识路？"笔杆子首先提出疑问。人
胖了总是饿得快些。

"不可能吧。我跟他讲得清清楚楚，坐几路车，在哪个站
下，全讲了。"周伟说得很肯定，"再说，他这么个机灵人，能
找不到？"

"你是说好来吃午饭吗？会不会他搞错了，以为是吃晚饭？"副
主编又提出另一个疑问。编刊物年头多了，人也变得格外的仔细。

"这绝不可能！"周伟叫了起来，"我还特意叮嘱了一句，
十二点以前一定要来，怎么会搞成吃晚饭呢？"

一直稳坐房中复习功课的女儿大约是饿了，也推开门走了出
来。见大人们还坐在那里没有要吃饭的动静，又钻回小屋去了。

只有妻子坐在那儿保持沉默。那沉默比千百个疑问更有力地
嘲弄着周伟：你请的贵客呢？让我忙活了两天，原来是这么个不守
信用的天才？

在妻子无声的逼视下，周伟又拨了一次电话。那边的回答令
人失望：367 号姓吴的早就出去了，一直没有回旅馆。

"再等一刻钟。"周伟下了决心说，"一刻钟再不到，我们先吃。"

一刻钟过后，仍不见贵客光临。要依周伟的本意，最好是再

等一刻钟。但妻子更同情两位挨饿的陪客，于是径自呼唤女儿帮忙摆筷子、端盘子，上菜了。

周伟还在彷徨，眼望房门不甘休。妻子说：

"边吃边等吧！"

两位陪客早就自动入座，周伟只好坐到桌前，心不在焉地说：

"来，吃，吃，不等他了。"

熏鸡、清蒸鱼、冬菇炖鸭汤，食不可谓不精，味不可谓不美，但，主宾缺席，举座黯然。周伟更是食而不知其味。一次精心筹备的盛宴，在郁郁寡欢的气氛中草草开始，又草草结束。只有不懂事的女儿，趁着父亲心有所思，无暇他顾的大好时机，把那些平常日子很难尝到的美味吃了个痛快。

"这个吴伯坚，怎么搞的？"点起饭后一支烟，副主编仍满腹疑团。

"他会不会还有问题，不好意思见老同学？"笔杆子开始推测。

"不会，他的右派帽子早摘了。"周伟说。

"会不会当了什么大官，看不起老同学了。"笔杆子进一步推测。

"不会吧，没听说他当什么大官呀！"周伟答着，口气不那么坚决了。

陪客怀着半饥的肚子和极大的遗憾告辞而去。时针已指向下午两点。周伟唉声叹气地进入卧室，一头倒在床上，先还胸闷气憋，后来就沉沉进入了梦乡，只留下妻子对付那些油腻的碗碟。

两点四十分，妻子大致收拾好碗筷，精疲力竭地坐在沙发上喘气。笃、笃，传来两声轻微的敲门声。她疑惑地朝小过道方向望了望，拿不准是否有人敲门。笃、笃，又是轻轻的两声，她跳了起来，心里还是疑惑着。门上新装了国产音乐电铃，虽然响声刺耳冗长，来人一般都按电铃，不大有人敲门的。她犹豫了一刹那，还是跑到门边，拉开了门。

门外确实站着一个人，一个老头子。春末夏初的天气，这老头儿仍是全副冬装。笨重的棉袄，被一件略短的灰色旧涤卡中山装罩着，鼓鼓囊囊的。下面一条洗得发白的蓝布裤，也是被里边厚绒裤之类的绷得紧紧的。脖子上一条脏得不辨颜色的围巾，大约本来是驼色的。帽子下面一双被皱褶包裹得昏暗的眼睛。深陷的眼眶下眼睑松弛得像挂着两个五分镍币大的小口袋。这老头子个头很高，只是弯腰驼背，看起来那么衰老无力。

"您找谁？"女主人声音漠然：老头显然是敲错了门。

"请、请问，周、周伟同志是住这儿吗？"

"是呀！"丈夫常接待一些可怜的教师，但他们应该到机关去找他，大星期天的怎么找到家里来了？妻子毫不犹豫地挡驾了："他不在家。请您明天到办公室去找他吧。"

"我姓吴，我是……"

"吴伯坚！"妻子惊讶之际，脱口直呼出这念了两天的名字。

"是……是我。"

"啊！是您，请进，请进！"女主人嘴里嚷请进，心里的问号在加大。这人怎么会是吴伯坚！怎么可能是周伟吹捧的那个风流潇洒的老同学。她疑疑惑惑地关上门，回过身来，那老头还侧身站在过道离她两步远的地方，并不往前走。其实那间敞开的小客厅就在眼前。

"请，请进！"女主人只好自己走前一步，进入屋内，望着还站在房门口的老人连连让座。

直到她让了第三遍，客人才犹犹豫豫、十分小心，怕自己的衣服弄脏了人家的沙发似的，轻轻挨着坐垫的边上欠身坐了下来。双手还抱着那个黑色的没有拉上拉链的旧提包。

"您坐一会儿，我去叫周伟，他刚躺下睡午觉。"女主人转身要走。

一听说周伟正睡午觉，客人忽地站了起来，一手提着包，一手抖抖索索伸出去，很真诚地拦住女主人说：

"请不要叫醒他。我可以等一等。或者，我到外边转一转，过一个钟头再来。"

"这怎么可以呢？周伟一直在等你。"客人的态度极其诚恳，女主人觉得过意不去，又补充道，"从前天晚上，他就跟我说起你。"

"这就更不敢当了。他革命工作这么忙，我不该来打扰。"客人扭动着疲劳弯曲的身子，非常惶恐不安的样子。

女主人给搞得不知所措。眼前这个衣衫褴褛、行为卑微的老头和她心目中被灌输的风流才子形象完全是两码事。此时，与其说客人惶恐，不如说主人比客人更惶恐。

"您坐，您坐！"她只好采取"强硬"态度，把客人逼到沙发前坐下，自己直奔卧室推醒了丈夫。

周伟闻讯一骨碌爬了起来，一边穿外衣，一边大叫着冲出房门：

"吴伯坚，你这家伙怎么搞的？"

吴伯坚早已从沙发上站了起来，毕恭毕敬地朝周伟点头。说是点头，其实已经近乎鞠躬了。

周伟一下子愣住了。他望着眼前这个陌生的老人，简直不认识了，这哪里是吴伯坚？喉咙里出不来声音，脚下迈不开步，要不是妻子端来一杯茶，他真不知该怎么办。

"请坐，请喝茶！"到了关键时刻，女人比男人更镇静。

吴伯坚并没有立即坐下，而是躬身退让着，含混不清地道歉着。仍然是刚才的那几句话：他真不该这时闯来，他不知道周伟同志还在午睡，他太鲁莽了。

这时，周伟多少清醒过来，忙请客人坐。吴伯坚这才提着提包欠身坐下。妻子看他抱着那笨重的包坐着不舒适，想把包接过来挂在衣架上，吴伯坚再三谦让说不必麻烦。他自己找个地方搁那个黑包，先想放在茶几下，见玻璃台面上已摆了茶杯、烟缸，觉得不妥，又想放在自己座位的后边，也觉不合适。最后就弯腰放在了沙发外侧的地上。

周伟看着他为那个包累得气喘吁吁，本想站起来抢过去替他挂好，可不知为什么却坐在那里一动也不敢动。他怕听他的客气话。妻子只装作看不见，待他终于坐定，妻子才说了句：

"你们难得见面，谈谈，我还有点事！"

"您忙，您忙！"吴伯坚又赶紧站了起来。

直到女主人匆匆走进了卧室，他才重新坐下。

客厅里，只留下两个老同学对面相坐。良久，周伟才客气地问：

"吴，吴伯坚，说好中午来吃饭的，怎么没来？"

吴伯坚嗫嚅了半晌，才小心地解释：

"我、我琢磨，现在您，一定很忙。我、我不打扰了，我……"

"嗐！星期天嘛，忙什么？"

"星期天，你可能也有，有很多工作需要处理。我想，还是不来打扰的好……"

周伟平时的口才不知跑哪儿去了，半天不知自己该说什么才好，"唉，唉"了一阵，才说：

"我们老同学了，你，你何必这么见外。中午我都准备了，一直等你到两点。还有我们班上的两位老同学，都一直等着你。"

"啊！"吴伯坚那刻满皱纹的脸上并没有露出惊异或愉悦，只是格外的小心恭敬，嘴里喃喃吐出的话只是赔礼道歉：

"对不起，真对不起！也对不起他们！……"

周伟最初的惶惑似乎已过去，想起自己两天来兴师动众的准备，不禁激动起来：

"我还让我爱人买了你最爱吃的熏鸡，做了你最喜欢吃的清蒸鱼。我记得，你最爱吃活鱼。"

"我，最爱吃的？"吴伯坚喃喃地重复着，茫然地望着周伟闪亮的目光，好像对自己的喜好一无所知。

"是呀！吴伯坚，你怎么，忘了？有一次你买了四只熏鸡请客！"周伟提高了声音，竭力使自己紧张的神经放松，内心却有一种近乎哀伤的强烈欲望，希望眼前的人记起那些熏鸡。

"是吗？不记得了，年纪大了。"

淡淡的无动于衷的回答，像冰水浇透了周伟的心。他望着面前这位同窗好友，心痛了。他确实老了，比他的年龄至少老去二十年，不仅外貌是个老人——稀疏的白发，残缺的牙齿，弯腰驼背和那一脸皱褶；他的精神老了，昔日的风采荡然无存。年轻时那个活泼傲气吸引人的吴伯坚没有了，坐在自己面前的只是个索然无味的老头儿。

"我给旅馆打了两个电话，他们说你早出来了。我们还以为你找不到路呢！"周伟没话找话，他怕这么冷场地相对。

"其实……其实我一点多钟，就来了……"

没等他话说完，周伟就叫了起来：

"那你为什么不进来？"

吴伯坚吃了一惊，略微抬起头来，忙忙地解释道：

"我、我想，你恐怕午间要休息一会儿，我就在路上多转了个把钟头……"

"你呀你……"

周伟话没说完，只见吴伯坚又忽地站了起来，脸上露出恭敬的讨好的笑容。周伟莫名其妙，回头一看，见女儿正站在门口盯着客人瞧呢！

周伟急忙抬起胳膊，又连连摇手，示意客人坐下，又忙介绍：

"这是我女儿！晶晶，还不快叫吴伯伯！"

晶晶叫了一声，赶紧溜回了自己的小屋。吴伯坚则眼望着那扇小门关上才抱歉似的坐了下来。周伟心里气不得，恼不得，一股说不出的愤懑在他的胸中冉冉升起，仿佛看见自己多年珍爱的一件玻璃物品被打碎在眼前；仿佛谁欺骗了他似的！一个人怎么能变化这么大？一点影子都不留？或许，三十年前那场灾难在他心底印记太深？或许，他现在的处境仍十分艰难？

"你，你现在在哪儿工作？"

"我现在、现在在县文化馆。在党支部的正确领导下，做一点小小的工作。"

周伟皱了皱眉头，又问道：

"他们对你好吗？"

"好，好，"吴伯坚欠身答道，"多蒙县委领导关怀，最近、最近还增补我当了县政协委员。我才疏学浅，实在是有愧，有愧！"

周伟的眉头成了一个结。从眼前这个颤颤巍巍的老人身上，他怎么也找不到那个同窗好友了。昔日的吴伯坚哪里去了？难道岁月真是这般冷酷无情，在对面这个人身上，在对面这个人的灵魂深处，不曾保存一星半点光芒？周伟不甘心，他跳起来，拿出珍贵的照片，一一递给吴伯坚，又把午饭前三位老同学回忆时讲的话重复了一遍。他又滔滔不绝地讲起当年吴伯坚怎么朗诵莎士比亚原文剧，怎么评价《红楼梦》，散文《月》发表之后收到的信……可惜，那衰老的人坐在对面，只恭敬地聆听，毫无反应。话儿像掉进了冰窖里。

周伟彻底失望了。

吴伯坚起身告辞。其实从他一进门，始终半个身子挨在沙发边上的神态，就好像准备随时告辞的样子。临走时又说了一大堆"打扰了"，"实在对不起"，"耽误了您的宝贵时间"之类的话，非常真诚地说着。

待客人走后，妻子和女儿都出来了。

"您的老同学，真逗！"女儿笑嘻嘻地说。

周伟瘫在沙发上，连训斥女儿的力气都没有了。

丈夫的沉默，使妻子感到这次的会面对他的打击有多大。这回，她出来制止女儿了：

"做功课去！你懂什么！"

女儿做了个鬼脸，转身跑了。

周伟闭眼在沙发上坐了很久，才站起来说了句：

"累了，我再去躺一会儿。"

妻子安慰他说：

"几十年过去了，大家的变化都挺大，只不过我们自己不觉得。"

一星期之后，那位当副主编的同学给周伟打了个电话：

"周伟呀，告诉你一个新闻。我们下期要发一篇稿子，介绍一个县的农民画展，很不错的。美术界的评价也颇高。你猜这些农民画家是谁培养的？吴伯坚！这家伙真有才气，培养了这么一大批。他就是来北京开这个画展的。哈，你怎么不说话，没想到吧？天才就是天才，放到哪儿都开花结果！可惜，这篇文章对他介绍得太少了，只提了个名字。你还能找到他吗？咱们一定要一块儿聚聚，这次在我家，怎么样？"

放下这个电话，周伟立即给旅馆打了个电话。接电话的服务人员不耐烦地答道：

"那帮农村的，昨天就走了。"

一九八七年四月十六日

# 八八综合征

春节期间，家家户户麻将声声。只有王旭家没声儿，他不在家打，跑老孙家打去。

凭借五十年代老麻将的功底，又引进了而今京、粤、沪，包括港、台的新潮，王旭自命牌艺超群，一把好手。上得牌桌，他是雄心勃勃，下定决心打出水平，去去龙年的晦气！

"掷色子，打座！"

支上方桌，倒出牌来，王旭就叫了起来。

"随便坐呗，那么麻烦干吗？"老孙已经坐下了。

"不行，不行，打就正规打，叫你们输了没说的！"王旭坚持按规章制度办，决不含糊。他边说边找风头，瘦筋筋的脸上双目炯炯，透着英气逼人。

东、南、西、北，摸哪儿坐哪儿。

倒霉，王旭摸了个东风。"宁可挨顿打，不和头一把。"和了，犯忌；不和，下庄。岂不可惜？什么不和头一把，扯淡！偏和头一把。连他三把庄，给你们来个下马威！

上家老孙，牌场老将，卡牌能手，甭想吃上他的牌。对家是商业局的老刘，打牌也挺贼的。下家是老孙的小舅子，外贸公司的小钱，会外文，人也精。今天不可轻敌。

方城之战，四人各霸一方，连个同盟军也没有。不像西方的桥牌，还有个对家可以互为依靠，因而，一上场，就是独立奋战孤胆英雄。每个人必须看住下家、谨防上家、小心对家，真正是四面楚歌，一不小心，就是全军覆没。

刚坐定，王旭就用那哑嗓子唱了起来：

"东风吹，战鼓擂，叫你们知道知道谁怕谁！"

"先别吹！掷色子！"老孙斜睨着他，小眼睛成了两道缝儿。

王旭撸起瘦长胳膊把色子高高掷下：

"七，对门儿！"

老刘伸出白胖的手轻轻一掷，掷出个两点。

"两滴眼泪水！"小钱学着上海腔说，"老刘，人家刚上庄，您这是干吗呀！"

王旭全当没听见。瞧着吧，头一把我就和个大的，叫你们全傻！打蒙了你们！

方针已定，摸牌！

一手牌：三筒、五筒，一条、四条，不错。

二手牌：他妈的，红中、西风，一万、九万。

三手牌：好！又一个红中，又一个六筒，加上一条、一万。

最后两张：好！又一个七筒，一个北风。

理好牌一端详，有戏！给你们来个混一色，开门红，开头就把你们镇住！别看这牌基础差点儿，有志者事竟成，关键是大方向正确，是魄力，是雄心壮志！

"哎，混一色多少番？"

"老规矩，十番。"在老孙家打，老孙充当了权威。

"才十番？"王旭大不赞成，"如今什么都涨价，混一色怎么才十番，不行，不行，十五番！"

"我这儿有 136 号红头文件。"老孙煞有介事。

"宪法能改，你那文件不能改？"王旭的话当当的，有理有据。

"十五番就十五番，概率都是一样的。"小钱投了赞成票。

"这话有学问！有本事你和个混一色，我照样给你十五番的钱，你怕什么呀？"王旭斜着眼挑衅。

老孙也不示弱，哪壶不开提哪壶：

"可说好啰！不到八圈儿不准溜。一会儿嫂子找上门来，你可别……"

"放心！她早'平拉开'了！"

"好家伙，这么早就打发人家上了床，八成儿给嫂子吃安眠药了吧？"

"我可没你那么缺德！反正今儿晚上我是自由人，奉陪到底，谁走谁是孙子！"

"出牌，出牌！"对门的老刘叫阵了。

王旭又把面前的牌审视了一番：筒子混一色，绝对没错儿！方向明，决心大，他发狠似的打了一张万字：

"七万！有这气势吗？上来就打七万！"

下家小钱微微一笑，摸摸油光瓦亮的头发，不动声色地拿出八、九万，香香地吃了个边七万。王旭心里咯噔一下，这小子，可别做万字？

"嘿，上来就吃，摊上个好上家儿！"老孙给话了。

王旭本来心里就嘀咕，看不住下家就增加一分威胁。听上家冷言冷语，立即予以还击：

"小钱，我供你，供你清一色！"

小钱笑而不答，随手打出一张二筒。王旭心里痒痒的，他要是我上家多好！

老刘摸牌，打出一张红中。

"碰！"

王旭得意洋洋地拿出两张红中，又极其夸张地伸出胳膊做了一个大幅度的动作，把对门打出的红中取过来，乜斜着上家说：

"对不起，没让您摸牌！"

"有本事再碰发财！"

"这年头什么事都说不定！"

嘴上应付着老孙，手上又小心地打出一张一万。还好，小钱没有吃进。看来，他不可能是万字清一色，起码搭子还不齐。趁他羽翼未丰，先把万字打掉。

接着，小钱打北风，老刘打西风。可惜，自己手上这俩风头还没摸上对儿，要不就碰上了。不过，看来这两家都不留风头，形势对我有利。王旭又哼起歌儿来：

"跟着感觉走，紧抓住梦的手……"

"嘿，老王，您还挺新潮的，"小钱笑道，"五十多的人，还会唱流行歌曲。"

"昨天我真做了个梦，把你们全打趴下了。今天我感觉特别好！"

王旭边说边摸，哈哈，二筒！千金难买。他心里喜开了花，脑子里在飞快地算计：按说该接着打万字。可下家已经摸进几张牌，说不定搭子凑齐了，不可不防。突然他灵机一动：傻劲儿，既然万字、条子都要开出去，干吗非得先打万字？不会花插着打吗？

"'跟着感觉走，让它带着我，希望就在不远处等着我，噢……噢'——五条！"

小钱模仿歌星咬着舌头说了声："赛赛（谢谢）！"同时放下四、六条，美美吃了个卡心五。小白脸蛋儿上还泛起一个女人似的小酒窝，够叫人生气的！

"你也不怕撑着！吃得乱七八糟的，有什么劲儿！可说好啦，五番才准和！"

"多谢你提醒啦！我将够五番啦！"小钱学广东话拉长腔儿也挺像。

"这好上家可是百年不遇呀！"老孙的冷箭又来了。

王旭心里悔恨交加：真是的，人心不足蛇吞象，庄家做什么混一色？卡不住下家，还有自己的份儿？转过来又咬牙安慰自己：没这点狠心，能做大牌吗？再摸一张风头，再来两筒子就全齐了。叫你们先美去吧，看谁笑到最后！

老刘又慢悠悠打出一张西风。完了，就算再摸上一张西风，也只能做将了，真倒霉，全叫那小子瞎吃吃坏了，该我摸的牌，跑对家去了，要不然，西风正该我摸着。

老孙摸了张牌，冲王旭一笑，插进自己的牌阵里去，王旭猜想肯定是张筒子，这个老狐狸，死活是不会打的。只见老孙盯着自己的牌，就是打不出来。

"出牌，出牌！"王旭逮住机会反攻，"社会主义麻将，不输房子不输地，瞧这费劲！"

老孙的牌的确也是难打。手里的一筒、三筒，连同刚摸的七筒，全是废牌，可又不能打。下家明摆着要筒子，打出去不就成雪中送炭，大傻帽儿一个吗？不打！缺一门儿我也不要了。

"给你个八万！"老孙忍痛拆了好好的搭子。

"我门前清，不求人，自力更生，自个儿摸去！"

王旭嘴上一串儿说得轻松，心里像热锅上的蚂蚁爬，佛爷保佑摸张筒子来。去，又是万字！他妈的，又是条子！连摸三把，一张筒子不上。改戏吧，来不及了。再摸一张，又是万字。看看面前的一堆万字，做万字清一色都够了，倒霉劲儿。这牌怎么这么别扭。使足了劲儿再摸一张，又是万字，就不要你！他看着下家说：

"给你个四万，吃去，我供你！"

"谢谢！"小钱女里女气那个气人劲儿，又吃了个四五六万。连同上回吃的七八九万，半条龙生根开花。形势逼人啊！

老孙隔岸观火，也真有点急了：

"看准了打呀，老王，就差龙头了。"

王旭悔之莫及，嘴还挺硬：

"又不是你的庄，你着什么急？我愿意供他一条龙，你管得着吗？"

只剩下十七墩牌了，战斗趋于白热化。小钱双手环抱胸前，跷着二郎腿打秋千，一副万事俱备只欠东风的样子，八成儿是听牌了。

老孙死死卡着筒子就是不放。王旭使足了劲儿摸牌，倒霉，又是万字，而且是张二万，打不得。他忍痛把西风打了。不想转过圈儿来，紧跟又摸上一个西风，真霉透了。要不打西风，麻将都有了。没办法，接着打吧。唉，看来今天是出师不利，感觉不对了。

没劲，没劲，这牌真没劲，摸上来的全是废牌，一张筒子不来。

"四筒！"老刘慢腾腾打出一张筒子。王旭正想碰，想着把对家的牌碰回来，谁知"碰"字尚未出口，小钱已经推牌了：

"对不起，和了！平和、无字、连六、姊妹花、独幺，整五番。"小钱笑吟吟数着番，面若桃花。

初战失利，王旭心里唉声叹气。转念一想，五番牌下庄，就输十个小子儿，可谓不幸中之大幸。于是，面不改色地宣称：

"嗨——不和头一把嘛！我把听都打走了，就是不想和！"

洗牌声噼里啪啦，转瞬间又砌起了四方长城。王旭精神抖擞地重上战场，这回运气真不错。起手三把牌，绿色的条子晃眼，十三张牌竟有九张是条子。不做清一色还等什么？太棒了！他毫不犹豫开出一张风头，又哼哼起来：

"妹妹你大胆地往前走哇！往前走！莫回呀头……"

小钱一边摸牌，一边扭头笑道：

"您真逗！"

老孙也不由得笑了，说：

"老王一上牌桌，跟在办公桌前头，完全是两个人。"

"人嘛……"王旭又摸了一张条子，乐不可支，脚底下打着拍子，"心情就像风一样自由，突然发现一个完全不同的我……"

"怎么着？牌好成那样？"老孙被他唱得提心吊胆的。

十张条子明晃晃摆在眼前，王旭的心怦怦直跳。这可真是好牌呀！他反而不言声儿了，只全神贯注地摸牌。

老天爷长眼，摸来个五条。简直是锦上添花，太阳出来了。十一张条子不说，还是一条龙的架子，中段四、五、六都齐了。再说，才出了几张牌呀！这回，你们再快，也追不上了，哥们儿，给钱吧！

不料，下家逮什么吃什么，五万，他吃；幺筒，他也吃，吃得五花八门，显然是小牌的格局。

"这么瞎吃，你够吗？"王旭急了，怕重演上一把的悲剧。

"你瞎操什么心。"老孙笑道，"诈和他赔钱！"

小钱聚精会神扳着手指算了一番，嫣然一笑：

"正好，我够了。"

这话听得王旭一阵心冷。

不巧的是，连摸三张都是不需要的万子、筒子，还摸了一张八竿子打不着的风头，条子从此不见了。更气人的是小钱一个劲儿打条子。老孙也直劲儿摸了牌不下，肯定是条子。算来，都怪那张五万打坏了，又把牌错过去了。

总算天无绝人之路，终于给他摸上了一个九条。加上手里的七条成了副。假如再吃个八条，那可就……哈，够你们吃不了兜着走的！他屏住气，不声张，只轻轻问了一声：

"谁的庄？"

"怎么？要和了？"老孙反正是和不了了。他为了不给下家条子，至今手里还是一锅烂粥。可他早已感觉到下家的虎视眈眈了：

"嘿，小钱，注意点呀，有人可要放卫星啦！"

小钱历来自顾自，懵里懵懂地打了一张八条，自个儿听牌了。

"碰！"老刘睡醒了似的，忙碰了八条。

王旭真恨不能把那张八条抢过来。可惜，没这规矩，只好眼睁睁看着胖子面前摆着三张八条。除此之外，老刘还吃了个一、二、三筒。

"嘿，老刘，您这叫什么牌？"

"麻将牌！"老刘慢悠悠地倒腾着手里的牌。

"够吗？考虑好了再碰！"王旭气哼哼地提醒。

"那是！"

看来，老刘的八条是碰定了，无法改变。见他出牌颇为踌躇的样子，王旭的心都提到嗓子眼儿了。这个胖子可别糊里糊涂地放炮。自己这一把满贯的牌，全靠自摸上手，容易吗？上一张就听了，这节骨眼儿上，他们千万可别和！

"打熟张，小心放炮！"王旭憋不住大喊。

老刘半天打出一张六筒。上帝，平安无事。

老孙扬着脸打出最后一张白板，保险张儿。

"什么时候了，还留着白板，财迷！"王旭一边耍嘴皮子，一边闭着眼，运足了气于两个指头上，使劲摸这张牌。咦，只觉三道长长的条子硌手，莫非是张九条？——欣喜之余，他慢慢低下头。凑近手掌一看——果然！九条！一点没错儿！真是上辈子祖宗积了德！

好！加上原有的，正好九条做麻将。八条是没指望了。清一色到头了，还贪什么一条龙？真是人心不足！打了手上唯一的一张万字，就听卡二条，带独听一条。路子够宽的，真乃天助我也！

"九万！"他小心地打出牌，没动静。闯过最后一关，只等和牌了。他慢悠悠地点上一支烟，竭力使怦怦跳的心平稳下来。又喝了一口茶，终于控制不住兴奋之情，得意忘形地说：

"看我今天不推倒你们三座大山，'反动派，被打倒'……"

就在这时，老刘打出一个三万，小钱大喊一声：

"和了！"

王旭如遭五雷轰顶，瞪眼看着小钱推倒的牌，傻了：二条做麻将，此外还有一副一、二、三条。他妈的，上哪儿和二条去？又是五番，破坏我的清一色，该死！

"给钱，给钱！"小钱高兴得大叫大嚷。

王旭无可奈何地付筹码，老孙笑嘻嘻地接过王旭刚唱的革命歌曲，改了句词儿：

"帝国主义夹着皮包回来了……"

连着两把好牌没和成，牌神爷仿佛也嫌弃他了。第三把，第四把，王旭手上的牌都惨不忍睹，怎么排列组合也不成阵势。偏偏他又壮心不已，不甘心和小和。结果是高不成，低不就，连连败北。

洗牌声中，老孙旁敲侧击：

"有人两圈儿没开和了吧？"

"头几把让着你们！"

王旭嘴上大方得很，心里在不断总结教训，以利再战。他分析失利的原因，主要在于好大喜功，未能根据牌场千变万化的形势转变战略战术。当然，关键问题是牌运不佳。打麻将这玩意儿，三分技术七分运气。它不上牌，你有什么辙？对，首先要转转运。牌坏就得哄着它，不能跟自个儿的牌对着干。牌不好就和小和，连和几把小的，先压压他们的气势，不能叫他们太猖狂！更何况，有这么个搅屎棍，专门和小和，不抢他前头不行。他根本不会打牌，就是狗运亨通。

以快为主！好，和小的，我就不信和不了。

果然，一手牌又不怎么样。坏牌能赢那才是水平。不用细看，瞟一眼就知道个大概齐：平和、无字，再来个姊妹花、老少副什么的也就够了。凑五番还不容易吗？玩儿似的，闭着眼跟你们打，先把风头开了它：

"南风！"

倒霉，一转手，又抓来一个南风。打！

"牌回头，必得留！"老孙教导说。

"我就不信那个！"

进张出牌，调整充实，算来算去，还少一番。关键是手头还有七、九筒。留着吧，既没了断幺，也不可能缺一门。打！把这两张开了它，省得看着眼晕。

偏这时，上家作对似的，打来一张八筒，还说呢：

"不吃可没了！咱们友谊第一呀！"

"吃就吃！"

得，门前清也没了。他掐着手指头算，也就无字、平和，外带一个姊妹花，三番牌。他娘的！听倒是听了，和四、七条。

"七条！"老刘打得挺痛快。

不够番，不能和，干瞪眼不敢摊牌，王旭心里窝囊透了。老家伙，这牌怎么打的？

"怎么着？七条没人要。老王，别客气！"老孙算准了下家要条子，真是个牌精。

"我要七条干吗？别自作聪明了，坐你的庄吧！"

"有志气！"老孙摸了一张牌，看也不看只眯眼一笑，"好！今天这炮我放了，四条！"

王旭沉住气，眼皮儿都没抬。抬也没用呀，不够番。他伸手摸牌。真他妈的，四条，自摸和了。可惜还是不够番，到嘴的肉得吐出来。这牌，怎么别扭怎么来。

怎么办呢？

咦！山重水复疑无路，柳暗花明又一村，打五条！打出去再和回来——独听、卡心五！加两番，够了。可是，下边已经有两个五条了。打出一张，就剩一张——绝张，能行吗？管他呢，只有这条路了：

"五条！"

"怎么着，听了？"老孙也听了牌。

"那当然！"王旭那做派，就像手上听的是大满贯。

王旭紧盯着牌，也无心唱小曲儿了。他极想和这把微不足道的小和，扭转乾坤。

"自——摸！"

只听小钱一声喊，亮出摸到的三万，笑得嘴都合不拢，却不忙着推牌，仿佛展览似的让所有人看清他手上那张牌。

完了，这小子！

"又是小和！"王旭嗤之以鼻。

啪！牌噼噼啪啪被推倒，竟是齐刷刷的万字清一色，带一条龙，外加自摸，整个儿翻一番，大了去了！

这一把，王旭输了个结实。

"三家会打，那不会打的准赢，这是规律！"王旭边数筹码边唠叨。

"那当然啰，不会打的赢，会打的输。老王，今儿您是输定了！"小钱说话也够噎人的。

"头四圈儿，哄着你玩儿呢！不让你小赢点儿，你干吗？"

"别客气，请多多关照！"小钱客气得也够水准的。

"竞争嘛，机会均等，六亲不认。老王，你可别碍着他是我小舅子不敢赢他。人家搞外贸的，趁钱着呢。赢他的！他还有外汇呢！"老孙的话更激人火儿。

王旭瞧老孙的大子儿也没剩两了，反唇相讥：

"我让你，外汇让你挣啦！"

三圈儿牌转眼之间过去，王旭这儿死活是不开和。又轮上坐庄了。眼看筹码东流去，心里那个急呀！关键当然不是五块钱筹码的问题，这年头五块钱算什么，买什么吃都不够塞牙缝儿的。打牌关键是图个玩得痛快。老这么不开和，痛快变成痛苦，找不自在，活得不耐烦了？什么事儿呀！

"有水没有？老孙，你就让我们这么渴着呀！到你这儿打牌，跟到了非洲大沙漠似的！还让人活不？"

"嘿，你别找碴儿！"老孙回头喊他的妻子，"哎，我说，给我们上点儿水！"

老孙的妻子忙提了暖壶来，笑笑地准备给每人续水。

"不用，不用，我们全不要，就大老王缺水。三圈儿不开和，心急上火。对了，咱家还有牛黄解毒丸没有？"

老孙的妻子给王旭斟满了水，就在他侧边坐下。看他抓了牌，不由得发表评论：

"哟！这叫什么牌呀，难怪不开和！"

"别言语，别言语，天机不可泄露！"王旭对这女人讨厌透了，多嘴老鸹似的。

"你离人家远点儿，待会儿输了赖你！"

老孙好心好意关照自己的老婆，谁知她一点不觉悟，还大声嚷：

"赖我？他这牌不输才怪呢！"

王旭心里这个恨哪！这叫什么老婆？我老婆要这么不懂人事，非揍扁了她不可！人家上你们家打牌，快四圈儿不开和了，连点儿吉祥话儿都不会说。榆木疙瘩脑袋！

"借您的吉言！"王旭气极了，词儿也来了，"我不在你们家输上哪儿输去！跟你们老孙一个单位共事十年了，这点交情还有。三条！"

决定打十三乱了。这牌乱得够可以的，只好出此下策。

"哎，哎，你怎么好好的搭子拆了呀？"

这么大年纪一点规矩不懂。看牌就老老实实看，最不该多嘴多舌瞎掺和。这一抖搂，起码人知道你手里还有条子了。真他妈倒霉，还不如刚才不要水喝呢，把这位姑奶奶惹出来，麻烦了不是！妇道人家，你还不能跟她急：

"您不懂，这是我的战略战术。我打张条子勾上家，他就下条子了。"

"他打来你也吃不上呀，手里哪儿还有搭子呀？"

得，全透明了。

"哎，我说，您少说一句成不？"王旭的话软中带硬。

老孙看王旭真急了，又见自己那老婆也实在缺乏麻将公德，才叫了一声：

"哎，坐壶水，暖壶八成空了。"

可算走了，这丧门星！王旭望着她扭出门，心里才踏实。坐庄和十三乱，惨点儿，然而有什么办法，天不从人愿呀。牌神爷跟人似的势利眼，你牌越坏它越不来，活人能叫它气死。瞧吧，越叫它搭不上，它越来搭子。手头有红中、发财，白板偏不来。有西风偏又摸西风，打！

忍痛割爱，把中心张都拆着打了。下家小钱胡吃海塞，而且挑肥拣瘦。两副筒子落地，又是半条青龙。他要再来个清一色，可就要人命了。

先打万字，反正闲张子有的是。

好不容易，总算听了。听得那叫苦哇！条、万、筒各三张手头都有了。老刘发财开了杠，老孙碰了东风，南风北风都没了。这不是专门跟我作对吗？和个十三乱，就剩一张白板，绝张！真别扭透了！

我就不信白板没有啦。他拿过一支烟，绷着劲儿，仿佛蕴藏了许久的潜力马上就要释放出来：

"历尽苦难痴心不改，少年壮志不言愁……"

"怎么，听了？"老孙也希望他和一把。

"那是，听个小牌还不容易吗？抽根得胜烟儿！"他举起了打火机。

王旭的烟还没点着，就听老刘蝎子咬了似的，大叫起来：

"敲上你们了！"

啪！老刘一亮手里的牌——红中。王旭还没弄明白，只见人家稀里哗啦牌一推——老天爷，小三元！发财开杠，单吊红中，白板暗坎。你上哪儿和白板去！

一算账，得，王旭面前是一无所有了。

"老刘，对不起了，全给您，还差一半儿。"

"给不给的不要紧，军民鱼水情嘛！"老刘是部队复员下来的。

"好！咱可是无产阶级了。"

"你就尽情地享受社会主义的优越性儿吧！"老孙笑道。

规矩是再输就不给钱了。这回，死猪不怕开水烫，王旭倒踏实了。大大喝了两口茶，点着了烟，不慌不忙地摸牌，哼出来的曲子可透着那么忧伤：

"我是一匹来自北方的狼，走在无垠的旷野中……我只有咬着冷冷的牙，报以两声长啸……"

老孙这才翻然顿悟，人家来你家打牌，输得背心裤衩都不剩，太不够意思，忙关切地问：

"怎么着，还是没指望？"

王旭仰脸朝天喷了一个大烟圈儿，笑道：

"没指望？笑话！不是说好八圈儿吗？头一轮儿练练手，要说动真的，下四圈儿见！——发财！"

# 淅沥沥的小雨

"哎哟，这雨溜溜儿下了一天，看样子一时半会儿停不了了！陈老师，儿子又给寄钱来了？我一听叫陈淑华拿图章，准知是您的汇款单到了。"

"他刘大妈，您坐！"

"瞧您这福气，月月二十块。经伟这孩子，从小就可人疼，斯斯文文，姑娘似的，又爱念书，说考大学就考上大学。我早说了，这一胡同的孩子，就数他有出息。我这眼睛里看人，没错儿！"

"您太夸奖他了。这孩子小时候身子骨不结实，学习倒是认真。日子过得也真快，记得我们搬来那年，他还念中学呢，好像还是昨天的事。一转眼，咱们头发都白了！"

"可不是嘛，那会儿我们黑子他爹还活着，见你们这小西屋的灯老亮着，他还说您是三娘教子，赶明儿准得福。唉，真叫那死鬼说中了。小伟真多亏有您这么个教书的妈，不像我没文化，心里着急替不了孩子。可话又说回来，还是小伟自个儿有志气。换了我们家黑子，怎么守着他也没用。你们家小伟，从小就有心眼儿，不多言不多语的，可有个准主意呢。这会儿瞧着他，也真有个意思……"

"什么？"

"我是觉得好笑，都在一个城里，干吗还按月给您寄钱，也不嫌麻烦。"

"这孩子就是这么死心眼儿，没办法。我早跟他说了，我不缺钱花，退休金够我一人用的了。每回我上他们那儿去，儿子媳妇都死说活说的，非得每月给我钱，让我增加点营养，说是老年人缺钙，让我买点蜂皇精什么的……"

"瞧瞧，想得多周到！"

"他刘大妈，您知道我这个人，虽说一辈子粗茶淡饭的，身体还不错。三顿饭吃饱什么营养都有了，我要他们的钱干什么？您瞧，当面不收，他们就给你寄，您说这孩子是不是傻？"

"唉，我要摊上这么个傻儿子，梦里都笑醒啦！您瞧瞧我们家那个浑球，没娶媳妇的时候，多少还是个人样儿，这一娶了媳妇，全完！我哪儿还是他的妈，动不动就给你脸子看。真是啊，人跟人比得死。这院里人谁不说您是有福之人哪。瞧着您这份儿福气，一想我那不孝的儿子媳妇，我死的心都有！"

"刘大妈，您别要求太高了，我看他们夫妇对您就算很不错的。"

"他小子还敢怎么对待我？当初不是我出去当壮工养活他，他的小命儿早没了。这会儿嫌我没文化啦，又是什么不讲卫生啦！我心里全明白，都是叫那小妖精挑唆的。是我上辈子作了孽，遇上这么个儿媳妇。哪像您，陈老师，挑了那么个好儿媳妇，知书达理的，家世又好。您的亲家是个什么官儿来着？"

"哦，我也没多打听，是个领导干部吧。不过，他们挺平易近人的，每回我去了，亲家母都是亲自倒茶拿水果，对我这么个穷小学教员，一点架子也没有。"

"怨不得呢！上梁正下梁还能歪得了吗？这样人家家教好，闺女也错不了。哪像我们家里那位，开饭馆儿，除了钱六亲不认。小伟结婚那年，您儿媳妇我们瞧见一回，模样儿挺俊的。这好些年没见着了……"

"住得远，三环路以外呢。来回路上就要三个钟头，折腾什么呀？我不叫他们来，我这一间小屋，大人孩子三口子都来哪挤得下呀！"

"是啊，小伟是住他老丈人家吧？"

"他自己有一套房子。"

"几间呀？"

"三房一厅。"

"哟，多气派！年轻轻的，混得可真是不错，小伟如今是科长了吧？"

"听说，刚提了个副局级干部。"

"瞧瞧，瞧瞧，我说什么来着，您可真算是熬出头了。唉，还是您自个儿有本事。"

"瞧您说的，我有什么本事。"

"您可别小瞧了自己。您在这儿一晃教书教了二十年，这一片儿的人谁不得叫您一声陈老师。这要凭良心说呢，您也算吃尽苦中苦了。一辈子守着这么个儿子，自己吃不舍得吃，穿不舍得穿。怕孩子受委屈，孤身一人也没朝前走一步，还供他上了大学。我还记得他上大学那会儿，身上鞋是鞋、袜是袜，没一件补丁衣服。人又生得白净，胡同儿里一走，不认识的还当是东头高干楼里的呢！陈老师，我说您也是，放着这么好的孩子，干吗不搬一块儿住去？自己一个人怪孤单的，万一要有个病啊痛的，自己儿子总比外人强不是？"

"他们也说过，让我跟他们住一块儿，房子也给我预备好了。可我总觉得，两代人总有差距，生活方式不同，不如分开住。想他们了，瞧瞧去就行了。"

"我瞧您也不大常去，一月也就去那么一回半回的……"

"我是怕给他们添乱。一去了他们尽瞎忙，又给煮咖啡，又烤蛋糕什么的，其实我也吃不惯那些东西。您说，他们好不容易一个星期天，就让他们休息休息吧！"

"要不说还是你们文化人想得周到呢！我要有这么个儿子，甭管怎么着，我是死活跟定他了。就算我们家黑子吧，千不好，万不好，我还是得跟着他。一来呢，我也没地儿去；二来呢，养儿防老，他该养着我。他要敢不养我，我就敢上他们单位告他去！我看他还不至于这么没良心！"

"他刘大妈，对年轻人，我们还是要体谅一些他们的困难。毕竟是自己的儿子。"

"陈老师，您这话我也不是没想过。我下辈子也忘不了他是我的儿子，是我身上掉下来的肉！可他能记得我是他妈吗？他要真记得，就不该这么对待我。大前天您出门儿了，我跟他们又嚷嚷了一回。您猜是为什么？就为嫌我的饭给做晚了，耽误了他们看电影……"

"住在一块儿，总免不了有些矛盾。"

"您给评评这个理。一进屋他就黑着个脸，气哼哼地说：七点了饭还没得，好不容易弄张票，到那儿人家该散场了。要光说这个我也不生气。您猜他说啥？他说：一天不在家待着干点活儿，光知道串门儿，也不知道瞧瞧钟点儿。我一听就炸了！我说，你小子还是人吗？合着我在这家是坐牢房呀，连串个门儿你们都不许呀？你们这么虐待我可不行！我越说越气，正擀半截儿面呢，我豁出去了，把那擀好的面条儿全给折盆里了，我叫你们吃！我一气就上大街溜达了俩钟头。等我到家，他们早走了，给我搁了碗面在桌上……"

"这也就行了。他刘大妈，您别难过，家家都有一本难念的经。"

"唉，都怪我自己命苦！一想起这个，我的眼泪儿就止不住，真是越老越没出息了。我是想啊，这会儿我还能动，赶明儿我真不能动了，指着他们伺候我，那是妄想！受罪的时候还在后头呢！"

"所以呢，我要劝您一句。既然还要跟他们住在一起，最好不要撕破脸。不然，出来进去的也别扭，又不是一天两天的。"

"可不是吗，您这话算是说到我心里去了。别瞧我现在吃他们一口饭，这饭下去也哽嗓子里。我算准了，就这么整天地憋着气，赶明儿我准得癌！"

"您可别这么想不开。他刘大妈，我看您这人性格挺开朗的，不会得癌的……"

"那倒是。我是过一天算一天。只要我还能嚷嚷，我就不能让他们骑我脖子上拉屎！"

"我得劝您一句。刘大妈，赶明儿您可别动不动地就大闹，自个儿经不住！"

"可不是。前儿跟他们嚷嚷一回，到今儿我这胸口还时不时扑腾扑腾的呢！就我这胖劲儿，准得犯高血压心脏病。哼！那我也认了，我宁可一头栽那儿，也不能受他们的窝囊气。"

"瞧您说哪儿去了，您身体挺结实的。"

"俗话说，有钱难买老来瘦。别瞧您瘦老太太，您准比我活得长，您信不？"

"他刘大妈，您还是得听我劝，岁数大了，能忍就忍着点儿。再说，也给孩子留点面子，人有脸树有皮嘛，谁叫咱们是当老人的呢！"

"唉，陈老师，您当我愿意这么闹哇？我也是真觉着心里别扭。有时候自个儿躺炕上一想，人活着真没意思。一辈子累死累活的，心血全贴孩子身上了，到头来呢，一场空啊！"

"唉——"

"您瞧，我一来倒惹您心烦了。我要有您这么个孝顺的儿子，过一天我也闭眼了！得，我别尽坐这儿叨叨了，一会儿那小祖宗就该回来吃饭了。我回去啦，哟，瞧这天儿，大五月的，雨下起没完了，哩哩啦啦的……"


六月的阳光金灿灿的。一位满头白发的瘦小老太太进了呼家楼邮局，掏出三分钱买了一张汇款单，又从退休金纸袋里掏出四张五元的人民币，戴上老花眼镜，伏在那不洁净的窗台上，一笔一画地填写：


汇款金额——贰拾元整

收款人——陈淑华同志

汇款人——经伟

# 卷后记一

# 求画记

收在这里的小说，都是很平常的。收在这里的字、画，可都是很不平常的。明眼人一看便知，画这些画儿的，写这些字的，都是当今国内外知名的大画家、大书法家。既要作序，且把这些小说怎样作出来的按下不表，单说这字、画是怎么来的，或许还有点意思。

我历来只管写小说，那插画、题字之类的大事，都全权推给了编辑部的先生、女士们，自己躲得远远的，从不干涉，插好插坏我也决不开口。插好了，那是人家的艺术功底厚，账算不到你头上；插坏了，是你小说没写好，人家艺术功力表现不出来，你怪谁？况且我在画界也有一些朋友，深知他们是很不乐意给人插画的。一来，为小说插画，只能跟着小说走，难免束缚画家的思想。二来，画家最怕人要画。人家为你插画，交上你这个朋友，你又不识相，得寸进尺，伸手讨画，他是给还是不给呢？

因而，尽管我有不少画界的朋友，却从来不敢请他们为我的小说插画。在这一点上，我以为自己还是颇识相的。

一九八四年初，我写了《大公鸡悲喜剧》。主角是一只牢骚满腹思想复杂的大公鸡。它对现代化养鸡十分不满："这么多鸡挤在一个笼子里，脑袋、爪子都分不清谁是谁的，人家能画吗？……黄永玉才气横溢，也白搭！"黄永玉的大名原是信手写上去的，待到写完要交稿时，忽然想到在小说里拿人家开玩笑，会不会惹人不高兴？于是，就给黄永玉挂了电话，客气地先打个招呼，顺便也把小说的内容略讲了讲。不料黄永玉听了很感兴趣，当即骑上摩托（如今此公已有了自备小卧车），从西城飞驰到东城寒舍。

黄永玉的画好，文章好，人也硬气。他给我最突出的印象就是想象力极其丰富，有时简直是"匪夷所思"。我当面称他"怪才"，他叼着烟斗嬉笑，没有抗议或推辞。他坐在我家那老式的沙发上看《大公鸡》，边看边乐。边乐边说，说它还应有如此这般的牢骚。现在小说里的有些俏皮话（大公鸡骂那从英国引进的罗斯鸡"说起话来洋腔洋调，谁懂呀"，大公鸡讽刺老汉伺候洋鸡"人家是洋鸡，吃洋食长大的。你会做西餐吗？费半天劲，顶多也就是西菜中做，那些洋小姐爱吃吗"）就是那天黄永玉连说带笑帮我丰富进去的。

读完稿子，黄永玉说："我来给你插画吧！"

黄永玉轻易不给人插画，据说有人求了他几年，他都不干。我说："这可是你自觉自愿的。"

黄永玉说："'文化大革命'中写检查也是自觉自愿的。"

于是，他挥笔画了六幅。这真是"踏破铁鞋无觅处，得来全不费功夫"。不管是什么式样的"自觉自愿"，反正他给画了。既然黄永玉已经画出了大公鸡，若书中再说画"不"出来，似乎就有点文不对画，必须另外找一位大画家来安上才行。灵机一动，改成了丁聪。

　　大画家小丁心宽体胖，节食之下，仍面如满月，一头黑发（不是染的）。如来佛似的脸上，常年挂着安详的微笑。他为人憨厚，心地善良，是众口一词的。在一次朋友家的晚宴上，我通知他在小说中借用了他的大名，开了点小小的玩笑。他一口答应，笑嘻嘻地连说："没关系，没关系。"

　　丁聪的插画，可谓一绝。我既于无意中得了黄永玉的插画，拨动了为小说求好画的灵感，又见丁聪老实巴交好说话，就请他为《007337》插画。他照例笑嘻嘻地答应，编辑部拿到画高兴得了不得，因为他的插画是家喻户晓的。

　　这些年来，丁聪是人好命不好，遭的磨难不可谓不深。但无论什么时候见到他，他总是笑嘻嘻的，好像是"知足常乐"一词的活注释。前不久刚听说丁聪好不容易分到了一套房子，还没来得及去贺他乔迁之喜，就听说他又意外地遭了一场水灾。水不是从天而降，是从楼内涌流而进。还不是清水，是夹杂着灭火器内的泡沫和新楼的石灰浆的浓水。可怜他那些刚搬来堆在地上的价值连城的画都"泡了汤"。我那两幅《007337》的原作自然也不能幸免，想来已是面目全非。考虑到丁聪正处惨遭横祸之际，这里只好就杂志的版翻印，效果虽逊色些，可是绝版了。这回他大概不会笑嘻嘻的了——不，他还会笑嘻嘻的，人嘛，禀性难移。

　　方成和英韬的画，得来也没有费很大的力气。不过，我心里十分明白，他们这样慨然应允，多半不是因为我面子大，而是看在我先生的面上。他们同我先生在《人民日报》共事多年，同事家里人求画，他们不好驳这个面子。

　　韩美林为《彩色宽银幕故事片》和《关于仔猪过冬问题》插

画也很痛快。美林是去年调来北京才认识的。就在他户口没报、房子无着两难之际，仗义地一口答应为这次的出书插画。我把小说送到他的临时住宅。他招待我喝了最好的绿茶，又送一包让我拿家去。然后，郑重其事地取出一个自制自烧陶瓷小鹿递给我，并认真叮嘱："回去赶快把你条桌上那个摇头小黄狗拿下来。那是人家放在汽车里的，我一见就不能容忍。"美林见不得丑，或者说见到不美的现象就难以忍受。遇到这样热心的朋友，你能不听他的？回到家里立刻照办了。只可怜那十分漂亮的小鹿如今孤零零地站立柜上，没有陪衬，大约它也是寂寞孤独的。美林曾来我家做客，见到我家徒四壁，一点没有美的气息，愤愤地说了好几次："等你换了房子，我来给你装饰。你这太不像话了。"

大画家虽"自觉自愿"要为我装饰寒舍，我可实在担当不起。但他在生活中执着地追求美的精神的确深深地打动了我。看他为我的小说插的画吧，读者从那不同寻常的构思中，就能看到他这个人了。

为《走投无路》插画的，是尤劲东。同大画家比起来，他属于年轻的一代。几年前认识他，是因为他打算把《人到中年》画成连环画，作为他的毕业作品，我们谈了半天小说。后来他的这本连环画在全国美术评奖中获奖。现在，他已从研究班结业就任于中央美术学院了。中央美术学院离我家很近，我喜欢画，崇敬画画的人，他常介绍我认识年轻有为的画家们，使我受益匪浅。这一次为出这本集子，我请他为这个中篇插画。他跑来拿了去，几天就画好了，真有才气。

为书名题字的是书法家黄苗子。他曾送给我笔，鼓励我学写字。我喜欢书法，是经常向他讨教的。

苗子一点没有架子。凡大书法家都惜字如金，苗子则不，差不多是有求必应。我看他忙得晕头转向，真令人同情。有一年夏天，他和他的夫人郁风想找个地方清净清净，我给他们联系了北京郊区的密云县（因为我在那里体验生活，被县人民政府赠以顾问美称）。临行前，我再三叮嘱苗子："你去了，千万别写字，好好休息，县里我都讲好了的。"过了三天，他们回来了，我问他写了没有，他说："不写不行啊！"还好，就写了三个大字——一个楼台的名。于是，现在在北京，到处可以看见苗子的字，数量可以和乾隆皇帝媲美。不知内情的人以为他爱题字，其实，这种题字早就成为大书法家苗子的一大负担了。

我同情他，却又参加了打扰他的行列。他总是那么厚道，又给我送来了两幅字，供我选用。我都很喜欢，因而一幅用于封面，一幅用于扉页，以飨读者。

作者于这本小书没有什么更多的话说了，买这书的人权当买字、画欣赏吧！

（本文是作者为一九八七年香港香江出版公司出版的《谌容幽默小说选》写的序。）

## 卷后记二

# 令人愉悦的短篇创作

回想写短篇的创作过程，还是比较愉悦的。

那大概是因为我写作时的任性妄为，不曾遵循通常的轨迹：先尝试短篇练练手，再去试着写中篇，最后才敢去染指长篇。也不知道自己哪来的勇气，开笔就写长篇，洋洋洒洒动不动就是二三十万字。本来就对文学创作不甚了了，又没有经过文学殿堂的洗礼，单凭着对文学的热爱，加上读了几本小说，瞎子过河摸着就敢碰长篇，现在想来都有些后怕！

开始写中篇是由于改革开放之后，各省市大型文学刊物如雨后春笋般地复刊。我在《收获》发表的第一个中篇《永远是春天》，就是在这种情况下得以见天日的。那时，在文学界我谁也不认识，只认识人民文学出版社的编辑，因为他们出版过我的长篇，就把稿子给了编辑部的老孟同志。当时人民文学出版社尚未筹办期刊，只能出版长篇。我的这篇小说字数不够长篇，稿子就砸他手里了。于是，老孟同志就很热情地四处为稿子找出路，结果找到了上海的《收获》。

《收获》也是刚复刊，巴金同志是主编。巴老看了《永远是春天》手稿，立刻就拍板发稿了。于是，从一九七八年，我还不知道他们编辑部的门朝哪儿开呢，就成了《收获》的作者。难怪俗话说：人的运气来了拦都拦不住。

改革开放使中国人民时来运转，新时期文学得以繁荣，期刊林立，作者们的春天也来了！各大刊物都在争相约稿，并许以优厚待遇。那情景如同今日北上广的家政服务公司，稿件供不应求，绝对是卖方市场。这时我已是北京市作家协会会员，自然也躬逢其盛。家里天天迎送各地编辑，邮局天天送来约稿信件。期刊需要中短篇小说，中篇费时太长抵挡不住，又不好意思得罪人，写短篇吧。

这，只能说是外因。

外因必须通过内因才能起作用。其实，开始热衷于写短篇并不完全是外界所迫，而是自己原本就很欣赏短篇小说这种形式，之前只是没条件尝试而已。那些年，文学期刊都不见了踪影，你写了出来无处发表也是枉然。

如今有条件了，试着写吧。谁知一写就不可收拾，加上诸多刊物的鼓励催促，有一阵接连发了好几篇。记得写《大公鸡悲喜剧》时，《人民文学》编辑善意地"威胁"说，他们空着版面等着我的稿子呢，唉，这是对作者何等的信任与礼遇！后来，这篇小说果真发表在《人民文学》一九八四年第五期。

如此美好的创作环境之下，作者的创作热情可想而知，作品自然也是活泼生动的。再审视自己写的短篇小说，觉得还是令人愉快的！

二〇一八年一月三十一日

作者于北京家中

时年八十有三